निबन्ध एवं कहानियाँ

अ अक्षर
प्रतियोगी पुस्तकें

निबन्ध एवं कहानियाँ

संकलन

अंजुम शर्मा

राधाकृष्ण प्रकाशन

ISBN : 978-81-8361-994-3

अक्षर
प्रतियोगी पुस्तकें

निबन्ध एवं कहानियाँ

पहला संस्करण : 2023

मूल्य : ₹175

प्रकाशक

राधाकृष्ण प्रकाशन प्राइवेट लिमिटेड
जी-17, जगतपुरी, दिल्ली-110 051

शाखाएँ : अशोक राजपथ, साइंस कॉलेज के सामने, पटना-800 006
पहली मंज़िल, दरबारी बिल्डिंग, महात्मा गांधी मार्ग, प्रयागराज-211 001

वेबसाइट : www.radhakrishnaprakashan.com
ई-मेल : info@radhakrishnaprakashan.com

मुद्रक

बी.के. ऑफ़सेट
नवीन शाहदरा, दिल्ली-110 032

NIBANDH EVAM KAHANIYAN
Compilation by Anjum Sharma

क्रम

यात्रा-वृत्तान्त

भूमिका

चाहता तो बच सकता था
मगर कैसे बच सकता था
जो बचेगा
कैसे रचेगा

हिन्दी कवि श्रीकांत वर्मा ने ये पंक्तियाँ उस सन्दर्भ में नहीं लिखी होंगी जिस सन्दर्भ में मैं इन्हें प्रयोग कर रहा हूँ। हर परीक्षा की अपनी एक प्रकृति होती है, वस्तुनिष्ठ की अलग, विषयनिष्ठ की अलग। किन्तु परीक्षार्थी का ध्येय एक ही रहता है, अन्तिम रूप से चयन सूची में अपना नाम देखना। इसके लिए वे तमाम तरह की रणनीति अपनाते हैं, जिसे मिलेनियल्स (नई सदी में वयस्क होने वाले) 'स्मार्ट वर्क' कहते हैं। नि:सन्देह 'स्मार्ट वर्क' होना चाहिए। ऑप्टिकल फाइबर के ज़माने में तो इसका लाभ लेना ही चाहिए लेकिन कल्पना कीजिए कि बिना नींव डाले हम बहुमंज़िला इमारत बनाने लगें तो क्या हो? बग़ैर मात्रा-ज्ञान हिन्दी पढ़ने लगें तो कितना पढ़ सकेंगे? कहने का तात्पर्य है कि दौड़ने के लिए चलना और चलने के लिए आपके पैरों में पर्याप्त ताक़त होनी ज़रूरी है। अध्ययन के नज़रिए से किसी विषय पर मज़बूत पकड़ के लिए उसका आधारभूत ज्ञान होना बेहद ज़रूरी है।

अक्सर देखा गया है कि साहित्य जैसे विषय में अभ्यर्थी मूल पाठ किनारे रखकर वस्तुनिष्ठ प्रश्नों का अभ्यास शुरू कर देते हैं। तर्क दिया जाता है कि वस्तुनिष्ठ प्रश्नों का कोई पाठ्यक्रम नहीं होता। 'एवरीथिंग अंडर द सन' यानी सूर्य के प्रकाश में आने वाली हर चीज़ पाठ्यक्रम का हिस्सा है और बढ़ती प्रतियोगिता में अब तो वह भी हिस्सा है, जो 'अबव द सन' है। अंशत: यह सही हो सकता है लेकिन तार्किक नहीं क्योंकि अगर ऐसा होता तो परीक्षा के पाठ्यक्रम में विषय का नाम लिखकर छोड़ दिया जाता, जबकि वस्तुनिष्ठ या विषयनिष्ठ हर परीक्षा का एक निर्धारित पाठ्यक्रम होता है।

परीक्षार्थियों से यह अपेक्षा की जाती है कि वे नियत अवधि में दिए गए पाठ्यक्रम को पढ़ें ताकि विषयांतर होने से बचा जा सके, कोई भटकाव न हो। इसी

सिलसिले में राजस्थान लोक सेवा आयोग ने भी सहायक प्रोफेसर पद के लिए हिन्दी साहित्य का पाठ्यक्रम निर्धारित किया है। विशेष रूप से यदि हिन्दी साहित्य के प्रथम प्रश्न-पत्र को देखें तो एक तरह से यह माँग की गई है कि अभ्यर्थी को न केवल आधुनिक काल का ज्ञान होना चाहिए बल्कि इस खंड में लगाई गईं आठ कहानियाँ और तीन निबन्ध भी गहराई से पढ़े जाएँ। राजस्थान लोक सेवा आयोग या अन्य राज्य लोक सेवा आयोगों द्वारा विगत वर्षों में पूछे गए प्रश्नों को अगर हम देखें तो यह पाते हैं कि विषय की सामान्य समझ के अतिरिक्त पाठ्यक्रम के प्रत्येक बिन्दु का अध्ययन होना ज़रूरी है। मसलन, कहानी से पत्राधारित प्रश्न पूछे जा रहे हैं या कथन देकर यह पूछ लिया जाता है कि अमुक कहानी में यह कथन किस पात्र ने कहा है या फिर निबन्ध से उद्धरण देकर निबन्ध का नाम पूछे जाने या सार पूछे जाने का ट्रेंड वस्तुनिष्ठ प्रश्नों में इधर देखा गया है। ऐसे में यदि मूल पाठ पढ़ लिया जाए तो प्रश्न के सही होने का अनुपात बढ़ जाता है।

इसी को ध्यान में रखते हुए यह पुस्तक संकलित की गई है। सहायक आचार्य पद, हिन्दी के लिए प्रथम प्रश्न-पत्र की इकाई में लगाई गईं आठ कहानियाँ—'उसने कहा था' (चन्द्रधर शर्मा 'गुलेरी'), 'कफ़न' (प्रेमचन्द), 'पुरस्कार' (जयशंकर प्रसाद), 'रोज़' (अज्ञेय), 'गदल' (रांगेय राघव), 'पराई प्यास का सफ़र' (आलमशाह ख़ान), 'सलाम' (ओमप्रकाश वाल्मीकि), 'आपकी छोटी लड़की' (ममता कालिया)। तीन निबन्ध—'श्रद्धा एवं भक्ति' (रामचन्द्र शुक्ल), 'नाखून क्यों बढ़ते हैं' (हजारीप्रसाद द्विवेदी), 'राघव: करुणो रस:' (कुबेरनाथ राय) और एक यात्रा-वृत्तान्त 'सौन्दर्य की नदी नर्मदा' (अमृतलाल बेगड़) आप इस संकलन में पढ़ सकेंगे। मूल पाठ से पहले लेखक परिचय भी सुविधा के लिए दिया गया है जिससे यह मालूम हो कि जिस लेखक की रचना आप पढ़ रहे हैं उन्होंने और क्या-क्या रचा है क्योंकि बहुत से प्रश्न परीक्षा में रचनाकार सम्बन्धी भी पूछे जाते हैं।

इस संकलन को छात्रों की सहूलियत के प्रयोजन से तैयार किया गया है ताकि उन्हें पाठ्यक्रम के सभी निबन्ध और कहानियाँ एक ही जगह पर मिल सकें। चाह तो यह भी थी कि निबन्ध एवं कहानियों का सार, व्याख्या या टिप्पणी भी साथ में जोड़ सकें लेकिन ऐसा करने से इस संकलन के प्रकाशन में देर हो जाती। इसलिए परीक्षा में समय कम होने के कारण अभी इतना ही। वैसे, आप चाहें तो इससे भी बच सकते हैं, लेकिन 'जो बचेगा/कैसे रचेगा'।

—अंजुम शर्मा

निबन्ध

आचार्य रामचन्द्र शुक्ल

हिन्दी साहित्य में आचार्य रामचन्द्र शुक्ल का आगमन समालोचना के नवीन युग में पदार्पण का सूचक है। शुक्ल जी से पूर्व की आलोचना गुण-दोष गिनाने और रचना की अनुगामिनी होने तक की भूमिका निभा रही थी। शुक्ल जी ने आलोचना को नई विश्लेषणात्मक दृष्टि से सम्पन्न करते हुए उसे रचना के समकक्ष पहुँचाया। आधुनिक हिन्दी आलोचना के सूत्रपातकर्ता के साथ-साथ आचार्य रामचन्द्र शुक्ल निबन्धकार के रूप में भी विख्यात हैं। इन्होंने मुख्य रूप से विचारपरक और भावात्मक निबन्ध लिखे हैं। व्यक्तिगत अनुभवों से विकसित होते हुए भी उनके निबन्ध विचार की गम्भीर विश्लेषणात्मक प्रवृत्ति रखते हैं। अपने ललित निबन्धों के सन्दर्भ में 'चिन्तामणि' की भूमिका में उन्होंने लिखा है, "मेरे ललित निबन्ध विचारप्रधान हैं। यात्रा करने चली तो है बुद्धि किन्तु हृदय को साथ लेकर।"

आचार्य रामचन्द्र शुक्ल का जन्म उत्तर प्रदेश में बस्ती जिले के अगौना नामक गाँव में सन् 1884 में हुआ था। सन् 1893 में मिर्जापुर आने पर रमई पट्टी मुहल्ले के एंग्लो-संस्कृत जुबली स्कूल में दाखिला लेकर चौदह वर्ष की उम्र में मिडिल पास किया। इसके बाद वे लंदन मिशन स्कूल में भर्ती हुए जहाँ से 1901 ई. में उन्होंने स्कूल फाइनल परीक्षा पास की। स्कूल में उर्दू, अंग्रेजी भाषा के पुष्ट ज्ञान के साथ हिन्दी, संस्कृत का ज्ञान स्वाध्याय द्वारा प्राप्त किया। सन् 1901 में इन्होंने इलाहाबाद में कायस्थ पाठशाला से इंटरमीडिएट में पढ़ने के लिए नाम लिखाया पर पारिवारिक कारणों से उद्देश्य पूरा नहीं हुआ। 1903 में कचहरी में अप्रेंटिसशिप शुरू की पर वहाँ के वातावरण से उन्हें सरकारी नौकरी से घृणा हो गई। 1904 में जब नायब तहसीलदार बनने का सुयोग उन्हें मिला तो उन्होंने ठुकरा दिया। इसी समय उनका अंग्रेजी में पहला निबन्ध 'What has India to do' 'हिन्दुस्तान रिव्यू' में प्रकाशित हुआ जिसमें भारतीयों के कर्तव्य और सरकारी नौकरियों के प्रति उनके दृष्टिकोण का पता चलता है। आजीविका हेतु उन्होंने मिर्जापुर के कार्यालय में फिर लंदन मिशन स्कूल में ड्राइंग मास्टर के पद पर कार्य किया। भारतेन्दु-मंडल के बदरीनारायण चौधरी 'प्रेमघन' के सम्पर्क में आने पर उनकी प्रेरणा से शुक्लजी ने साहित्य-सेवा का रास्ता अपना लिया। 'भारत और वसन्त' नाम से उनका पहला

लेख 1896-97 में 'आनन्द कादम्बिनी' में ही प्रकाशित हुआ जिसके सम्पादक 'प्रेमघन' जी थे। 1903 ई. में पत्रिका का सम्पादन भार भी प्रेमघन जी ने शुक्ल जी को सौंप दिया। 'सरस्वती' पत्रिका में उनका महत्त्वपूर्ण निबन्ध 'कविता क्या है?' प्रकाशित हुआ। 1908 ई. में काशी नागरी प्रचारिणी सभा के आमंत्रण पर 'हिन्दी शब्द सागर' के सम्पादन में योगदान देने के लिए वे काशी आ बसे और जीवनपर्यन्त यहीं रहे। 1912 ई. में नागरी प्रचारिणी पत्रिका के सम्पादक का दायित्व सँभालने के साथ 'भाव और मनोविकार' सम्बन्धी प्रसिद्ध लेखमाला का धारावाहिक प्रकाशन प्रारम्भ किया। 1919 ई. में काशी हिन्दू विश्वविद्यालय में हिन्दी का अध्यापन शुरू किया और 1937 ई. में हिन्दी के विभागाध्यक्ष बने। लम्बी अस्वस्थता के चलते 2 फरवरी, 1941 ई. को शुक्ल जी का निधन हो गया।

शुक्ल जी की गम्भीर समीक्षा के नमूने 'चिन्तामणि', भाग-1 में संकलित मनोविकार सम्बन्धी उनके निबन्ध हैं। ये निबन्ध मनुष्य के अन्तर्बाह्य पक्षों को साथ लेकर चलते हैं। शुक्ल जी मूलतः भाववादी थे लेकिन भाव में बह जाने की अपेक्षा वे भाव के गुणधर्म को दृढ़तापूर्वक पकड़कर सांस्कृतिक एकसूत्रता में नियोजित करने पर बल देते हैं। शुक्ल जी की दृष्टि मुख्यतः पड़ताल और खोज की दृष्टि है। परम्परा के जीवित अंशों को समसामयिक सन्दर्भों में परखते चलना और सचेत चिन्तक की भाँति हस्तक्षेप करना उनका लेखकीय स्वभाव है। इनके निबन्धों में जिज्ञासा, विचारों की मौलिकता और शैलीगत प्रौढ़ता के दर्शन होते हैं। व्याकरण की दृष्टि से भाषा को मानक रूप प्रदान करने की ओर उनका झुकाव आरम्भ से ही रहा। उनकी शैली विषय के अनुरूप गम्भीर है। 'कविता क्या है', 'काव्य में लोकमंगल की साधनावस्था', 'साधारणीकरण और व्यक्ति-वैचित्र्यवाद' जैसे काव्य-रचना के गम्भीर सैद्धान्तिक विवेचनपरक निबन्धों के साथ उन्होंने 'उत्साह', 'मित्रता' 'करुणा', 'क्रोध', 'श्रद्धा-भक्ति' जैसे मनोविकार सम्बन्धी निबन्ध भी लिखे।

इनकी प्रमुख प्रकाशित कृतियाँ हैं—'हिन्दी साहित्य का इतिहास', 'रसमीमांसा', 'सूरदास', 'गोस्वामी तुलसीदास', 'त्रिवेणी' (आलोचनात्मक ग्रन्थ); 'जायसी ग्रन्थावली', 'भ्रमरगीत सार', 'तुलसी ग्रन्थावली', 'कुसुम संग्रह' (सम्पादित ग्रन्थ); चिन्तामणि, भाग 1, 2, 3 (निबन्ध); रामचन्द्र शुक्ल रचनावली (सम्पादन : नामवर सिंह); 'लाइट ऑफ़ एशिया', का ब्रजभाषा-पद्य में 'बुद्धचरित' शीर्षक से तथा बाँग्ला उपन्यास 'शशांक' का हिन्दी अनुवाद (अनुवाद)।

'चिन्तामणि' पर हिन्दी-साहित्य सम्मेलन, प्रयाग की ओर से आचार्य रामचन्द्र शुक्ल को मंगलाप्रसाद पारितोषिक भी प्रदान किया गया था।

श्रद्धा एवं भक्ति

किसी मनुष्य में जन-साधारण से विशेष गुण व शक्ति का विकास देख उसके सम्बन्ध में जो एक स्थायी आनन्द-पद्धति हृदय में स्थापित हो जाती है उसे श्रद्धा कहते हैं। श्रद्धा महत्त्व की आनन्दपूर्ण स्वीकृति के साथ-साथ पूज्य बुद्धि का संचार है। यदि हमें निश्चय हो जाएगा कि कोई मनुष्य बड़ा वीर, बड़ा सज्जन, बड़ा गुणी, बड़ा दानी, बड़ा विद्वान्, बड़ा परोपकारी या बड़ा धर्मात्मा है तो वह हमारे आनन्द का एक विषय हो जाएगा। हम उसका नाम आने पर प्रशंसा करने लगेंगे, उसे सामने देख आदर से सिर नवाएँगे; किसी प्रकार का स्वार्थ न रहने पर भी हम सदा उसका भला चाहेंगे, उसकी बढ़ती से प्रसन्न होंगे और अपनी पोषित आनन्द-पद्धति में व्याघात पहुँचने के कारण उसकी निन्दा न सह सकेंगे। इससे सिद्ध होता है कि जिन कर्मों के प्रति श्रद्धा होती है उनका होना संसार को वांछित है। यही विश्व-कामना श्रद्धा की प्रेरणा का मूल है।

प्रेम और श्रद्धा में अन्तर यह है कि प्रेम स्वाधीन कार्यों पर उतना निर्भर नहीं—कभी-कभी किसी का रूप मात्रा, जिसमें उसका कुछ भी हाथ नहीं, उसके प्रति प्रेम उत्पन्न होने का कारण होता है, पर श्रद्धा ऐसी नहीं है। किसी की सुन्दर आँख या नाक देखकर उसके प्रति श्रद्धा नहीं उत्पन्न होगी, प्रीति उत्पन्न हो सकती है। प्रेम के लिए इतना ही बस है कि कोई मनुष्य हमें अच्छा लगे, पर श्रद्धा के लिए आवश्यक यह है कि मनुष्य किसी बात में बढ़ा हुआ होने के कारण हमारे सम्मान का पात्र हो। श्रद्धा का व्यापार-स्थल विस्तृत है, प्रेम का एकान्त। प्रेम में घनत्व अधिक है और श्रद्धा में विस्तार। किसी मनुष्य से प्रेम रखनेवाले एक-दो मिलेंगे, पर उस पर श्रद्धा रखनेवाले सैकड़ों, हजारों, लाखों क्या करोड़ों मिल सकते हैं। सच पूछिए तो इसी श्रद्धा के आश्रय से उन कर्मों के महत्त्व का भाव दृढ़ होता रहता है जिन्हें धर्म कहते हैं और जिनमें मनुष्य-समाज की स्थिति है। कर्ता से बढ़कर कर्म का स्मारक दूसरा नहीं। कर्म की क्षमता प्राप्त करने के लिए बार-बार कर्ता ही की ओर आँख उठती है। कर्मों से कर्ता की स्थिति को जो मनोहरता प्राप्त हो जाती है उस पर मुग्ध होकर बहुत-से प्राणी उन कर्मों की ओर प्रेरित होते हैं। कर्ता अपने सत्कर्म द्वारा एक विस्तृत क्षेत्र में मनुष्य की सद्वृत्तियों के आकर्षण का एक शक्ति केन्द्र

हो जाता है। जिस समाज में किसी ऐसे ज्योतिष्मान शक्ति केन्द्र का उदय होता है उस समाज में भिन्न-भिन्न हृदयों से शुभ भावनाएँ मेघ-खंडों के समान उठकर तथा एक ओर और एक साथ अग्रसर होने के कारण परस्पर मिलकर, इतनी घनी हो जाती हैं कि उनकी घटा-सी उमड़ पड़ती है और मंगल की ऐसी वर्षा होती है कि सारे दुख और क्लेश बह जाते हैं।

हमारे अन्तःकरण में प्रिय के आदर्श रूप का संघटन उसके शरीर या व्यक्ति मात्रा के आश्रय से हो सकता है, पर श्रद्धेय के आदर्श रूप का संघटन उसके फैलाए हुए कर्म-तन्तु के उपादान से होता है। प्रिय का चिन्तन हम आँख मूँदे हुए, संसार को भुलाकर करते हैं, पर श्रद्धेय का चिन्तन हम आँख खोले हुए, संसार का कुछ अंश सामने रखकर करते हैं। यदि प्रेम स्वप्न है तो श्रद्धा जागरण है। प्रेमी प्रिय को अपने लिए और अपने को प्रिय के लिए संसार से अलग करना चाहता है। प्रेम में केवल दो पक्ष होते हैं, श्रद्धा में तीन। प्रेम में कोई मध्यस्थ नहीं, पर श्रद्धा में मध्यस्थ अपेक्षित है। प्रेमी और प्रिय के बीच कोई और वस्तु अनिवार्य नहीं, पर श्रद्धालु और श्रद्धेय के बीच कोई वस्तु चाहिए। इस बात का स्मरण रखने से यह पहचानना उतना कठिन न रह जाएगा कि किसी के प्रति किसी का कोई आनन्दान्तर्गत भाव प्रेम है या श्रद्धा। यदि किसी कवि का काव्य बहुत अच्छा लगा, किसी चित्रकार का बनाया चित्र बहुत सुन्दर जँचा और हमारे चित्त में उस कवि या चित्रकार के प्रति एक सुहृद्-भाव उत्पन्न हुआ तो वह श्रद्धा है; क्योंकि यह काव्य या चित्ररूप मध्यस्थ द्वारा प्राप्त हुआ है।

प्रेम का कारण बहुत कुछ अनिर्दिष्ट और अज्ञात होता है; पर श्रद्धा का कारण निर्दिष्ट और ज्ञात होता है। कभी-कभी केवल एक साथ रहते-रहते दो प्राणियों में यह भाव उत्पन्न हो जाता है कि वे बराबर साथ रहें; उनका साथ कभी न छूटे। प्रेमी प्रिय के सम्पूर्ण जीवन-क्रम के सतत साक्षात्कार का अभिलाषी होता है। वह उसका उठना-बैठना, चलना-फिरना, सोना-जागना, खाना-पीना, सब कुछ देखना चाहता है। संसार में बहुत-से लोग उठते-बैठते, चलते-फिरते हैं, पर सबका उठना-बैठना, चलना-फिरना उसको वैसा अच्छा नहीं लगता। प्रेमी प्रिय के जीवन को अपने जीवन से मिलाकर एक निराला मिश्रण तैयार करना चाहता है। वह दो से एक करना चाहता है। सारांश यह कि श्रद्धा में दृष्टि पहले कर्मों पर से होती हुई श्रद्धेय तक पहुँचती है और प्रीति में प्रिय पर से होती हुई उसके कर्मों आदि पर आ जाती है। एक में व्यक्ति को कर्मों द्वारा मनोहरता प्राप्त होती है, दूसरी में कर्मों को व्यक्ति द्वारा। एक में कर्म प्रधान है, दूसरी में व्यक्ति।

किसी के रूप को स्वयं देखकर हम तुरन्त मोहित होकर उससे प्रेम कर सकते हैं, पर उसके रूप की प्रशंसा किसी दूसरे से सुनकर झट हमारा प्रेम नहीं उमड़ पड़ेगा। कुछ काल तक हमारा भाव लोभ के रूप में रहेगा, पीछे यह प्रेम में परिणत

हो सकता है। बात यह है कि प्रेम एकमात्र अपने ही अनुभव पर निर्भर रहता है; पर श्रद्धा अपनी सामाजिक विशेषता के कारण दूसरों के अनुभव पर भी जगती है। रूप की भावना का बहुत कुछ सम्बन्ध व्यक्तिगत रुचि से होता है। अत: किसी के रूप और हमारे बीच यदि तीसरा व्यक्ति आया तो इस व्यापार में सामाजिकता आ गई; क्योंकि हमें उस समय यह ध्यान हुआ कि उस रूप से एक तीसरे व्यक्ति को आनन्द या सुख मिला और हमें भी मिल सकता है। जब तक हम किसी के रूप का बखान सुनकर 'वाह-वाह' करते जाएँगे तब तक हम एक प्रकार के लोभी अथवा रीझनेवाले या कद्रदान ही कहलाएँगे, पर जब हम उसके दर्शन के लिए आकुल होंगे, उसे बराबर अपने सामने ही रखना चाहेंगे; तब प्रेम का सूत्रपात समझा जाएगा। श्रद्धा-भजन पर श्रद्धावान अपना किसी प्रकार का अधिकार नहीं चाहता, पर प्रेमी प्रिय के हृदय पर अपना अधिकार चाहता है।

श्रद्धा एक सामाजिक भाव है, इससे अपनी श्रद्धा के बदले में हम श्रद्धेय से अपने लिए कोई बात नहीं चाहते। श्रद्धा धारण करते हुए हम अपने को उस समाज में समझते हैं जिसके किसी अंश पर—चाहे हम व्यष्टि रूप में उनके अन्तर्गत न भी हों—जान-बूझकर उसने कोई शुभ प्रभाव डाला। श्रद्धा स्वयं ऐसे कर्मों के प्रतिकार में होती है जिनका शुभ प्रभाव अकेले हम पर नहीं, बल्कि सारे मनुष्य समाज पर पड़ सकता है। श्रद्धा एक ऐसी आनन्दपूर्ण कृतज्ञता है जिसे हम केवल समाज के प्रतिनिधि रूप में प्रकट करते हैं। सदाचार पर श्रद्धा और अत्याचार पर क्रोध या घृणा प्रकट करने के लिए समाज ने प्रत्येक व्यक्ति को प्रतिनिधित्व प्रदान कर रखा है। यह काम उसने इतना भारी समझा है कि उसका भार सारे मनुष्यों को बाँट दिया है, दो-चार माननीय लोगों के ही सिर पर नहीं छोड़ रखा है। जिस समाज में सदाचार पर श्रद्धा और अत्याचार पर क्रोध प्रकट करने के लिए जितने ही अधिक लोग तत्पर पाए जाएँगे उतना ही वह समाज जागृत समझा जाएगा। श्रद्धा की सामाजिक विशेषता एक इसी बात से समझ लीजिए कि जिस पर हम श्रद्धा रखते हैं उस पर चाहते हैं कि और लोग भी श्रद्धा रखें—जिस पर हमारा प्रेम होता है उससे और दस-पाँच आदमी प्रेम रखें—इसकी हमें परवाह क्या, इच्छा ही नहीं होती; क्योंकि हम प्रिय पर लोभवश एक प्रकार का अनन्य अधिकार या इजारा चाहते हैं। श्रद्धालु अपने भाव में संसार को भी सम्मिलित करना चाहता है, पर प्रेमी नहीं।

जब तक समष्टि-रूप में हमें संसार के लक्ष्य का बोध नहीं होता और हमारे अन्त:करण में सामान्य आदर्शों की स्थापना नहीं होती तब तक हमें श्रद्धा का अनुभव नहीं होता। बच्चों में कृतज्ञता का भाव पाया जाता है पर सदाचार के प्रति उस कृतज्ञता का नहीं जिसे श्रद्धा कहते हैं। अपने साथ किए जानेवाले जिस व्यवहार के लिए वे कृतज्ञ होते हैं उसी को दूसरों के साथ होते देखकर्ता के प्रति कृतज्ञ होना

वे देर में सीखते हैं—उस समय सीखते हैं जब वे अपने को किसी समुदाय का अंग समझने लगते हैं। अपने साथ या किसी विशेष मनुष्य के साथ किए जानेवाले व्यवहार के लिए जो कृतज्ञता होती है वह श्रद्धा नहीं है। श्रद्धालु की दृष्टि सामान्य की ओर होनी चाहिए, विशेष की ओर नहीं। अपने सम्बन्धी के प्रति किसी को कोई उपकार करते देख यदि हम कहें कि उस पर हमारी श्रद्धा हो गई है तो यह हमारा पाखंड है, हम झूठ-मूठ अपने को ऐसे उच्च भाव का धारणकर्ता प्रकट करते हैं। पर उसी सज्जन को दस-पाँच और ऐसे आदमियों का जब हम उपकार करते देखते हैं जिन्हें हम जानते तक नहीं और इस प्रकार हमारी दृष्टि विशेष से सामान्य की ओर हो जाए, तब यदि हमारे चित्त में उसके प्रति पहले से कहीं अधिक कृतज्ञता या पूज्य-बुद्धि का उदय हो तो हम श्रद्धालु की उच्च पदवी के अधिकारी हो सकते हैं। सामान्य रूप में हम किसी के गुण या शक्ति का विचार सारे संसार से सम्बद्ध करके करते हैं, अपने से या किसी विशेष प्राणी से सम्बद्ध करके नहीं। हम देखते हैं कि किसी मनुष्य में कोई गुण या शक्ति है जिसका प्रयोग वह चाहे जहाँ और जिसके प्रति कर सकता है।

श्रद्धा का मूल-तत्त्व है दूसरे का महत्त्व स्वीकारना। अत: जिनकी स्वार्थबद्ध दृष्टि अपने से आगे नहीं जा सकती अथवा अभिमान के कारण जिन्हें अपनी ही बड़ाई के अनुभव की लत लग गई है उनकी इतनी समाई नहीं कि वे श्रद्धा ऐसे पवित्र भाव को धारण करें। स्वार्थियों और अभिमानियों के हृदय में श्रद्धा नहीं टिक सकती। उनका अन्त:करण संकुचित और मलिन होता है कि वे दूसरों की कृति का यथार्थ मूल्य नहीं परख सकते।

स्थूल रूप से श्रद्धा तीन प्रकार की कही जा सकती है—

1. प्रतिभा-सम्बन्धिनी,
2. शील-सम्बन्धिनी और
3. साधन-सम्पत्ति-सम्बन्धिनी।

प्रतिभा से मेरा अभिप्राय अन्त:करण की उस उद्‍भाविका क्रिया से है जिसके द्वारा कला, विज्ञान आदि नाना क्षेत्रों में नई-नई बातें या कृतियाँ उपस्थित की जाती हैं। यह ग्रहण और धारणा-शक्ति से भिन्न है, जिसके द्वारा इधर-उधर से प्राप्त ज्ञान (विद्वत्ता) संचित किया जाता है। कला सम्बन्धिनी श्रद्धा के लिए श्रद्धालु में भी थोड़ी-बहुत मार्मिक निपुणता चाहिए, इससे उसका अभाव कोई भारी त्रुटि नहीं, वह क्षम्य है। यदि किसी उत्तम काव्य या चित्र की विशेषता न समझने के कारण हम कवि या चित्रकार पर श्रद्धा न कर सके तो यह हमारा अनाड़ीपन है—हमारे रुचि-संस्कार की त्रुटि है। इसका उपाय यही है कि समाज कला-सम्बन्धिनी मर्मज्ञता के प्रचार की व्यवस्था करे, जिससे विविध कलाओं के सामान्य आदर्श की स्थापना जन-समूह में हो ज़ाए। पर इतना होने पर भी कला-सम्बन्धिनी रुचि की विभिन्नता

थोड़ी-बहुत अवश्य रहेगी। अश्रद्धालु रुचि का नाम लेकर ईर्ष्या या अहंकार के दोषारोपण से बच जाया करेंगे।

पर शील-सम्बन्धिनी श्रद्धा प्रत्येक व्यक्ति का कर्तव्य है। शील या धर्म के सामान्य लक्षण संसार के प्रत्येक सभ्य जन-समुदाय में प्रतिष्ठित हैं। धर्म ही से मनुष्य-समाज की स्थिति है, अतः उसके सम्बन्ध में किसी प्रकार का रुचि-भेद, मत-भेद आदि नहीं। सदाचारी के प्रति यदि हम श्रद्धा नहीं रखते तो समाज के प्रति अपने कर्तव्य का पालन नहीं करते। यदि किसी को दूसरों के कल्याण के लिए भारी स्वार्थ-त्याग करते देख हमारे मुँह से 'धन्य-धन्य' भी न निकला तो हम समाज के किसी काम के न ठहरे, समाज को हमसे कोई आशा नहीं, हम समाज में रहने योग्य नहीं। किसी कर्म में प्रवृत्त होने से पहले यह स्वीकार करना आवश्यक होता है कि वह कर्म या तो हमारे लिए या समाज के लिए अच्छा है। इस प्रकार की स्वीकृति कर्म की पहली तैयारी है। श्रद्धा द्वारा हम यह आनन्दपूर्वक स्वीकार करते हैं कि कर्म के अमुक-अमुक दृष्टान्त धर्म के हैं, अतः श्रद्धा धर्म की पहली सीढ़ी है। धर्म के इस प्रथम सोपान पर प्रत्येक मनुष्य को रहना चाहिए, जिसमें जब कभी अवसर आए तब वह कर्म-रूपी दूसरे सोपान पर हो जाए।

अब रह गई साधन-सम्पत्ति-सम्बन्धिनी श्रद्धा की बात। यहाँ पर साधन-सम्पन्नता का ठीक-ठीक भाव समझ लेना आवश्यक है। साधन-सम्पत्ति का अनुपयोग भी हो सकता है, सदुपयोग भी हो सकता है और दुरुपयोग भी हो सकता है। किसी को पद्य रचने की अच्छी अभ्यास-सम्पन्नता है। यदि शिक्षा द्वारा उसके भाव उन्नत हैं, वह सहृदय है तो वह अपनी इस सम्पन्नता का उपयोग मनोहर उच्चभावपूर्ण काव्य प्रस्तुत करने में कर सकता है; यदि उसकी अवस्था ऐसी नहीं है तो वह या तो साधारण, भाव-शून्य गद्य को गीतिका, शिखरिणी आदि नाना छन्दों में परिणत करेगा या अपनी भद्दी और कुरुचिपूर्ण भावनाओं को छन्दोबद्ध करेगा। उसके इस कृत्य पर श्रद्धा रखनेवाले भी बहुत मिल जाएँगे। ऐसे व्यक्ति के प्रति जो श्रद्धा होती है वह साधन-सम्पन्नता पर ही होती है, साध्य की पूर्णता पर नहीं।

देशी कारीगरी, चित्रकारी, संगीत, आदि में नियम पालन के अभ्यास द्वारा प्राप्त इस साधन-सम्पन्नता ही पर इधर बहुत दिनों से अधिक ध्यान दिया जाने लगा था और मानव-हृदय पर इन मनोहारिणी कलाओं के प्रभाव का बहुत कम विचार होने लगा था। बहुत-से पुराने मकानों की कारीगरी देखिए तो उनमें बहुत-सा काम गिचपिच किया हुआ दिखाई देगा, ऐसे महीन बेल-बूटों की भिन्न-भिन्न पटरियाँ दीवारों में जमाई हुई मिलेंगी जो बिना आँखों के पास ले जाकर सटाए स्पष्ट न जान पड़ेंगे। सारे मकान को एक बार में देखने से इन सबों का सम्मिलित प्रभाव दृष्टि और मन पर क्या पड़ेगा। इसका कुछ भी विचार बनानेवालों ने नहीं किया, यह स्पष्ट दिखाई पड़ेगा, ऐसे कामों में अभ्यास का तथा समय और श्रम के व्यय

(या अपव्यय) का पूरा परिचय मिलता है, पर विचार और सहृदयतापूर्वक उनके उपयोग का बहुत कम। समझने की बात है कि इमारत हाथ पर लेकर देखने की चीज नहीं है, दस-पाँच हाथ दूर पर खड़े होकर देखने की चीज है।

चित्रकारी की दशा भी इसी प्रकार की हो गई थी। राधा-कृष्ण कदम्ब के नीचे खड़े हैं। कदम्ब की एक-एक पत्ती अलग-अलग बारीकी के साथ बनी दिखाई पड़ती है। राधा की चुनरी की एक-एक बूटी बड़ी सावधानी और मेहनत के साथ बनाई गई है। देखनेवाले को यह नहीं जान पड़ता कि वह कुछ दूर पर खड़ा होकर कदम्ब और राधा-कृष्ण को एक साथ देख रहा है, बल्कि यह जान पड़ता है कि कभी तो पत्तियाँ गिनने के लिए वह पेड़ पर चढ़ता है और कभी नमूना लेने के लिए चुनरी हाथ में लेता है। ऐसी रचनाओं के प्रति यदि श्रद्धा प्रकट की जाएगी तो वह अभ्यास, श्रम और बारीकी अर्थात् साधन-सम्पन्नता के विचार से होगी, साध्य की पूर्णता अर्थात् कला के विचार से नहीं, जिसका उद्‌देश्य मानव-हृदय पर मधुर प्रभाव डालता है।

संगीत के पेच-पाँच देखकर भी हठयोग याद आता है। जिस समय कोई कलावन्त पक्का गाना गाने के लिए आठ अंगुल मुँह फैलाता है और 'आ आ' करके विकल होता है, उस समय बड़े-बड़े धीरों का धैर्य छूट जाता है—दिन-दिन-भर चुपचाप बैठे रहनेवाले बड़े-बड़े आलसियों का आसन डिग जाता है। जो संगीत नाद की मधुर गति द्वारा मन में माधुर्य का संचार करने के लिए था वह इन पक्के लोगों के हाथ में पड़कर केवल स्वरग्राम की लम्बी-चौड़ी कवायद हो गया। श्रद्धालुओं के अन्त:करण की मार्मिकता इतनी स्तब्ध हो गई कि एक खर-श्वान के गले से भी इस लम्बी कवायद को ठीक उतरते देख उनके मुँह से 'वाह-वाह', 'ओहो हो' निकलने लगा। काव्य पर शब्दालंकार आदि का इतना बोझ लादा गया कि उसका सारा रूप ही छिप गया। बात यह हुई कि इन विविध कलाओं के जितने अभ्यासगम्य और श्रमसाध्य अंग थे वे तो हद से बाहर घसीटे गए और जितने सहृदयता से सम्बन्ध रखनेवाले थे उन पर ध्यान ही न रहा। यदि ये कलाएँ मूर्तिमान् रूप धारण करके सामने आतीं तो दिखाई पड़ता कि किसी को जलोदर हुआ है, किसी को फीलपाँव! इनकी दशा सोने और रत्नों से जड़ी गुठली धारदार तलवार की-सी हो गई।

किसी मनुष्य में बहुत अधिक शारीरिक बल देख उस पर जन-साधारण की श्रद्धा होती है और होनी चाहिए। प्रो. राममूर्ति को मोटर रोकते, लोहे के मोटे-मोटे सीकड़े तोड़ते, छाती पर 40 मन का पत्थर रखते, हाथी खड़ा करते और गाड़ी दौड़ाते देख उनके शारीरिक बल के कारण उन पर श्रद्धा होती है। अब इस सम्पन्नता का वे सदुपयोग भी कर सकते हैं, दुरुपयोग भी कर सकते हैं और अनुपयोग भी कर सकते हैं। वे इसके द्वारा किसी भारी संकट से अपनी या दूसरे की रक्षा भी कर सकते हैं

और किसी निरपराध को पीड़ित भी कर सकते हैं पर हमारी श्रद्धा बिना सदुपयोग या दुरुपयोग की सम्भावना की कल्पना किए शुभ-साधन-सम्पन्नता ही पर होती है। कोरे विद्वानों के प्रति जो श्रद्धा होती है वह भी साधन-सम्पन्नता ही के सम्बन्ध में होती है, उसके उपयोग की निपुणता या प्रतिभा पर निर्भर नहीं होती। विद्वत्ता किसी विषय की बहुत-सी बातों की जानकारी का नाम है, जिसका संचय बहुत कष्ट, श्रम और धारणा से होता है। यह बात विद्वान् की प्रतिभा पर निर्भर है कि वह ज्ञान का भंडारी और उपयोगकर्ता दोनों हो—अर्थात् वह उत्तम चिन्तक, वक्ता, लेखक, अन्वेषक या कवि भी होकर उस संचित साधन का उपयोग करे और अपने मूल विचारों का प्रभावपूर्ण प्रकाश करे। यदि विद्वान् में यह प्रतिभा नहीं है—यह शक्ति नहीं है—तो वह अपनी संचित जानकारी को कला-कुशल और प्रतिभाशाली लेखकों या तत्त्वान्वेषकों के सामने रख दे कि वे उससे आवश्यकतानुसार काम लें। इस रीति से उसकी विद्वत्ता सामाजिक उपयोग में आ जाएगी।

भिन्न-भिन्न मानसिक संस्कार के लोगों में किसी विषय से सम्बन्ध रखनेवाली श्रद्धा भिन्न-भिन्न मात्रा की हुआ करती है। यदि किसी को शारीरिक बल, साहस या चतुराई पर अत्यन्त अधिक श्रद्धा है तो वह इनका दुरुपयोग देखकर भी बनी रह सकती है। अत्याचारियों के बल, डाकुओं के साहस और लम्पटों की चालाकी की तारीफ संसार में थोड़ी-बहुत होती ही है। एक बात और है। यदि किसी पर किसी एक विषय में अत्यन्त अधिक श्रद्धा है तो उसकी अन्य विषयों की त्रुटियों पर ध्यान नहीं जाता और कभी ध्यान जाता भी है तो वे भी सुहावनी लगती हैं। कोई प्रतिभाशाली कवि विलासप्रिय, मद्यप या सनकी है तो जो अत्यन्त काव्य-प्रेमी होंगे उनकी घृणा को उसके ये दुर्गुण पूर्ण रूप से आकर्षित न कर सकेंगे। यहाँ तक कि उसके इन दुर्गुणों की चर्चा भी वे बड़ी रुचि के साथ करेंगे और सुनेंगे। बात यह है कि मनुष्य का अन्तःकरण एक है। उसकी एक साथ दो परस्पर-विरुद्ध स्थितियाँ नहीं हो सकतीं। इस प्रकार की मानसिक स्तब्धता को श्रद्धान्धता कह सकते हैं। यद्यपि श्रद्धान्ध समाज में उतना अनर्थकारी नहीं हो सकता, उतना अपराधी नहीं ठहराया जा सकता, जितना मदान्ध, क्रोधान्ध या ईर्ष्यान्ध, पर उसकी श्रद्धा के बढ़ते-बढ़ते क्रियमाण रूप धारण करने पर और शील-सम्बन्धिनी चेतना को बिलकुल जवाब मिल जाने पर समाज के अनिष्ट में ब्याज से सहायता पहुँच सकती है।

यदि किसी अपव्ययी और मद्यप कवि पर अत्यन्त श्रद्धालु होकर कोई उसकी आर्थिक सहायता करता जाता है तो वह उस अन्याय और उपद्रव का थोड़ा-बहुत उत्तरदाता अवश्य होता है जो कवि जी अपने सहवर्तियों के बीच करने में समर्थ होते हैं। यदि किसी पहलवान के बल पर प्रसन्न होकर कोई उसे हलवा-पूरी खाने के लिए कुछ महीना बाँधता है तो उसके गुंडेपन के कारण लोगों को पहुँची हुई पीड़ा के दोष का वह कम-से-कम उतना भाग अवश्य पा सकता है जितना इन्द्रकृत हत्या

की बँटाई के समय बहुतों को मिला था। उद्देश्य के अभाव के बल से यद्यपि इन श्रद्धालुओं पर दोष उतना सटीक नहीं लग सकता, पर समाज की दृष्टि में वे दान के पात्रता-सम्बन्धी अविवेक के अभियोग से नहीं बच सकते।

अब यहाँ पर यह प्रश्न उठता है कि शील, कला और साधन-सम्पत्ति—श्रद्धा के इन तीनों विषयों में से किसका ध्यान मनुष्य को पहले होना चाहिए और किसका पीछे। इसका बेधड़क यही उत्तर दिया जा सकता है कि जन-साधारण के लिए शील का ही सबसे पहले ध्यान होना स्वाभाविक है; क्योंकि उसका सम्बन्ध मनुष्य-मात्र की सामान्य स्थिति रक्षा से है। उसके अभाव में समाज या उस आधार की स्थिति ही नहीं रह सकती जिसमें कलाओं की उपयोगिता या मनोहारिता का प्रसार और साधन-सम्पत्ति की प्रचुरता का वितरण और व्यवहार होता है।

दूसरों की श्रद्धा संसार में एक अत्यन्त वांछनीय वस्तु है, क्योंकि वह एक प्रकार का ऐसा परकीय निश्चय या विश्वास है जिसके सहारे स्वकीय कार्य सुगम होता है—जीवन की कठिनता कम होती है। जिस पर लोगों की अश्रद्धा होती है—उसके लिए व्यवहार के सब सीधे और सुगम मार्ग बन्द हो जाते हैं—उसे या तो काँटों पर या ढाई कोस नौ दिन में चलना पड़ता है। पर जो किसी प्रकार दूसरों की श्रद्धा सम्पादित कर लेता है, उसके पैर रखने के लिए फूलों की पंखड़ियाँ—आजकल लाल बनातें—बिछाई जाती हैं। समाज में ये वस्तुएँ सच्चे गुणियों और परोपकारियों के लिए हैं पर इन्हें छीनने और चुराने की ताक में बहुत-से चोर, चाईं और लुटेरे रहते हैं जो इनके द्वारा स्वार्थ-साधन करना या अपनी तुच्छ मानसिक वृत्तियों को तृप्त करना चाहते हैं। इनसे समाज को हर घड़ी सावधान रहना चाहिए। इन्हें सामाजिक दंड देने के लिए उसे सदा सन्नद्ध रहना चाहिए। ये अनेक रूपों में दिखाई पड़ते हैं। कोई गेरुआ वस्त्र लपेटे धर्म का डंका पीटता दिखाई देता है, कोई देश-हितैषिता का लम्बा चोगा पहने देशोद्धार की पुकार करता पाया जाता है।

मनुष्य किसी ओर तीन प्रकार से प्रवृत्त होता है—मन से, वचन से और कर्म से। इनमें से मन तो देखने-दिखाने की चीज नहीं। वाणी और कार्य-प्रणाली की नकल की जाती है और बड़ी सफाई से की जाती है। हितोपदेश के गदहे ने तो बाघ की खाल ही ओढ़ी थी, पर ये लोग बाघ की बोली भी बोल लेते हैं। कहीं-कहीं केवल वचन ही से काम निकल जाता है। एक दिन मैं काशी की एक गली से जा रहा था। एक ठठेरे की दुकान पर कुछ परदेशी यात्री किसी बर्तन का मोल-भाव कर रहे थे और कह रहे थे कि इतना नहीं, इतना लो तो लें। इतने में ही सौभाग्यवश दुकानदार जी को ब्रह्मज्ञानियों के वाक्य याद आ गए और उन्होंने चट कहा—"माया छोड़ो और इसे ले लो।" सोचिए तो, काशी ऐसा पुण्य-क्षेत्र!

वहाँ न माया छोड़ी जाएगी तो कहाँ छोड़ी जाएगी! थोड़े दिन हुए, किसी लेखक ने कहीं पढ़ा कि प्रतिभाशाली लोग कुछ उग्रता और पागलपन लिये होते हैं। तब से

वे बराबर अपने में इन दोनों शुभ लक्षणों की स्थापना के यत्न में लगे रहते हैं। सुनते हैं कि पहले में वे कुछ कृतकार्य भी हुए हैं, पर पागलपन की नकल करना कुछ हँसी-खेल नहीं; भूल-चूक से कुछ समझदारी की बातें मुँह से निकल ही जाती हैं।

जैसे और सब विद्याओं की, वैसी ही पर-श्रद्धा-कर्षण की विद्या की भी आजकल खूब उन्नति हुई है। आश्चर्य नहीं कि इसके लिए कुछ दिनों में एक अलग विद्यालय खुले। श्रद्धा के यथार्थ कारण का जितना ही अभाव हो, आकर्षक हो, अपनी विद्या में उतना ही दक्ष समझना चाहिए। आजकल सार्वजनिक उद्योगों की बड़ी धूम रहा करती है और बहुत-से लोग निराहार परोपकार-व्रत करते सुने जाते हैं। ऊपर कहा जा चुका है कि पर-श्रद्धा के सहारे कार्य में सुगमता आती है, अत: किसी कार्य-साधना के लिए जो लोग प्रयत्न द्वारा दूसरों के हृदय में श्रद्धा उत्पन्न करते हैं वे उस कार्य के अनुसार चतुर, नीति-कुशल, धूर्त या पाखंडी कहे जाते हैं। पर संसार में बहुत ऐसे लोग भी होते हैं जिन्हें अपने ऊपर परायी श्रद्धा के चिन्तन से जो एक प्रकार का आनन्द मिलता है उसकी लत पड़ जाती है। वे पर-श्रद्धा को मनोरंजन या मानसिक भोग-विलास की एक सामग्री समझते हैं। वे परायी श्रद्धा केवल इसी निमित्त चाहते हैं, और किसी उद्देश्य से नहीं। ऐसे पर-श्रद्धाभिलाषियों को मानसिक दुर्व्यसन रहता है और वे उसी प्रकार दुर्व्यसनी कहे जा सकते हैं जिस प्रकार शराबी, गँजेड़ी और चंडूबाज आदि। पर समाज की श्रद्धा ऐसे अपव्यय के लिए नहीं है, प्रयोजन के लिए है। ऐसे लोग अपनी धुन में कभी-कभी बड़े-बड़े सार्वजनिक कार्य भी छोड़ बैठते हैं जिनका होना उन्हें इतना अभीष्ट नहीं होता जितना अपने द्वारा होना। ये लोग पहचाने इस प्रकार जाते हैं कि उन कार्यों से अपने नाम का वियोग घड़ी भर भी नहीं सह सकते, यहाँ तक कि यदि वे दूसरों को कोई ऐसा कार्य हाथ में लेते देखते हैं जिससे समाज के साधुवाद की सम्भावना होती है तो इनका पेट फूलने लगता है और ये या तो गुप्त रूप से उसमें विघ्न की व्यवस्था करते हैं या कम-से-कम उसके महत्त्व को बहुत कम करके दिखाया करते हैं। दूसरी पहचान यह है कि वे लोग ऐसे ही काम ठानते हैं जिनका नाम और आडम्बर बड़ा होता है।

ऊपर कहा जा चुका है कि श्रद्धावान अपनी श्रद्धा द्वारा श्रद्धेय में कोई ऐसा परिवर्तन उपस्थित नहीं करना चाहता जिसका अपने लिए कोई अनुकूल फल हो। श्रद्धावान श्रद्धेय को प्रसन्न करने की इच्छा कर सकता है, पर उस प्रसन्नता से आप कोई लाभ उठाने की नहीं। श्रद्धा न्याय-बुद्धि के पलड़े पर तुली हुई एक वस्तु है जो दूसरे पलड़े पर रखे हुए श्रद्धेय के गुण, कर्म आदि के हिसाब से होती है। श्रद्धा सत्कर्म या सद्गुण ही का मूल्य है जिससे और किसी प्रकार का सौदा नहीं हो सकता; पर जबकि इस व्यापार युग में ज्ञान बिकता है, न्याय बिकता है, धर्म बिकता है—तब श्रद्धा ऐसे भाव क्यों न बिके? पर असली भाव तो इस लेन-देन के व्यवहार के लिए उपस्थित नहीं किए जा सकते। खैर, नकली सही। एक भाव पर

दूसरे भाव की कलई करके हम बाजार में क्यों न जाएँ? अपनी भीरुता या चापलूसी को हम 'श्रद्धा-श्रद्धा' कहकर गलियों और संवाद-पत्रों में क्यों न पुकारें? ऐसे झूठे श्रद्धावानों से घिरकर झूठे श्रद्धा-पात्र सच्चे श्रद्धा-पात्रों को क्यों न मात करें, जबकि आजकल झूठे मोती सच्चे मोतियों को मात करते हैं?

कला-कुशल या सदाचारी अपने चारों ओर प्रसन्नता देखना चाहता है, अत: अपनी श्रद्धा द्वारा हम उसे अपनी प्रसन्नता का निश्चय मात्र कराते हैं। हमारी प्रसन्नता से उसे अपनी सामर्थ्य का बोध हो जाता है और उसका उत्साह बढ़ता है। इस प्रकार अपनी श्रद्धा द्वारा हम भी समाज का मंगल साधन करते हैं। दूसरे की श्रद्धा का श्रद्धेय पर इतना ही प्रभाव पड़ना चाहिए, इससे अधिक नहीं। यदि हमारी श्रद्धा के कराण वह हमें किसी प्रकार का लाभ पहुँचाना चाहता है तो वह हमारी श्रद्धा को खुशामद समझता है और हमारा अपमान करता है। श्रद्धा में याचकता का भाव लेश-मात्र भी नहीं है। श्रद्धा द्वारा हम अपने हृदय का परिचय मात्र देते हैं कि उसमें मार्मिकता या धर्म-भाव है—सात्त्विक आचरण या प्रतिभा की कला से प्रसन्न होने की क्षमता है। यदि हमें किसी पर श्रद्धा है तो हमें उसके पास जाकर यह कहने की कोई आवश्यकता नहीं है कि 'महाराज! मेरी यह श्रद्धा स्वीकार हो।' इस प्रकार की स्वीकृति की हमें कोई आवश्यकता नहीं। हम अपनी श्रद्धा लिये अपने घर बैठे रह सकते हैं या उसे इस रीति से प्रकट कर सकते हैं जिस पर श्रद्धेय का कोई वश नहीं। यदि हमें किसी सुलेखक पर श्रद्धा है और वह हमसे रुष्ट है तो भी हम उसका सच्चा चित्र और चरित्र छाप सकते हैं। इसका स्वत्व हमें समाज द्वारा प्राप्त है—इसका हक हमें कानूनन हासिल है पर वहीं यदि हम उस सुलेखक से प्रेम करने चलें, उसके साथ-साथ लगे फिरें और हरदम उसे घेरे रहें तो वह हमें हटा सकता है। श्रद्धा प्रदर्शित करने का जितना विस्तृत सामाजिक अधिकार हमें प्राप्त है उतना उसके विपरीत भाव अश्रद्धा या घृणा प्रकट करने का नहीं, क्योंकि श्रद्धा यदि हमने भूल से या स्वार्थवश प्रकट की तो किसी को उतनी हानि नहीं, पर यदि घृणा भूल से या द्वेष-वश प्रकट की तो व्यर्थ का असन्तोष और दुख फैल सकता है।

ऊपर कहा जा चुका है कि श्रद्धा के विषय तीन हैं—शील, प्रतिभा और साधन-सम्पत्ति। शील या धर्म से समाज की स्थिति, प्रतिभा से रंजन और साधन-सम्पत्ति से शील-साधन और प्रतिभा-विकास दोनों की सम्भावना है। श्रद्धेय समाज की स्थिति या सुख का विधान करता है और समाज उसकी स्थिति और सुख का विधान करता है। समाज अपने श्रद्धालु प्रतिनिधियों को कभी तो उसे आपत्ति से बचाने के लिए भेजता है—कभी कुछ भेंट उसके सामने रखने के लिए। श्रद्धावश जो दान दिया जाता है वह उसी प्रकार की भेंट है। सच्चा दान दो प्रकार का होता है—एक वह जो श्रद्धा-वश दिया जाता है, दूसरा वह जो दया-वश दिया जाता है। पंडितों, विद्वानों और धार्मिकों को जो दान दिया जाता है वह श्रद्धावश दिया जाता है। अन्धों,

लूलों और लँगड़ों को जो दान दिया जाता है वह दया-वश दिया जाता है। श्रद्धा सामर्थ्य के प्रति होती है और दया असामर्थ्य के प्रति। जन-साधारण अपनी दया द्वारा केवल असामर्थ्य के उपस्थित परिणामों का, कुछ स्थान के बीच और कुछ काल तक के लिए निवारण कर सकते हैं, अत: श्रद्धा द्वारा वे ऐसे असाधारण जनों को अपने वित्तानुसार थोड़ी-थोड़ी शक्ति प्रदान करते हैं जो असामर्थ्य के कारणों के निराकरण में समर्थ होते हैं।

श्रद्धावश दान में उपयोगिता का तत्त्व छिपा हुआ है। स्मृतियों में श्रद्धावश दान पर बड़ा जोर दिया गया है और ऐसे दान के विषय में पात्रापात्र का विचार भी खूब किया गया है। विद्या-दान में रत विद्वानों को, परोपकार में रत कर्मवीरों को, मानव-ज्ञान की वृद्धि में तत्पर तत्त्वान्वेषकों को जो अभाव हो उसे हमें समाज की भूख समझना चाहिए। इन्हें जो कुछ हम श्रद्धावश देते हैं, वह ठीक समाज के दुरुस्त पेट में जाता है, जहाँ से रस-रूप में उसका संचार अंग-अंग होता है। इसके विरुद्ध स्वार्थियों, अन्यायियों आदि को जो कुछ दिया जाता है वह समाज के अंग में उसी प्रकार नहीं लगता जिस प्रकार अतिसार या संग्रहणी वाले को खिलाया हुआ अन्न। भारतवर्ष में श्रद्धा का सम्बन्ध दान के साथ इतना गहरा समझा जाता है कि अश्रद्धापूर्वक दिया हुआ दान निष्फल माना जाता है। इसी से शुष्क प्रथानुसरण के रूप में भी यदि कुछ दिया जाता है तो श्रद्धा का नाम ले लिया जाता है। पंडों-पुरोहितों को देते हुए यजमान भी कहता है कि 'महाराज! इतनी ही श्रद्धा है' और पंडे-पुरोहित भी कहते हैं कि 'जितनी श्रद्धा हो उतना दो', यद्यपि इन पंडों और पुरोहितों के सम्बन्ध में सदा यह निश्चय नहीं रहता कि वे बड़े विद्वान्, बड़े धार्मिक या बड़े परोपकारी हैं। मनोविकार के उपयुक्त विषयों के निश्चय में कभी-कभी बुद्धि की भी थोड़ी-बहुत आवश्यकता होती है क्योंकि एक ही व्यक्ति के प्रति किसी को श्रद्धा होती है और किसी को अश्रद्धा। इसका कारण घृणा के अन्तर्गत अच्छी तरह दिखाया गया है।

श्रद्धा और प्रेम के योग का नाम भक्ति है। जब पूज्यभाव की वृद्धि के साथ श्रद्धाभाजन के सामीप्य-लाभ की प्रवृत्ति हो, उसकी सत्ता के कई रूपों के साक्षात्कार की वासना हो, तब हृदय में भक्ति का प्रादुर्भाव समझना चाहिए। जब श्रद्धेय के दर्शन, श्रवण, कीर्तन, ध्यान आदि से आनन्द का अनुभव होने लगे—जब उससे सम्बन्ध रखनेवाले श्रद्धा के विषयों के अतिरिक्त बातों की ओर भी मन आकर्षित होने लगे, तब भक्ति रस का संचार समझना चाहिए। जब श्रद्धेय का उठना-बैठना, चलना-फिरना, हँसना-बोलना, क्रोध करना आदि भी हमें अच्छा लगने लगे तब हम समझ लें कि हम उसके भक्त हो गए। भक्ति की अवस्था प्राप्त होने पर हम अपने जीवन-क्रम का थोड़ा या बहुत अंश उसे अर्पित करने को प्रस्तुत होते हैं और उसके जीवन-क्रम पर भी अपना कुछ प्रभाव रखना चाहते हैं। कभी हम अर्पण करते हैं और कभी याचना करते हैं। सारांश यह कि भक्ति द्वारा हम भक्ति-भाजन से विशेष

घनिष्ठ सम्बन्ध स्थापित करते हैं—उसकी सत्ता में विशेष रूप से योग देना चाहते हैं। किसी के प्रति श्रद्धा धारण करके हम बहुत करेंगे तो समय-समय पर उसकी प्रशंसा करेंगे, उसकी निन्दा करनेवालों से झगड़ा करेंगे या कभी कुछ उपहार लेकर उपस्थित होंगे, पर जिसके प्रति हमारी अनन्य भक्ति हो जाएगी वह अपने जीवन के बहुत-से अवसरों पर हमें अपने साथ देख सकता है। वह अपने बहुत-से उद्योगों में हमारा योगदान पा सकता है। भक्त वे ही कहला सकते हैं जो अपने जीवन का बहुत अंश स्वार्थ (परिवार वा शारीरिक सुख आदि) से विभक्त करके किसी के आश्रय से किसी ओर लगा सकते हैं। इसी का नाम है आत्म-निवेदन।

महात्माओं के ऊपर श्रद्धा मात्र करके हम उन्हें जीवन-शक्ति द्वारा उपार्जित कोई फल अर्पित कर सकते हैं, पर उनके भक्त होकर हम उन्हें अपने जीवन ही के कुछ अंश को अर्पित कर देते हैं। किसी वीरव्रती महात्मा पर बहुत श्रद्धालु होकर हम आर्थिक सहायता द्वारा उसके लिए कुछ सुभीता कर सकते हैं, अपने वचनों से उसे प्रसन्न और उत्साहित कर सकते हैं, पर उसके भक्त बनकर हम अपने शारीरिक बल को उसका शारीरिक बल बनाएँगे, अपनी जानकारी और चतुराई को उसकी जानकारी और चतुराई बनाएँगे, अपनी वाग्मिता को उसकी वाग्मिता बनाएँगे, अपनी तत्परता को उसकी तत्परता बनाएँगे, यहाँ तक कि जो कुछ हमसे होगा उसे हम उसका कर डालेंगे और इसी प्रकार उसके जीवन में अपने जीवन का योग देकर उसके सामाजिक महत्त्व या प्रभाव को बढ़ाएँगे और उसके थोड़े-बहुत हम भी भागी होंगे। श्रद्धा द्वारा हम दूसरे के महत्त्व के किसी अंश के अधिकारी नहीं हो सकते, पर भक्ति द्वारा हो सकते हैं। यहाँ तक कि दूसरे की भक्ति करके हम तीसरे की भक्ति के अधिकारी हो सकते हैं। राम पर अनन्य भक्ति करके हनुमान, अन्य राम-भक्तों की भक्ति के अधिकारी हुए।

श्रद्धालु महत्त्व को स्वीकार करता है, पर भक्त महत्त्व की ओर अग्रसर होता है। श्रद्धालु अपने जीवन-क्रम को ज्यों-का-त्यों छोड़ता है; पर भक्त उसकी काट-छाँट में लग जाता है। अपने आचरण द्वारा दूसरों की भक्ति के अधिकारी होकर ही संसार के बड़े-बड़े महात्मा समाज के कल्याण-साधन में समर्थ हुए हैं। गुरु गोविन्द सिंह को यदि केवल दंडवत् करनेवाले और गद्दी पर भेंट चढ़ानेवाले श्रद्धालु ही मिलते, दिन-रात साथ रहनेवाले—अपने सारे जीवन को अर्पित करनेवाले—भक्त न मिलते तो वे अन्याय-दमन में कभी समर्थ न होते। इससे भक्ति के सामाजिक महत्त्व को, इसकी लोक-हितकारिणी शक्ति को स्वीकार करने में किसी को आगा-पीछा नहीं हो सकता। सामाजिक महत्त्व के लिए आवश्यक है कि या तो आकर्षित करो या आकर्षित हो। जैसे इस आकर्षण-विधान के बिना अणुओं द्वारा व्यक्त पिंडों का आविर्भाव नहीं हो सकता, वैसे ही मानव-जीवन की विशद अभिव्यक्ति भी नहीं हो सकती।

भक्ति में किसी ऐसे सान्निध्य की प्रवृत्ति होती है जिसके द्वारा हमारी महत्त्व के अनुकूल गति का प्रसार और प्रतिकूल गति का संकोच होता है। इस प्रकार का सामीप्य-लाभ करके हम अपने ऊपर पहरा बैठा देते हैं—अपने को ऐसे स्वच्छ आदर्श के सामने कर देते हैं जिसमें हमारे कर्मों का प्रतिबिम्ब ठीक-ठीक दिखाई पड़ता है। जिसे अपनी वास्तविक क्षुद्रता का परिज्ञान अरुचिकर होगा वह सापेक्षिकता के भय से ऐसे महत्त्वादर्श का सामीप्य कभी न चाहेगा, दूर-दूर भागा फिरेगा। 'हमीं-हम' वाले 'तुम भी' नहीं सह सकते, 'तुम्हीं-तुम' की क्या बात है? ऐसे लोग तो स्वयं अपने लिए भक्त ढूँढ़ने निकलते हैं। भक्ति के लिए दैन्य अर्थात् दूसरे के महत्त्व के साथ अपने लघुत्व की भावना पहली बात है। इस भावना को जब हम मुक्त हृदय से मुग्ध होकर धारण करेंगे और दूसरे पर श्रद्धा कर लेंगे, तब हम उसके महत्त्व के सतत साक्षात्कार के लिए—अनेक रूपों में परिचय के लिए—उसके सामीप्य की इच्छा करते हुए उस श्रद्धा से प्रेम का भी मिश्रण करेंगे और अपने बहुत-से क्रिया-कलाप को अपने पूज्य प्रेम-पात्र के अधीन करके स्वयं महत्त्व के अभ्यास में प्रवृत्त होंगे। जन-साधारण के लिए इस प्रकार के आश्रय द्वारा महत्त्व-प्राप्ति सुगम होती है। जो उच्च पथ पहले कष्टकर और श्रम-साध्य जान पड़ता है वही भक्ति के बल से मनोहर लगने लगता है।

व्यक्ति-सम्बन्धहीन सिद्धान्त-मार्ग निश्चयात्मिका बुद्धि को चाहे व्यक्त हों, पर प्रवर्तक मन को अव्यक्त रहते हैं। वे मनोरंजनकारी तभी लगते हैं, जब किसी व्यक्ति के जीवन-क्रम के रूप में देखे जाते हैं। शील की विभूतियाँ अनन्त रूपों में दिखाई पड़ती हैं। मनुष्य जाति ने जब से होश सँभाला, तब से वह इन अनन्त रूपों को महात्माओं के आचरणों तथा आख्यानों और चरित्र-सम्बन्धी पुस्तकों में देखती चली आ रही है। जब इन रूपों पर मनुष्य मोहित होता है, तब सात्त्विक शील की ओर आप से आप आकर्षित होता है। शून्य सिद्धान्त वाक्यों में कोई आकर्षण-शक्ति या प्रवृत्तिकारिणी क्षमता नहीं होती। 'सदा सत्य बोलो', 'दूसरों की भलाई करो', 'क्षमा करना सीखो'—ऐसे-ऐसे सिद्धान्त-वाक्य किसी को बार-बार बकते सुन वैसा ही क्रोध आता है जैसे किसी बेहूदे की बात सुनकर। जो इस प्रकार की बातें करता चला जाए उससे चट कहना चाहिए—'बस चुप रहो, तुम्हें बोलने की तमीज नहीं, तुम बच्चों या कोल-भीलों के पास जाओ। ये बातें हम पहले से जानते हैं। मानव-जीवन के बीच हम इसके सौन्दर्य का विकास देखना चाहते हैं। यदि तुम्हें दिखाने की प्रतिभा या शक्ति हो तो दिखाओ, नहीं तो चुपचाप अपना रास्ता लो।' गुण प्रत्यक्ष नहीं होता, उसके आश्रय और परिणाम प्रत्यक्ष होते हैं। अनुभवात्मक मन को आकर्षित करनेवाले आश्रय और परिणाम हैं, गुण नहीं। ये ही अनुभूति के विषय हैं। अनुभूति पर प्रवृत्ति और निवृत्ति निर्भर हैं। अनुभूति मन की पहली क्रिया है, संकल्प-विकल्प दूसरी। अत:सिद्धान्त-पथों के सम्बन्ध में जो आनन्दानुभव करने की बातें हैं, जो

अच्छी लगने की बातें हैं, वे पथिकों में तथा उनके चारों ओर पाई जाएँगी। सत्पथ के दीपक उन्हीं के हाथ में हैं—या वे सत्पथ के दीपक हैं। सत्वोन्मुख प्राणियों के लिए ऐसे पथिकों के सामीप्य-लाभ की कामना करना स्वाभाविक ही है।

सामीप्य से अभिप्राय केवल किसी के साथ-साथ लगा रहना नहीं है। श्रवण, कीर्तन और स्मरण आदि भी सामीप्य ही के विधान हैं। बाह्य और अभ्यन्तर दोनों प्रयत्नों से सामीप्य की सिद्धि होती है। स्मरण द्वारा हम अपने आराध्य को—उसके कर्म-क्षेत्र को अपने अन्तःकरण के सामने उपस्थित करते हैं। यहाँ पर यह कहा जा सकता है कि जब हम इष्ट के कर्म-क्षेत्र को सामने लाते हैं तब उसमें ऐसे लोग भी तो आ जाते हैं जिन पर हमारी कुछ भी भक्ति नहीं। हाँ, आते अवश्य हैं। इनके द्वारा हमारे इष्ट के स्वरूप का पूर्ण विकास दिखाई पड़ता है—इनके बीच उनका (इष्ट का) रंग और खुल पड़ता है। यदि राम हमारे काम के हैं तो रावण भी हमारे काम का है। एक में हम अपने लिए प्रवृत्ति का क्रम पाते हैं, दूसरे में निवृत्ति का। जीवन में इस निवृत्ति और प्रवृत्ति का प्रवाह साथ-साथ चलता है। दुराचारी भी यदि अपने दुराचार का फल संसार के सामने पूर्ण रूप से भोग लेता है तो समाज के लिए उपयोगी ठहर जाता है। राम के हाथ से मारे जाने से रावण का जीवन भी सार्थक हो गया। यदि पापी अपने पाप का फल एकान्त में या आत्मा में ही, भोगकर चला जाता है तो वह अपनी जीवन की सामाजिक उपयोगिता की एकमात्र सम्भावना को भी नष्ट कर देता है। इसी से बहुत-से प्रायश्चित्तों के विधान में किए हुए पापों का सबके समक्ष कथन आवश्यक होता है।

पाप का फल छिपानेवाला पाप छिपानेवाले से अधिक अपराधी है पर ऐसे बहुत-से लोग होते हैं जो किसी का घर जलाते हाथ जलता है तो कहते हैं कि होम करते जला है। दुराचारियों के जीवन का सामाजिक उपयोग करने के लिए ही—संसार में धर्म की मर्यादा स्थापित करने के लिए ही श्रीकृष्ण ने अर्जुन को युद्ध में प्रवृत्त किया। यदि अधर्म में तत्पर कौरवों का नाश न होता और पांडव जीवन भर मारे-मारे ही फिरते तो संसार में अन्याय और अधर्म की ऐसी लीक खिंच जाती जो मिटाए न मिटती। जिस समाज में सुख और वैभव के रंग में रँगी अधर्म की ऐसी लीक दिखाई पड़े उसमें रक्षा करनेवाली आत्मा का अभाव तथा विश्वात्मा की विशेष कला के अवतार की आवश्यकता समझनी चाहिए, क्योंकि भगवान श्रीकृष्ण ने कहा है—

यदा यदा हि धर्मस्य ग्लानिर्भवति, भारत।
अभ्युत्थानमधर्मस्य तदात्मानं सृजाम्यहम्॥

यदि कहीं पाप है, अन्याय है, अत्याचार है तो उनका आशुफल उत्पन्न करना और संसार के समक्ष रखना, लोक-रक्षा का कार्य है। अपने ऊपर किए जानेवाले अत्याचार और अन्याय का फल ईश्वर के ऊपर छोड़ना व्यक्तिगत आत्मोन्नति के

लिए चाहे श्रेष्ठ हो; पर यदि अन्यायी या अत्याचारी अपना हाथ नहीं खींचता है तो लोक-संग्रह की दृष्टि से वह उसी प्रकार आलस्य या कायरपन है जिस प्रकार अपने ऊपर किए हुए उपकार का कुछ भी बदला न देना कृतघ्नता है।

अब भगवद् शक्ति को लीजिए। ऊपर जो कुछ कहा गया उससे स्पष्ट हो गया होगा कि मनुष्य की भक्ति के आधार क्या-क्या हैं। मनुष्य विश्व-विधान का एक क्षुद्र चेतन अंश है। उसमें धर्म, अधर्म, दया, निष्ठुरता आदि के भाव विश्व के उतने ही अंश से सम्बन्ध रखते हैं जितने के भीतर उसे कार्य करना है। यह कार्य और कुछ नहीं, अपनी समष्टि-स्थिति और सुख-सन्तोष का प्रयत्न मात्र है। अपने कार्य-क्षेत्र के बाहर यदि वह अपने इन भावों का सामंजस्य ढूँढ़ता है तो नहीं पाता है—कहीं उसे 'जीवो जीवस्य जीवनम्' का सिद्धान्त चलता दिखाई पड़ता है, कहीं लाठी और भैंस का। वह सोचता है कि इन बातों का अनुसरण मनुष्य-समाज में भी जानबूझकर क्यों न किया जाए, यह नहीं सोचता कि मनुष्य-जाति की स्थिति इन अवस्थाओं में बहुत आगे बढ़ी है और चेतना की श्रेणी में उससे आगे की ओर से कोई भूमि दिखाई नहीं पड़ रही है। वह दया को निरर्थक समझ अपने अन्तःकरण का एक अंग ही खंडित करना चाहता है। वह किसी को काना देखकर अपनी एक आँख फोड़ने चलता है। कुछ दिन पहले की सभ्यता मनुष्य जीवन को देवतुल्य बनाने में थी; अब मर्कटतुल्य और मत्स्यतुल्य बनाने में समझी जाने लगी है। पर यह सभ्यता जड़त्व और नाश की ओर ले ज़ानेवाली है। जब हृदय की कुछ उदात्त प्रवृत्तियाँ बोझ मालूम होने लगी हैं तब और प्राणियों की अपेक्षा अपने अन्तःकरण की पूर्णता का गर्व मनुष्य जाति कब तक कर सकती है? उसके मार्मिक अंग की व्यापकता के ह्रास और स्तब्धता की बुद्धि के भयंकर परिणाम का आभास योरप दे रहा है। अन्तःकरण की जितनी वृत्तियाँ हैं उनमें से कोई निरर्थक नहीं—सबका उपयोग है। इनमें से किसी की शक्ति फालतू नहीं। यदि मनुष्य इनमें से किसी को निष्क्रिय करने का अभ्यास डालेगा तो अपनी पूर्णता को खोएगा और अपनी स्थिति को जोखिम में डालेगा।

मिट्टी के ढेले, गुलाब के पौधे, कुत्ते और बिल्ली की अपेक्षा मनुष्य अपने में अंशी का अधिक अंश समझता है—उस सर्वात्मा का अधिक अंश समझता है—विश्व-विधान जिसकी नित्य क्रिया है; अतः स्थिति रक्षा-विधान की जो-जो बातें अपने में हैं उनका अभाव उसे अंशी या सर्व में मानते नहीं बनता। दया, दाक्षिण्य, प्रेम, क्रोध आदि अपनी अंशात्मा में देखते हुए सर्वात्मा में उनके अभाव की धारणा मनुष्य करे तो कैसे करे? अतः ज्ञानक्षेत्र में ईश्वर की खोज हम उतने ही घेरे में करेंगे जितने में इन्द्रियों की सहायता लेकर बुद्धि पहुँचती है और कर्म-क्षेत्र में उसकी भावना हम उसे उतने ही भावों से परिमित करके करेंगे जितने की हमारे मन में जगह है। हम हैं, हम समझते हैं कि हम हैं और हम चाहते हैं कि हम रहें,

ऐसी अवस्था में हम अपने स्थिति-रक्षा-सम्बन्धी भावों को परमावस्था पर पहुँचाकर ही उस परम-भावमय की भावना करेंगे। हम उसे धर्ममय, दयामय, प्रेममय मानेंगे और यह प्रेम उसी का रूप होगा जिस रूप में उसका व्यवहार मनुष्य-जाति में दिखाई पड़ता है—जिस रूप में मनुष्य-जाति को उसकी आवश्यकता पड़ती है। अत्याचारी से पीड़ित होकर मनुष्य उसके कोप का आह्नान करता है, आपद्ग्रस्त होकर उसकी दया का भिखारी होता है, सुख से सम्पन्न होकर उसके धन्यवाद के लिए हाथ उठाता है, भक्ति से पूर्ण होकर उसके आश्रय की वांक्षा करता है। ये ही व्यवहार वह मनुष्यों के साथ भी करता है।

अपने व्यवहार-पथ में आश्रय-प्राप्ति के निमित्त मनुष्य के लिए ईश्वर की स्वानुरूप भावना ही सम्भव है। स्वानुभूति द्वारा ही वह उस परमानुभूति की धारणा कर सकता है। इसी से भर्तृहरि ने 'स्वानुभूत्यैकमानव' कहकर नमस्कार किया है। यदि चिन्मय में अपनी इतनी अनुभूति का भी निश्चय मनुष्य को न हो तो वह प्रार्थना आदि क्यों करने जाए? कुत्ते प्रार्थना क्यों नहीं करते? उनमें धर्म की प्रतिष्ठा नहीं है—अर्थात् वे चेतना की उस भूमि तक नहीं पहुँचे हैं जिसमें समष्टि स्थिति की रक्षा से सम्बन्ध रखनेवालों का संचार होता है। वे यह नहीं जानते कि एक-दूसरे को काटने दौड़ने से कुक्कर-समाज की उन्नति और वृद्धि नहीं हो सकती। समष्टि-रक्षा या धर्म की ओर प्रवृत्त करनेवाले दया आदि भाव उन्हें प्राप्त नहीं हैं। उनमें स्वार्थ का भाव है, परमार्थ का भाव नहीं। धर्मो रक्षित: की धारणा उन्हें नहीं होती। जहाँ धर्म-भाव है वहीं ईश्वर की भावना है। जिन प्राणियों में जिन भावों का विकास नहीं हुआ है उनमें उनकी चरितार्थता की आवश्यकता प्रकृति नहीं समझती।

भक्ति का स्थान जहाँ मानव-हृदय है—वहीं श्रद्धा और प्रेम के संयोग से उसका प्रादुर्भाव होता है। अत: मनुष्य की श्रद्धा के जो विषय ऊपर कहे जा चुके हैं उन्हीं को परमात्मा में अत्यन्त विशद रूप में देखकर ही उसका मन खिंचता है और वह उस विशद रूप-विशिष्ट का सामीप्य चाहता है, उसके हृदय में जो सौन्दर्य का भाव है, जो शील का भाव है, जो उदारता का भाव है, जो शक्ति का भाव है, उसे वह अत्यन्त पूर्ण रूप में परमात्मा में देखता है और ऐसे पूर्ण पुरुष की भावना से उसका हृदय गद्गद हो जाता है, और उसका धर्म-पथ आनन्द से जगमगा उठता है। धर्म-क्षेत्र या व्यवहार-पथ में वह अपने मतलब भर ही ईश्वरता से प्रयोजन रखता है। राम, कृष्ण आदि अवतारों में परमात्मा की विशेष कला देख एक हिन्दू के हृदय की सारी शुभ और आनन्दमयी वृत्तियाँ उनकी ओर दौड़ पड़ती हैं, उनके प्रेम, श्रद्धा आदि को बड़ा भारी अवलम्ब मिल जाता है। उसके सारे जीवन में एक अपूर्व माधुर्य और बल का संचार हो जाता है। उसके सामीप्य का आनन्द लेने के लिए कभी वह उसके अलौकिक रूप-सौन्दर्य की भावना करता है, कभी उनकी बाललीला के चिन्तन से विनोद प्राप्त करता है, कभी धर्म-बलपूर्ण उनके निर्मल

चरित्र का गान करता है, कभी सिर झुकाकर वन्दना करता है—यहाँ तक कि जब जी में आता है, प्रेम से भरा उलाहना भी देता है। यह हृदय द्वारा अर्थात् आनन्द अनुभव करते हुए धर्म में प्रवृत्त होने का सुगम मार्ग है। भक्ति हृदय से की जाती है। बुद्धि से भक्ति करना ऐसा ही है जैसे नाक से खाना और कान से सूँघना। हमारे यहाँ भक्ति-विधान के अन्तर्गत श्रवण, कीर्तन, स्मरण, सेवा, अर्चन, वन्दन, दास्य, सख्य और आत्म-निवेदन ये नौ बातें ली गई हैं। जैसा कि ऊपर कहा जा चुका है, कोरी श्रद्धा में याचकता का भाव नहीं है, जब प्रेम के साथ उसका संयोग होता है तभी इस भाव की प्राप्ति होती है। श्रद्धावान श्रद्धेय पर अपने निमित्त किसी प्रकार का प्रभाव डालना नहीं चाहता, पर भक्त दाक्षिण्य चाहता है।

रामलीला, कृष्णलीला आदि सामीप्य-सिद्धि के विधान हैं। इस सामीप्य की कामना, भक्तवर रसखान ने बड़ी मार्मिकता से इस प्रकार प्रकट की है—

मानुष हौं तो वही 'रसखान'
बसौं सँग गोकुल गाँव के ग्वारन।
जो पसु हौं तो कहा बस मेरो,
चरौं नित नन्द की धेनु मँझारन।
पाहन हौं तो वही गिरि को,
जो किए हरि छत्रा पुरन्दर-धारन।
जो खग हौं तो बसेरो करौं,
मिलि कालिंदी-कूल कदंब की डारन॥

रामलीला द्वारा लोग वर्ष में एक बार अपने पूज्यदेव की आदर्श मानवलीला का माधुर्य देखते हैं। जिस समय दूर-दूर के गाँवों के लोग एक मैदान में आकर इकट्ठे होते हैं तथा एक ओर जटा-मुकुटधारी विजयी राम-लक्ष्मण की मधुर मूर्ति देखते हैं और दूसरी ओर तीरों से बिंधा रावण का विशाल शरीर जलता देखते हैं, उस समय वे धर्म के सौन्दर्य पर लुब्ध और धर्म की घोरता पर क्षुब्ध हो जाते हैं। इसी प्रकार जब कृष्णलीला में जीवन की प्रफुल्लता के साथ धर्म-रक्षा के अलौकिक बल का विकास देखते हैं, तब हमारी जीवन-धारणा की अभिलाषा दूनी-चौगुनी हो जाती है। हिन्दू-जाति इन्हीं की भक्ति के बल से इनकी प्रतिकूल अवस्थाओं के बीच अपना स्वतंत्र अस्तित्व बचाती चलती चली आई है—इन्हीं की अद्‌भुत आकर्षण शक्ति से वह इधर-उधर ढलने नहीं पाई है। राम और कृष्ण को बिना आँसू बहाए छोड़ना हिन्दू-जाति के लिए सहज नहीं था, क्योंकि ये अवतार अलग टीले पर खड़े होकर उपदेश देनेवाले नहीं थे, बल्कि मानव-जीवन में पूर्ण रूप से सम्मिलित होकर उसके एक-एक अंग की मनोहरता दिखानेवाले थे। मंगल के अवसरों पर उनके गीत गाए जाते हैं। विमाताओं की कुटिलता की, बड़ों के आदर की, दुष्टों के दमन

की, जीवन के कष्ट की, घर की, वन की, सम्पद की, विपद की जहाँ चर्चा होती है, वहाँ इनका स्मरण किया जाता है।

संसार में तटस्थ रहकर शान्ति-सुखपूर्वक लोक-व्यवहार-सम्बन्धी उपदेश देनेवालों का उतना अधिक महत्त्व हिन्दू धर्म में नहीं है जितना संसार के भीतर घुसकर उसके व्यवहारों के बीच सात्त्विक विभूति की ज्योति जगानेवालों का है। हमारे यहाँ उपदेशक ईश्वर के अवतार नहीं माने गए हैं। अपने जीवन द्वारा कर्म-सौन्दर्य संगठित करनेवाले ही अवतार कहे गए हैं। कर्म-सौन्दर्य के योग से उनके स्वरूप में इतना माधुर्य आ गया है कि हमारा हृदय आप से आप उनकी ओर खिंच पड़ता है। जो कुछ हम करते हैं—खेलना-कूदना, हँसना-बोलना, क्रोध करना, शोक करना, प्रेम करना, विनोद करना उन सब में सौन्दर्य लाते हुए हम जिन्हें देखेंगे उन्हीं की ओर ढल सकते हैं। वे हमें दूर से रास्ता दिखानेवाले नहीं हैं, आप रास्ते में चलकर हमें अपने पीछे लगाने क्या खींचनेवाले हैं। जो उनके स्वरूप पर मोहित न हो वह निस्सन्देह जड़ है।

सुनि सीतापति सील सुभाउ।
मोद न मन, तन पुलक, नयन जल सो नर खेहर खाउ॥

जो उनका नाम सुनकर पुलकित होता है, जो उनके स्वरूप पर मोहित होता है, उसके सुधरने की बहुत कुछ आशा हो सकती है। जो संसार या मनुष्यत्व का सर्वथा त्याग न कर दे, उसके लिए शुद्ध सात्त्विक जीवन का यही मार्ग है। रागों के सम्पूर्ण दमन की अपेक्षा रागों का परिष्कार ज्यादा काम में आनेवाली बात है। निर्लिप्त रहकर दूसरों का गला काटनेवालों से लिप्त होकर दूसरों की भलाई करनेवाले लोक-कल्याण के विचार से कहीं अच्छे हैं।

जनता के सम्पूर्ण जीवन को स्पर्श करनेवाला क्षात्र-धर्म है। क्षात्र-धर्म के इसी व्यापकत्व के कारण हमारे मुख्य अवतार राम और कृष्ण क्षत्रिय हैं। क्षात्र-धर्म ऐकान्तिक नहीं है। उसका सम्बन्ध लोक-रक्षा से है। 'कोई राजा होगा तो अपने घर का होगा' इससे बढ़कर झूठ बात शायद ही कोई मिले। झूठे खिताबों के द्वारा यह कभी सच नहीं की जा सकती। कर्म-सौन्दर्य की योजना छात्र-जीवन में जितने रूपों में सम्भव है, उतने रूपों में और किसी जीवन में नहीं। शक्ति के साथ क्षमा, वैभव के साथ विनय, पराक्रम के साथ रूप-माधुर्य, तेज के साथ कोमलता, सुख-भोग के साथ परदुखकातरता, प्रताप के साथ कठिन धर्म-पथ का अवलम्बन इत्यादि कर्म-सौन्दर्य के इतने अधिक प्रकार के उत्कर्ष-योग और कहाँ घट सकते हैं? इसी से क्षात्र-धर्म के सौन्दर्य में जो मधुर आकर्षण है वह अधिक व्यापक, अधिक मर्मस्पर्शी और अधिक स्पष्ट है। मनुष्य की सम्पूर्ण रागात्मिका वृत्तियों को उत्कर्ष पर ले जाने और विशुद्ध करने की सामर्थ्य उसमें है।

संसार में मनुष्य मात्र की समान वृत्ति कभी नहीं हो सकती। इस बात को भूलकर जों उपदेश दिए जाया करते हैं, वे पाखंड के अन्तर्गत आते हैं। वृत्तियों की भिन्नता के बीच से जो मार्ग निकल सकेगा वही लोक-रक्षा का मार्ग होगा—वही धर्म का चलता हुआ मार्ग होगा। जिसमें शिष्टों के आदर, दीनों पर दया, दुष्टों के दमन आदि जीवन के अनेक रूपों का सौन्दर्य दिखाई पड़ेगा, वही सर्वांगपूर्ण लोक-धर्म का मार्ग होगा। क्षात्र-धर्म-पालन की आवश्यकता संसार में सब दिन बनी रहेगी। कोई व्यापार-युग उसे नहीं हटा सकता। किसी अनाथ अबला पर अत्याचार करने पर एक क्रूर पिशाच को हम उद्यत देख रहे हैं। समझाना-बुझाना या तो व्यर्थ है अथवा उसका समय ही नहीं है। ऐसी दशा में यदि उन अबला की रक्षा इष्ट है, तो हमें चटपट उस कर्म में प्रवृत्त होना होगा जिससे उस दुष्ट को बाधा पहुँचे। उस समय का हमारा क्रोध कितना सुन्दर और अक्रोध कितना गर्हित होगा!

आचार्य हजारीप्रसाद द्विवेदी

सामाजिक प्रतिबद्धता को साहित्य का मर्म माननेवाले आचार्य हजारीप्रसाद द्विवेदी उन चिन्तक-आलोचकों में से हैं जिन्होंने साहित्य की नई मान्यताओं पर बल दिया। मनुष्यता को ऊर्ध्वगामी बनाने की शक्ति उनके साहित्य में है। वे मनुष्य को साहित्य का लक्ष्य मानते हैं और मानवता के उन्नयन को ही सोद्देश्य साहित्य की एकमात्र कसौटी सिद्ध करते हैं। मनुष्य को समाज की अक्षय निधि मानते हुए उसे दुर्गति के पंक से बचाने के साहित्यिक प्रयोजन की चर्चा में उन्होंने लिखा है, "समूची मनुष्यता जिससे लाभान्वित हो, एक जाति दूसरी जाति से घृणा न करके प्रेम करे, एक समूह दूसरे समूह को दूर न रखकर पास लाने का प्रयत्न करे। कोई किसी का मोहताज न हो, कोई किसी से वंचित न हो, इस महान् उद्देश्य से ही हमारा साहित्य प्रणोदित होना चाहिए।"

आचार्य हजारीप्रसाद द्विवेदी का जन्म उत्तर प्रदेश के बलिया जिले के एक गाँव आरत दुबे का छपरा (ओझवलिया) में 1907 ई. में हुआ। इनके बचपन का नाम बैजनाथ द्विवेदी था। 1929 ई. में संस्कृत साहित्य में शास्त्री और 1930 ई. में ज्योतिष विषय लेकर शास्त्राचार्य की उपाधि इन्होंने प्राप्त की। इसी वर्ष शान्तिनिकेतन में हिन्दी शिक्षक के रूप में कार्यारम्भ किया और रवीन्द्रनाथ ठाकुर और क्षितिमोहन सेन के सम्पर्क में आए। 1950 ई. तक वे शान्तिनिकेतन में ही रहे और 1940 ई. से 1950 ई. तक के दशक में डायरेक्टर के पद पर रहे। तदनन्तर क्रमशः काशी हिन्दू विश्वविद्यालय और पंजाब विश्वविद्यालय में हिन्दी विभाग के अध्यक्ष रहे। वहाँ से सेवानिवृत्त होकर 1968 से 1970 ई. तक हिन्दू विश्वविद्यालय के रैक्टर पद पर भी रहे। 1970 से 1972 ई. तक हिन्दी व्याकरण के मानकीकरण के लिए गठित समिति के संयोजक के रूप में कार्यरत रहे। नागरी प्रचारिणी सभा, काशी के हस्तलेखों की खोज तथा साहित्य अकादेमी से प्रकाशित नेशनल बिब्लियोग्राफी के निरीक्षक भी रहे। साहित्य-सेवा के लिए लखनऊ विश्वविद्यालय से उन्हें डी.लिट्. की मानद उपाधि प्राप्त हुई। सन् 1957 में राष्ट्रपति द्वारा 'पद्मभूषण' उपाधि से सम्मानित हुए। जीवन के अन्तिम दिनों में 'उत्तर प्रदेश हिन्दी संस्थान, लखनऊ' के उपाध्यक्ष रहे। 19 मई, 1979 को उनका देहावसान दिल्ली में हुआ।

द्विवेदी जी ने ऐतिहासिक दृष्टिकोण से हिन्दी साहित्य के विविध युगों की विवेचना की। हिन्दी साहित्य की समीक्षा में उन्होंने उन लोगों को महत्त्व दिया जो साहित्य की जनवादी परम्परा को मजबूत कर सकते थे। इतिहास के माध्यम से उन कमियों को पूरा किया जिन्हें पहले के इतिहासकार उपलब्धि मान रहे थे। अपने निबन्धों से उन्होंने साहित्य में संस्कृति-चिन्तन को ठोस आधार प्रदान किया। इन निबन्धों में व्याप्त सांस्कृतिक चेतना अभिजातवर्गीय सांस्कृतिक चेतना से अलग लोक-चेतना के अधिक नजदीक है। वे निबन्धों में गम्भीर प्रश्नों को उठाते हैं और सांस्कृतिक-मानवीय मूल्यों का तथ्याधारित शोध करते हुए आशावाद का अखंड सन्देश देते हैं।

आचार्य द्विवेदी की संस्कृत, बंगला, अपभ्रंश, अवधी, ब्रज आदि भाषाओं तथा संस्कृति, दर्शन, इतिहास, ज्योतिष, धर्मशास्त्र, मनोविज्ञान आदि में समान गति तथा गहरी रुचि थी। इन्होंने जैन, बौद्ध, सिद्ध, नाथ, वैष्णव साहित्य का गहन अध्ययन किया था। इनका योगदान भाषा की समृद्धि से साहित्य की समृद्धि तक फैला हुआ है और विविध विचारों, मान्यताओं के समन्वय की चेष्टा इनके साहित्य में समाहित है। अपने साहित्य में मुक्तिबोध जिस 'संवेदनात्मक ज्ञान' की चर्चा करते हैं द्विवेदी जी उसके जीवित पुंज हैं।

इनकी प्रकाशित कृतियाँ हैं—'हिन्दी साहित्य की भूमिका', 'कबीर', 'सूर-साहित्य', 'हिन्दी साहित्य का आदिकाल', 'हिन्दी साहित्य का उद्‌भव और विकास', 'मध्यकालीन धर्म साधना', 'मृत्युंजयी रवीन्द्र', 'नाथ सम्प्रदाय'; उपन्यास : 'बाणभट्ट की आत्मकथा', 'चारु चन्द्रलेख', 'पुनर्नवा', 'अनामदास का पोथा' (आलोचनात्मक ग्रन्थ); 'अशोक के फूल', 'विचार प्रवाह', 'कुटज', 'कल्पलता', 'विचार और वितर्क', 'आलोक-पर्व' आदि। सम्पादित कृतियाँ : 'संक्षिप्त पृथ्वीराजरासो', 'सन्देशरासक' (निबन्ध संग्रह)।

बहुमुखी प्रतिभा सम्पन्न द्विवेदी जी का सम्पूर्ण साहित्य राजकमल प्रकाशन, दिल्ली से ग्यारह खंडों में प्रकाशित हुआ है।

नाखून क्यों बढ़ते हैं?

बच्चे कभी-कभी चक्कर में डाल देनेवाले प्रश्न कर बैठते हैं। अल्पज्ञ पिता बड़ा दयनीय जीव होता है। मेरी छोटी लड़की ने जब उस दिन पूछ लिया कि आदमी के नाखून क्यों बढ़ते हैं, तो मैं कुछ सोच ही नहीं सका। हर तीसरे दिन नाखून क्यों बढ़ जाते हैं। बच्चे कुछ दिन अगर उन्हें बढ़ने दें, तो माँ-बाप अक्सर उन्हें डाँटा करते हैं, पर कोई नहीं जानता कि ये अभागे नाखून क्यों इस प्रकार बढ़ा करते हैं। काट दीजिए, वे चुपचाप दंड स्वीकार कर लेंगे, पर निर्लज्ज अपराधी की भाँति फिर छूटते ही सेंध पर हाजिर। आखिर ये इतने बेहया क्यों हैं?

कुछ ही लाख वर्षों की बात है, जब मनुष्य जंगली था, वनमानुष जैसा। उसे नाखून की जरूरत थी। उसकी जीवन-रक्षा के लिए नाखून बहुत जरूरी थे। असल में वही उसके अस्त्र थे। दाँत भी थे, पर नाखून के बाद ही उनका स्थान था। उन दिनों उसे जूझना पड़ता था, प्रतिद्वन्द्वियों को पछाड़ना पड़ता था, नाखून उसके लिए आवश्यक अंग था। फिर वह धीरे-धीरे अपने अंग से बाहर की वस्तुओं का सहारा लेने लगा। पत्थर के ढेले और पेड़ की डालें काम में लाने लगा (रामचन्द्र जी की वानरी सेना के पास ऐसे ही अस्त्र थे)। उसने हड्डियों के हथियार बनाए। इन हड्डी के हथियारों में सबसे मजबूत और ऐतिहासिक था देवताओं के राजा का वज्र, जो दधीचि मुनि की हड्डियों से बना था। मनुष्य और आगे बढ़ा। उसने धातु के हथियार पाए। जिनके पास लोहे के शस्त्र और अस्त्र थे, वे विजयी हुए। देवताओं के राजा तक को मनुष्य के राजा से इसलिए सहायता लेनी पड़ती थी कि मनुष्यों के राजा के पास लोहे के अस्त्र थे। असुरों के पास अनेक विद्याएँ थीं, पर लोहे के अस्त्र नहीं थे, शायद घोड़े भी नहीं थे। आर्यों के पास ये दोनों चीजें थीं। आर्य विजयी हुए। फिर इतिहास अपनी गति से बढ़ता गया। नाग हारे, सुपर्ण हारे, यक्ष हारे, गंधर्व हारे, असुर हारे, राक्षस हारे। लोहे के अस्त्रों ने बाजी मार ली थी। इतिहास आगे बढ़ा। पलीतेवाली बन्दूकों ने, कारतूसों ने, तोपों ने, बमों ने, बमवर्षक वायुयानों ने इतिहास को किस कीचड़-भरे घाट तक घसीटा है, यह सबको मालूम है। नखधर मनुष्य अब एटम बम पर भरोसा करके आगे की ओर चल पड़ा। पर उसके नाखून अब भी बढ़ रहे हैं। अब भी प्रकृति मनुष्य को उसके भीतरवाले अस्त्र से वंचित

नहीं कर रही है। अब भी वह याद दिला देती है कि तुम्हारे नाखून को भुलाया नहीं जा सकता। तुम वही लाख वर्ष पहले के नख-दन्तावलम्बी जीव हो—पशु के साथ एक ही सतह पर विचरनेवाले और चरनेवाले।

ततः किम्। मैं हैरान होकर सोचता हूँ कि मनुष्य आज अपने बच्चों को नाखून न काटने के लिए डाँटता है। किसी दिन, कुछ थोड़े लाख वर्ष पूर्व वह अपने बच्चों को नाखून नष्ट करने पर डाँटता रहा होगा। लेकिन प्रकृति है कि यह अब भी नाखून को जिलाए जा रही है और मनुष्य है कि वह अब भी उसे काटे जा रहा है। वे कमबख्त रोज बढ़ते हैं, क्योंकि वे अन्धे हैं, नहीं जानते कि मनुष्य को इससे कोटि-कोटि गुणा शक्तिशाली अस्त्र मिल चुका है। मुझे ऐसा लगता है कि मनुष्य अब नाखून को नहीं चाहता। उसके भीतर बर्बर युग का कोई अवशेष रह जाए, यह उसे असह्य है। लेकिन यह भी कैसे कहूँ, नाखून काटने से क्या होता है? मनुष्य की बर्बरता घटी कहाँ है? वह तो उसका नवीनतम रूप है! मैं मनुष्य के नाखूनों की ओर देखता हूँ, तो कभी-कभी निराश हो जाता हूँ। ये उसकी भयंकर पाशवी वृत्ति के जीवन्त प्रतीक हैं। मनुष्य की पशुता को जितनी बार भी काट दो, वह मरना नहीं जानती।

कुछ हजार साल पहले मनुष्य ने नाखून को सुकुमार विनोदों के लिए उपयोग में लाना शुरू किया था। वात्स्यायन के कामसूत्र से पता चलता है कि आज से दो हजार वर्ष पहले का भारतवासी नाखूनों को जमकर सँवारता था। उनके काटने की कला काफी मनोरंजक बताई गई है। त्रिकोण, वर्तुलाकार, चन्द्राकार, दन्तुल आदि विविध आकृतियों के नाखून उन दिनों विलासी नागरिकों के न जाने किस काम आया करते थे। उनको सिक्थक [मोम और अलत्तक (आलता)] से यत्नपूर्वक रगड़कर लाल और चिकना बनाया जाता था। गौड़ देश के लोग उन दिनों बड़े-बड़े नखों को पसन्द करते थे और दक्षिणात्य लोग छोटे नखों को। अपनी-अपनी रुचि है, देश की भी और काल की भी। लेकिन समस्त अधोगामिनी वृत्तियों को और नीचे खींचनेवाली वस्तुओं को भारतवर्ष ने मनुष्योचित बनाया है, यह बात चाहूँ भी तो भूल नहीं सकता।

मानव-शरीर का अध्ययन करनेवाले प्राणि-विज्ञानियों का निश्चित मत है कि मानव-चित्त की भाँति मानव-शरीर में भी बहुत-सी अभ्यासजन्य वृत्तियाँ रह गई हैं। दीर्घकाल तक उनकी आवश्यकता रही है। अतएव शरीर ने अपने भीतर एक ऐसा गुण पैदा कर लिया है कि वे वृत्तियाँ अनायास ही और शरीर के अनजाने में भी, अपने आप काम करती हैं। नाखून का बढ़ना उनमें से एक है, केश का बढ़ना दूसरा है, दाँत का दुबारा उगना तीसरा है, पलकों का गिरना चौथा है। और असल में सहजात वृत्तियाँ अनजानी स्मृतियों को ही कहते हैं। हमारी भाषा में भी इसके उदाहरण मिलते हैं। अगर आदमी अपने शरीर की, मन की और वाक् की अनायास

घटनेवाली वृत्तियों के विषय में विचार करे, तो उसे अपनी वास्तविक प्रवृत्ति पहचानने में बहुत सहायता मिले। पर कौन सोचता है? सोचता तो क्या, उसे इतना भी पता नहीं चलता कि उसके भीतर नख बढ़ा लेने की जो सहजात वृत्ति है, वह उसके पशुत्व का प्रमाण है। काटने की जो प्रवृत्ति है, वह उसकी मनुष्यता की निशानी है और यद्यपि पशुत्व के चिह्न उसके भीतर रह गए हैं, पर वह पशुत्व को छोड़ चुका है। पशु बनकर वह आगे नहीं बढ़ सकता। उसे और कोई रास्ता खोजना चाहिए। शस्त्र बढ़ाने की प्रवृत्ति मनुष्यता की विरोधिनी है।

मेरा मन पूछता है—किस ओर? मनुष्य किस ओर बढ़ रहा है? पशुता की ओर या मनुष्यता की ओर, अस्त्र बढ़ाने की ओर या अस्त्र काटने की ओर? मेरी निर्बोध बालिका ने मानो मनुष्य जाति से ही प्रश्न किया है—जानते हो, नाखून क्यों बढ़ते हैं? यह हमारी पशुता के अवशेष हैं। मैं भी पूछता हूँ—जानते हो, ये अस्त्र-शस्त्र क्यों बढ़ रहे हैं? ये हमारी पशुता की निशानी हैं। भारतीय भाषाओं में प्राय: ही अंग्रेजी के 'इंडिपेंडेंस' शब्द का समानार्थक शब्द नहीं व्यवहृत होता। 15 अगस्त को जब अंग्रेजी भाषा के पत्र 'इंडिपेंडेंस' की घोषणा कर रहे थे, देशी भाषा के पत्र 'स्वाधीनता दिवस' की चर्चा कर रहे थे। 'इंडिपेंडेंस' का अर्थ है अनधीनता या किसी की अधीनता का अभाव, पर 'स्वाधीनता' शब्द का अर्थ है—अपने ही अधीन रहना। अंग्रेजी में कहना हो, तो 'सेल्फडिपेंडेंस' कह सकते हैं। मैं कभी-कभी सोचता हूँ कि इतने दिनों तक अंग्रेजी की अनुवर्तिता करने के बाद भी भारतवर्ष 'इंडिपेंडेंस' को अनधीनता क्यों नहीं कह सका? उसने अपनी आजादी के जितने भी नामकरण किए—स्वतंत्रता, स्वराज्य, स्वाधीनता—उन सब में 'स्व' का बन्धन अवश्य रखा। यह क्या संयोग की बात है या हमारी समूची परम्परा ही अनजाने में हमारी भाषा द्वारा प्रकट होती रही है? मुझे प्राणी-विज्ञान की बात फिर याद आती है—सहजात वृत्ति अनजानी स्मृतियों का ही नाम है। स्वराज्य होने के बाद स्वभावत: ही हमारे नेता और विचारशील नागरिक सोचने लगे हैं कि इस देश को सच्चे अर्थ में सुखी कैसे बनाया जाए। हमारे देश के लोग पहली बार यह सोचने लगे हों, ऐसी बात नहीं है। हमारा इतिहास बहुत पुराना है, हमारे शास्त्रों में इस समस्या को नाना भावों और नाना पहलुओं से विचारा गया है। हम कोई नौसिखुए नहीं हैं, जो रातोरात अनजान जंगल में पहुँचकर अरक्षित छोड़ दिए गए हों। हमारी परम्परा महिमामयी, उत्तराधिकारी विपुल और संस्कार उज्ज्वल हैं। हमारे अनजाने में भी ये बातें हमें एक खास दिशा में सोचने की प्रेरणा देती हैं। यह जरूर है कि परिस्थितियाँ बदल गई हैं। उपकरण नए हो गए हैं और उलझनों की मात्रा भी बहुत बढ़ गई है, पर मूल समस्याएँ अधिक नहीं बदली हैं। भारतीय चित्त जो आज भी 'अनधीनता' के रूप में न सोचकर 'स्वाधीनता' के रूप में सोचता है, वह हमारे दीर्घकालीन संस्कारों का फल है। वह 'स्व' के बन्धन को आसानी से

नहीं छोड़ सकता। अपने आप पर अपने आपके द्वारा लगाया हुआ बन्धन हमारी संस्कृति की बड़ी भारी विशेषता है। मैं ऐसा तो नहीं मानता कि जो कुछ हमारा पुराना है, जो कुछ हमारा विशेष है, उससे हम चिपटे ही रहें। पुराने का 'मोह' सब समय वांछनीय ही नहीं होता। अपने बच्चे को गोद में दबाए रहनेवाली 'बन्दरिया' मनुष्य का आदर्श नहीं बन सकती। परन्तु मैं ऐसा भी नहीं सोच सकता कि हम नई अनुसंधित्सा के नशे में चूर होकर अपना सर्वस्व खो दें। कालिदास ने कहा था कि सब पुराने अच्छे ही नहीं होते, सब नए खराब ही नहीं होते, भले लोग दोनों की जाँच कर लेते हैं; जो हितकर होता है उसे ग्रहण करते हैं और मूढ़ लोग दूसरों के इशारे पर भटकते रहते हैं। सो हमें परीक्षा करके हितकर बात सोच लेनी होगी और अगर हमारे पूर्वसंचित भंडार में वह हितकर वस्तु निकल आवे, तो इससे बढ़कर और क्या हो सकता है?

जातियाँ इस देश में अनेक आई हैं। लड़ती-झगड़ती भी रही हैं, फिर प्रेमपूर्वक बस भी गई हैं। सभ्यता की नाना सीढ़ियों पर खड़ी और नाना ओर मुख करके चलनेवाली इन जातियों के लिए सामान्य धर्म खोज निकालना कोई सहज बात नहीं थी। भारतवर्ष के ऋषियों ने अनेक प्रकार से, अनेक ओर से इस समस्या को सुलझाने की कोशिश की थी। पर एक बात उन्होंने लक्ष्य की थी। समस्त वर्णों और समस्त जातियों का एक सामान्य आदर्श भी है। वह है अपने ही बन्धनों में अपने को बाँधना। मनुष्य पशु से किस बात में भिन्न है? आहार, निद्रा आदि पशु-सुलभ स्वभाव उसके ठीक वैसे ही हैं, जैसे अन्य प्राणियों के। लेकिन वह फिर भी पशु से भिन्न है। उसमें संयम है, दूसरों के सुख-दुख के प्रति संवेदना है; श्रद्धा है, तप है, त्याग है। मनुष्य के स्वयं के उद्भावित बन्धन हैं। इसीलिए मनुष्य झगड़े-टंटे को अपना आदर्श नहीं मानता, गुस्से में आकर चढ़ दौड़नेवाले अविवेकी को बुरा समझता है और वचन, मन और शरीर से किए गए असत्याचरण को गलत आचरण मानता है। यह किसी खास जाति या वर्ण या समुदाय का धर्म नहीं है। यह मनुष्य मात्र का धर्म है। महाभारत में इसलिए निर्वैर भाव, सत्य और अक्रोध को सब वर्णों का सामान्य धर्म कहा है—

एतद्धि त्रितयं श्रेष्ठं सर्वभूतेषु भारत।
निर्वैरता महाराज सत्यमक्रोध एव च॥

अन्यत्र इसमें निरन्तर दानशीलता को भी गिनाया गया है (अनुशासन 120/10)। गौतम ने ठीक ही कहा था कि मनुष्य की मनुष्यता यही है कि वह सबके सुख-दुख को सहानुभूति के साथ देखता है। यह आत्म-निर्मित बन्धन ही मनुष्य को मनुष्य बनाता है। अहिंसा, सत्य और अक्रोधमूलक धर्म का मूल उत्स यही है। मुझे आश्चर्य होता है कि अनजाने में भी हमारी भाषा में यह भाव कैसे रह गया है। लेकिन मुझे

नाखून के बढ़ने पर आश्चर्य हुआ था। अज्ञान सर्वत्र आदमी को पछाड़ता है, और आदमी है कि सदा उससे लोहा लेने को कमर कसे है।

मनुष्य को सुख कैसे मिलेगा? बड़े-बड़े नेता कहते हैं, वस्तुओं की कमी है, और मशीन बैठाओ, उत्पादन बढ़ाओ, और धन की वृद्धि करो, और बाह्य उपकरणों की ताकत बढ़ाओ। एक बूढ़ा था। उसने कहा—बाहर नहीं, भीतर की ओर देखो। हिंसा को मन से दूर करो, मिथ्या को हटाओ, क्रोध और द्वेष को दूर करो, लोक के लिए कष्ट सहो, काम करने की बात सोचो। उसने कहा—प्रेम ही बड़ी चीज है, क्योंकि वह हमारे भीतर है। उच्छृंखलता पशु की प्रवृत्ति है, 'स्व' का बन्धन मनुष्य का स्वभाव है। बूढ़े की बात अच्छी लगी या नहीं, पता नहीं। उसे गोली मार दी गई। आदमी के नाखून बढ़ाने की प्रवृत्ति ही हावी हुई। मैं हैरान होकर सोचता हूँ—बूढ़े ने कितनी गहराई में बैठकर मनुष्य की वास्तविक चरितार्थता का पता लगाया था।

ऐसा कोई दिन आ सकता है, मनुष्य के नाखूनों का बढ़ना बन्द हो जाएगा। प्राणिशास्त्रियों का ऐसा अनुमान है कि मनुष्य का अनावश्यक अंग उसी प्रकार झड़ जाएगा, जिस प्रकार उसकी पूँछ झड़ गई है। उस दिन मनुष्य की पशुता भी लुप्त हो जाएगी। शायद उस दिन वह मरणास्त्रों का प्रयोग भी बन्द कर देगा। तब तक इस बात से छोटे बच्चों को परिचित करा देना वांछनीय जान पड़ता है कि नाखून का बढ़ना मनुष्य के भीतर की पशुता की निशानी है और उसे नहीं बढ़ने देना मनुष्य की अपनी इच्छा है। अपना आदर्श है। वृहत्तर जीवन में अस्त्र-शस्त्र का बढ़ने देना मनुष्य की पशुता की निशानी है और उनकी बाढ़ को रोकना मनुष्यत्व का तकाजा है। मनुष्य में जो घृणा है, जो अनायास—बिना सिखाए—आ जाती है, वह पशुत्व की द्योतक है और अपने को संयत रखना, दूसरे के मनोभावों का आदर करना मनुष्य का स्वधर्म है। बच्चे यह जानें तो अच्छा हो कि अभ्यास और तप से प्राप्त वस्तुएँ मनुष्य की महिमा को सूचित करती हैं।

सफलता और चरितार्थता में अन्तर है। मनुष्य मरणास्त्रों के संचय से, बाह्य उपकरणों के बाहुल्य से उस वस्तु को पा भी सकता है जिसे उसने बड़े आडम्बर के साथ सफलता नाम दे रखा है। परन्तु मनुष्य की चरितार्थता प्रेम में है, मैत्री में है, त्याग में है, अपने को सबके मंगल के लिए निःशेष भाव से दे देने में है। नाखून का बढ़ना मनुष्य की उस अन्ध-सहजात वृत्ति का परिणाम है, जो उसके जीवन में सफलता ले आना चाहती है, उसको काट देना उस 'स्व'-निर्धारित आत्म-बन्धन का फल है जो उसे चरितार्थता की ओर ले जाता है।

कमबख्त नाखून बढ़ते हैं तो बढ़ें, मनुष्य उन्हें बढ़ने नहीं देगा।

कुबेरनाथ राय

कुबेरनाथ राय का जन्म 26 मार्च, 1933 को मतसाँ, गाजीपुर (उत्तर प्रदेश) में पिता बैकुंठ नारायण राय के यहाँ हुआ।

कुबेरनाथ राय साठोत्तरी पीढ़ी के लेखकों में भारतीय संस्कृति के उदात्त स्वरों को आधुनिक जीवन-सन्दर्भ में व्याख्यायित करनेवाले रसधर्मा ललित निबन्धकार के रूप में सदैव स्मरणीय हैं।

राय जी ने निबन्ध-लेखन के क्षेत्र में अपनी विशिष्ट प्रतिभा का परिचय दिया है। उनका चिन्तन और उस चिन्तन से प्रसूत उनकी अभिव्यक्ति क्षमता आधुनिक निबन्धकारों में महत्त्वपूर्ण है। वे वर्तमान जीवन के आत्मघात, अन्धी आस्था एवं निरर्थक शब्द मोह और मूढ़ता को काटकर नये कर्म की तलाश करने की प्रेरणा देते हैं और इस प्रेरणा के लिए उनके अनेक निबन्ध-संग्रह अब तक प्रकाशित हो चुके हैं। आरम्भ में वे 'माधुरी' और 'विशाल भारत' जैसे पत्रों में वैचारिक निबन्ध लिखते थे। धर्मवीर भारती से उन्हें ललित निबन्ध लिखने की प्रेरणा मिली। उनका पहला निबन्ध-संग्रह 'प्रिया नीलकंठी' 1968 में प्रकाशित हुआ। हिन्दी-जगत् में इसका स्वागत हुआ। इसके बाद आपके क्रमश: 'रस आखेटक', 'गन्धमादन', 'विषाद योग', 'निषाद बाँसुरी', 'पर्ण मुकुट', 'महाकवि की तर्जनी', 'मणि पुतुल के नाम', 'कामधेनु', 'मन पवन की नौका', 'किरात नदी में चन्द्रमधु', 'दृष्टि अभिसार' तथा 'त्रेता का बृहत्साम' आदि निबन्ध-संग्रह प्रकाशित हो चुके हैं।

कुबेरनाथ राय मुख्यत: आत्मव्यंजक एवं ललित निबन्धकार हैं, किन्तु रूप-संरचना की दृष्टि से उनके निबन्ध संश्लिष्ट निर्बन्धता का रूप प्रस्तुत करते हैं। उनकी निर्बन्धता साध्य या केवल शैली-चमत्कार नहीं है। यह निर्बन्धता लेखक की समग्र जीवन-दृष्टि द्वारा अनायास सिद्ध हुई है। संवेदन की निरन्तरता जहाँ इन निबन्धों को संश्लिष्ट बनाती है, वहीं चेतना-प्रवाह की शैली निबन्ध के पारम्परिक अनुशासन को तोड़ती चलती है और उसे उन्मुक्तता तथा जीवन्तता प्रदान करती है। ये निबन्ध मात्र आलोचनात्मक ही नहीं, वरन् सर्जनात्मक भी हैं। इनमें धरती का मोह, धरती का क्रोध एवं धरती की वासना समग्र रूप में

व्यक्त हुई है। इनमें जीवन-मूल्यों के प्रति गहरी प्रतिबद्धता का भाव है, मुक्ति का नहीं, इनमें जीवन और जन्म के प्रति गहरा मोह है।

कुबेरनाथ राय जीवन के विविध आयामों—शिक्षा, धर्म, पुराण, इतिहास आदि सबके प्रति गहरी दृष्टि रखनेवाले मानव-जगत् को इनके प्रति सतर्क एवं सजग रखनेवाले और 'सर्वहारा' की बात न करके 'गरीब' की बात करनेवाले सप्राण साहित्य साधक हैं। श्री राय का निबन्ध के प्रति भावात्मक एवं चिन्तनपरक दृष्टिकोण है और इसीलिए उसमें तारतम्य है, क्रम है और अन्विति भी। यही कारण है कि श्री राय का हिन्दी के आधुनिक निबन्धकारों में स्वतंत्र अस्तित्व है। उनके लेखन का मूल उत्स 'रस' की तलाश है। इसीलिए जहाँ उस 'रस' की मात्रा क्षीण हुई है वहीं उसकी तेजस्विता तथा जातीय अस्मिता के भाव अधिक मुखर या उदग्र रूप में सामने आए हैं। वस्तुत: श्री राय के निबन्धों में लालित्य की बौद्धिकता है। बहुपठित्व और विश्लेषण के साथ-साथ मन की गहराइयों में प्रविष्ट करने की उनकी क्षमता असीम है। वे अपनी पकड़ में गहन हैं और यह विशेषता उनकी 'बौद्धिकता' और 'हार्दिकता' के बीच सेतु जैसी दिखाई देती है।

श्री राय को लोक-जीवन एवं ग्रामीण रहन-सहन से गहरी आत्मीयता है। वे इसे किसी भी दशा में अपने से अलग या विस्मृत नहीं कर पाते। यही कारण है कि ग्रामीण सत्तू-भोज्य संस्कृति उन्हें अनायास आकृष्ट कर लेती है, क्योंकि उनकी मान्यता है कि, "मैं साहित्यकार होते हुए भी अदना किसान हूँ।" इस कथन से उनमें ग्रामीण जीवन के प्रति गहरी आस्था और लगाव झलकता है। गाँवों से पहले प्रतिभा-पलायन की समस्या थी अब शहरीकरण के चाकचिक्य-चकाचौंध के चलते गाँव सूने दीख रहे हैं। किसानी का मतलब घाटे का सौदा होकर रह गया है। किसान कर्ज में जन्म लेता है और कर्ज के बोझ तले दबकर मरने के लिए अभिशप्त हो गया है। श्री राय की लोक-चेतना इसे भी बिसूरती है। यह सराहनीय और श्लाघ्य है।

कुबेरनाथ भी पं. विद्यानिवास मिश्र की तरह ही विशुद्ध निबन्धकार हैं। कुबेरनाथ राय मुख्यत: व्यक्तिव्यंजक निबन्धकार हैं। इतिहास, संस्कृति, मिथक, परम्परा, आधुनिकता, लोकमन आदि उनके निबन्धों की आधारभूमि हैं। वेद, उपनिषद, पुराणों, भारतीय दर्शन के साथ ही विश्व की अनेक विचारधाराओं के ज्ञान का प्रभाव इनके निबन्धों में लक्षित होता है। परम्परा के प्रति विशेष आकर्षण इनके साहित्य में है, किन्तु रूढ़ियाँ इन्हें सह्य नहीं हैं। आधुनिकता के प्रति भी दृष्टि एकांगी है। आचार्य द्विवेदी एवं विद्यानिवास जी की तरह ही परम्परा एवं शास्त्र के साथ लोकमत और लोकसंस्कृति को जोड़कर देखते हैं। प्रतीकों एवं मिथकों के चयन में भी कुबेरनाथ राय इन्हीं की परम्परा में हैं।

वस्तुत: श्री राय के निबन्ध शिल्प-संरचना, भाषा शैली की दृष्टि से हिन्दी निबन्ध यात्रा की प्रमुख उपलब्धि हैं। संस्कृत की ठेठ परम्परा से नि:सृत पदावली,

उसकी ललित अर्थ-व्यंजना के साथ ही आंचलिक शब्दावली का आत्मीय प्रयोग उनकी भाषा को सर्जनात्मक बनाए रखती है। इनके दर्जनाधिक निबन्ध इसके साक्ष्य हैं। इनके निबन्धों में अनुभूति का स्पर्श अत्यन्त आत्मीय है। इनकी शैली प्रवाहपूर्ण, भावात्मक और विवेचनपरक है। भाषा के पद-लालित्य ने इसे रमणीय एवं काव्यात्मक संस्पर्श दे दिया है!

निष्कर्षत: कहा जा सकता है कि हिन्दी के ललित निबन्धकारों में कुबेरनाथ राय का विशिष्ट एवं महत्त्वपूर्ण स्थान है। अध्ययन की व्यापकता एवं गहरा सांस्कृतिक चिन्तन उनके निबन्धों की विशिष्ट पहचान है। आधुनिक जीवन पद्धति की मूल्यहीनता तथा खोखलेपन के प्रति क्षोभ के साथ-साथ जीवन को समृद्ध करनेवाले तत्त्वों के स्वीकार का आवर्जक आग्रह उनके निबन्धों को चिर-प्रासंगिकता एवं सार्थकता प्रदान करते हैं।

मतसाँ, गाजीपुर (उत्तर प्रदेश) में 5 जून, 1996 को निधन।

राघवः करुणो रसः

नये साहित्य में करुण रस की नवीनतम स्थिति है : निर्वासन। नये साहित्य में निर्वासन-भाव का स्वतंत्र विकास इस रूप में हो रहा है कि यह स्थायी भाव जैसा बन गया है। ऐसी हालत में एक स्वतंत्र 'निर्वासन-रस' की कल्पना कर ली जाए, तो भी कोई हर्ज नहीं। यह मात्र साहित्यिक व्यथा नहीं है। विश्व स्तर पर आज मनुष्य इस निर्वासन-व्यथा को वास्तविक रूप में भोग रहा है। यह तथ्य है। यह सही है कि इसका जो रूप अर्थ-काम के अति सुख से उत्पीड़ित अमरीका में है, वही रूप त्रास और दैन्य से पीड़ित पश्चिमी यूरोप में नहीं है। रूस, चीन या तिब्बत में तो इस निर्वासन की विधा ही बिलकुल अलग किस्म की है। पर किसी न किसी रूप में मनुष्य (अर्थात् उसका सजीव रूप 'व्यक्ति') सर्वत्र निर्वासन भोग रहा है। हिन्दुस्तान में यह उतने व्यापक तौर पर भले हो न हो, पर है यह जरूर। सुबूत के तौर पर शरणार्थियों, विस्थापितों, पुराने ईमानदार कांग्रेसियों, आदर्शवादी बुद्धिजीवियों, नवबोध प्राप्त विश्वविद्यालय स्तर के छात्रों, आदर्शवादी पार्टी कर्मियों (चाहे जो पार्टी हो, या जो आदर्श हो), अल्पसंख्यक ईमानदार अफसरों आदि के हृदय में प्रवेश करके देखें, तो पता चलेगा कि सभी अपने आपको अपने परिवेश से, एवं आसपास से निर्वासित अनुभव कर रहे हैं। कारण विभिन्न हैं, वस्तुस्थितियाँ विभिन्न हैं, पर शाप एक ही है, जो सबके शीश पर प्रेत की तरह मँडरा रहा है। इनमें भी जो निर्वासन साथ-साथ बौद्धिक 'अजनबीपन' के शिकार हैं (यद्यपि अपने देश में ऐसे बहुत कम हैं) उनकी यातना दुहरी भयावह है।

यहाँ पर हम समस्या को विश्व स्तर पर ले रहे हैं। नया मनुष्य अकारण निर्वासित है, ऐतिहासिक शक्तियों द्वारा। इस पीढ़ी का कोई अपराध नहीं। ऐसे अकारण निर्वासन का उदाहरण 'रामायण' में भी है। राम उसी तरह अकारण निर्वासित हुए थे, जैसे आज का नया मनुष्य। स्थिति दोनों की एक है। दोनों निरपराध हैं। पर परिवेश की सतही समानता के वावजूद अपने-अपने सन्दर्भ में उनको प्रतिक्रिया समानधर्मी नहीं होती है। राम का व्यक्तित्व निर्वासन सन्दर्भ के भीतर जैसी प्रतिक्रिया करता है, वैसा नये मनुष्य का व्यक्तित्व नहीं। यहाँ पर हम राम के व्यक्तित्व के कुछ पहलुओं की चर्चा इस निर्वासन के सन्दर्भ में रखकर प्रस्तुत कर रहे हैं।

राम के निर्वासन का चरम रूप सीताहरण के पश्चात् और लंका-अभियान के पूर्व के मध्यान्तर में मिलता है। इसमें भी 'किष्किन्धा कांड' के भीतर सुग्रीव-अभिषेक के बाद माल्यवत-शिखर पर बिताए गए कुछ मास निर्वासन और निस्संगता की तीव्रतम स्थिति है। मन बालि-वध की उत्तेजना से पीड़ित है। नूपुर और वस्त्र देखकर उन्हें अन्दाज हो गया है कि उनका शत्रु रावण ही है। जटायु ने भी यही सूचना दी थी। अत: महाप्रतापशाली शत्रु की चिन्ता, अपने अकेलेपन और असहायता का बोध, बालि-वध की उत्तेजना, मैथिली के प्रति करुणा, और अनिश्चित भविष्य की चिन्ता तो थी ही। ऊपर से वर्षाकाल आ जाने से कोई भी प्रयत्न नहीं किया जा सकता। शरद् के आगमन की प्रतीक्षा करो। तब तक निष्क्रिय बैठे रहो और कातरतावश अपना आत्मक्षय करो। इस मन:स्थिति में ही राम का धीर-गम्भीर और करुण-श्यामल रूप दुख के अन्धकार के भीतर से फूटता है। यह रूप और यह आत्मसंघर्ष वाल्मीकि और तुलसीदास ने वर्षा-वर्णन और शरद्-वर्णन के माध्यम से प्रस्फुटित किया है। वाल्मीकि के वर्णन में आत्मसंघर्ष की ही प्रधानता है। उनका वर्षा-वर्णन नायक की व्यथा और उसकी सहज धीरता, उसकी काम-कातरता और उसके शान्त सौन्दर्यबोध का घोर अन्तर्द्वन्द्व प्रस्तुत करता है। ऐसा लगता है कि राम अपनी उत्तेजना को प्रकृति के शान्त सौन्दर्यबोध में डुबोकर एक शान्त बिन्दु पाने का दुर्निवार प्रयत्न कर रहे हैं। वाल्मीकि ने यह दिखाया है कि यह असह्य दुख मिट नहीं पाता। इसे भोगने के अतिरिक्त कोई चारा नहीं, कोई विकल्प नहीं। लीला का जन्म ही भोगने के लिए होता है। उनके शरद्-वर्णन में चलकर यह उत्तेजना और तीव्र हो गई है। परन्तु तुलसी का बोध अलग है। उनकी उदात्त धीरता को वे शरद्-वर्णन तक ले जाते-जाते इस आत्मसंघर्ष में जयी बना देते हैं और उनका मन शान्त, स्थिर और सबल हो जाता है।

क्षितिज के शिखरों पर मेघों की नील सोपान पंक्ति खड़ी है, नील अम्बर तक आरोहण करने के लिए। राम प्रारम्भ में ही कहते हैं, लक्ष्मण, देखो,

सन्ध्यारागोत्थितैस्ताम्रैरन्तेष्वपि च पांडुभि।
स्निग्वैरभ्रपटच्छेदैर्बद्धव्रणमिवाम्बरम्॥
मन्दमारुतनिश्वाससन्ध्याचन्दनरञ्जितम्।
वपांडु जलद भाति कामातुरमिवाम्बरम्॥
एपा धर्मपरिक्लिष्टा नववारिपरिप्लुता।
सीतेव शोकसंतप्ता मही वाष्पं विमुञ्चति॥

(सन्ध्या के कारण आकाश का रंग ताम्रवर्णी और पांडुर है। लगता है कि आकाश के हृदय में भी घाव है और भीगे बादलों को पट्टी उस पर बँधी है। सन्ध्या चन्दन से चर्चित पांडुरवर्णी बादलों वाला आकाश कामातुर-सा लगता है, जिसका

चेहरा पीला पड़ गया है और मन्द मारुत जिसकी कामोत्तेजना का निश्वास है। तेज धूप से पीड़ित नये जल सी सींची धरती से वाष्प उठ रही है, जैसे यह शोक-सन्तप्त सीता हो।)—किष्किन्धा कांड, सर्ग 27।

राम अपने अन्तर के घाव को विश्व प्रकृति के हृदय में ('बद्ध-व्रणमिवाम्बरम्') पाते हैं और यह घाव तब और रिस उठता है, जब नील मेघ में दामिनी दमकती है। उन्हें लगता है, मानो रावण के अंक में कातर तपस्विनी वैदेही हो। वे फिर कहते हैं "हे सौमित्र, पर्वत के सानु पर फूले हुए कुटजों को देखो। ये मेरे शोकाभिभूत मन में काम-सन्दीपनार्थ पुष्पित हो रहे हैं।" इसके बाद छन्द बदल जाता है और एक से एक कोमल और संगीतमय चित्र आते हैं। पर असह्य दुख की अन्तर्धारा सारी कोमलता को भेद कर प्रतापशाली शत्रु की चिन्ता के रूप में आ जाती है और फिर शोक और कातरता का अनुष्टुप छन्द लौट आता है। यह दुख प्रेमिका के लिए रीतिबद्ध नागर का दुख नहीं है। यह 'तपस्विनी वैदेही' 'पवित्र मैथिली' की कातर अवस्था के प्रति करुणा अधिक है और व्यक्तिगत निजी काम-व्यथा कम। यह पवित्रता और सौन्दर्य के आहत होने पर बोध किया गया एक विश्वव्यापी दुख है। इस दुख को राम कातर रूमानी नायक की तरह नहीं वहन करते हैं। वे धीरता के समुद्र हैं और दुख उन्हें उद्धार की चिन्ता की ओर प्रेरित करता है। यद्यपि दुख असह्य है और उनके व्यक्तित्व का एक अंश उसे अहर्निश भोग रहा है। इस नियति से कोई मुक्ति नहीं, कोई क्षमा नहीं। कोई शान्त बिन्दु नहीं।

पर तुलसी इस यातनामय निर्वासन और आत्मसंघर्ष के बीच से नायक को शान्त बिन्दु की ओर ले गए हैं। उनके 'नीलाम्बुज श्यामल कोमल' राम के व्यक्तित्व की जड़ें अगाध धीरता के समुद्र में है। उन्होंने उत्तेजना और आत्मसंघर्ष से शान्त बिन्दु तक की मानसिक प्रक्रिया को मूलत: चार स्तरों में विभाजित किया है। उत्तेजना के प्रथम आघात से जब वे दीन भाव से "हे खगमृग, हे मधुकर श्रेणी" आदि कहते हैं, तो लगता है कि उनका व्यक्तित्व टूट-टूटकर बिखर जाएगा। पर भीतर-ही-भीतर अमृत और प्राण की शक्तियाँ सक्रिय हैं। फिर वसन्त आता है। सारा वन कुसुमित हो उठता है। काम के तीरों से तरु-लता क्या, सारी सृष्टि, पीड़ित और उल्लसित है। यह पीड़ा राम भी भोगते हैं, पर उनके भीतर का देवता, उनका सहज पुनीत मन, 'अनासक्ति के अमृत से उस यातना को सींचकर ठंडा कर रहा है। एक ओर कामना तीव्र है, तो दूसरी ओर वैराग्य का स्वर भी सक्रिय है। जो आत्मसंघर्ष वाल्मीकि के वर्षा-वर्णन में है, वह तुलसी के बसन्त-वर्णन (अरण्यकांड) में है। कल्याण के कल्पवृक्ष स्वरूप नारद का प्रवेश इसी संघर्ष-भूमि में आकर वैराग्य और अनासक्ति के वातावरण को और सबल बना देता है। फिर पम्पासर आते हैं। बालि का वध करते हैं। रावण जैसे शत्रु को चिन्ता, अनिश्चित भविष्य तथा निष्क्रिय स्थिति की पीड़ा के सन्दर्भ में वर्षा आती है। पर उत्तेजना का पर्याप्त अवसर होने पर

भी मन सहज धीरता की स्थिति में है। "प्रियाहीन डरपत मन मोरा" कहकर अन्तर की सतत जागरूक व्यथा का एक संकेत मात्र कर देते हैं। अब वे प्रथम अवस्था की तरह कातर और कमजोर नहीं है। मयूर नृत्य और मेघ गर्जन से प्रिया की याद आती है। पर वे उत्तेजना को प्रकृति के शान्त सतोगुणी सौन्दर्य में लीन कर देते हैं। सारी मानसिक भूमि अचानक हरी-भरी और नील-रमणीय हो उठती हैं। दुख और उत्तेजना शान्तसौन्दर्य में स्नान करके शुद्ध हो चुके हैं। प्रकृति के कोमल चित्रों से सरल, सादे नागरिक विदग्धताहीन, सतोगुणी संस्कार जन्म ले रहे हैं। शरद् तक आते-आते मन पूरा प्रकृतिस्थ है। शरद् इस समूची प्रक्रिया की अन्तिम कड़ी है, जहाँ मन पूर्ण शान्त है, जहाँ धीरता जयी हो गई है। वे जानते हैं, शोक का समुद्र विस्तीर्ण है। पर अब वे शान्त उत्तेजनाहीन मन से उद्धार की चिन्ता करने में समर्थ है। वाल्मीकि का चित्र मानवीयता की दृष्टि से तुलसी से अधिक वास्तविक लगता है्। पर निर्वासन के भीतर से "धीर गम्भीर स्निग्ध श्यामल" रूप तुलसी में अधिक सशक्त ढंग से अभिव्यक्त होता है। सहज सौन्दर्यबोध और सतोगुणी मन की यह विजय 'धीर-करुण' रस के प्रतीक राघव के अधिक उपयुक्त है। यद्यपि दोनों चित्र मानवीय हैं, दोनों सहज हैं, पर एक है मात्र यथार्थ और दूसरा है 'अतिमापरक (ट्रासेंडेंटल) यथार्थ'। जीवन में दोनों का अस्तित्व है और दोनों वास्तविक हैं। यह और बात है कि एक की मिसालें ज्यादा मिलती हैं और दूसरे की कम। पर महिमा पा जन्म दूसरे से ही होता है। राम मनुष्य की इसी महिमा के प्रतीक हैं।

नये मनुष्य के निर्वासन में शान्त सौन्दर्यबोध के इसी अमृत स्पर्श का अभाव है। ऐतिहासिक शक्तियों ने (नाजीवाद, कम्यूनिज्म, महायुद्ध और विभाजन) ने उसके ऊपर जितना निर्वासन थोपा है, उससे ज्यादा उसने स्वयं आगे बढ़कर वरण कर लिया है। उसका 'स्व' जिस ऋत का पान करके जी रहा है, उसी ऋत की धुरी (अर्थात् मानवीय मूल्य जिनमें 'सौन्दर्य' भी एक है) उसने छिन्न-भिन्न कर डाली है। फलत: कई प्रकार के मूल्यों के प्रति एक मानसिक अवरोध (इनहिवीशन) की रचना उसने कर ली है। शान्त सौन्दर्यबोध को 'वर्डस्वार्थियन' या 'रूमानी' कहकर तिरस्कृत करना आज का आम कायदा हो गया है। रामायणकार ने वर्षा और शरद् का वर्णन केवल महाकाव्य की परिभाषा-सम्मत परिपाटी के पालन के लिए नहीं किया है। रामायणकार यहाँ दिखाना चाहता है कि शान्त सौन्दर्यबोध से निर्वासन का विष कटता है। परिपाटी पालन के लिए तो अयोध्याकांड में या सीताहरण के पूर्व भी वर्षा-वर्णन दिया जा सकता है। पर वाल्मीकि या तुलसीदास ने उपर्युक्त कारण से ही वर्षा-वर्णन को निर्वासन की तीव्रतम अवस्था के सन्दर्भ में रखा है।

निर्वासन की इस स्थिति में, आत्मक्षय और कुंठा से राम की रक्षा में उनके स्वभाव का एक दूसरा दिक् भी है, जिसका महत्त्व इस सौन्दर्यबोध से अधिक है। सौन्दर्यबोध तो अवसर-जात निदान है। स्थायी निदान नहीं। स्थायी निदान है

अनासक्ति या 'स्व' के प्रति तटस्थता। राम किसी मोह से बँधे नहीं हैं। भरत और लक्ष्मण उनकी दोनों आँखों के तारे हैं। मैथिली उनके हृदय की सहज साँस हैं। पर इतना होते हुए भी जब चरम बिन्दु आता है तो वे घोर अनासक्त हो जाते हैं, और किसी का भी त्याग कर सकते हैं। चरम बिन्दु पर उपस्थित होने पर उनके मन में न तो काम की उत्तेजना है और न क्रोध की। वे अपने-आपको ऋत चक्र के साथ एकाकार मानने लगते हैं। इसी से उन्हें दर्द नहीं होता, मनस्ताप नहीं होता, आत्मक्षय नहीं होता। निर्वासन के नागदन्त विष-हीन हो जाते हैं। उनमें सहज प्रेम है, पर आसक्ति नहीं। सहज प्रेम आत्मा का अमृत रस है, पर आसक्ति आत्मा का बन्धन है। वे 'रोमियो' या 'दुष्यन्त' नहीं। सीता को अग्नि-परीक्षा के अवसर पर स्पष्ट बता देते हैं—"मैथिली, यह युद्ध मैंने तुम्हारे प्रति आसक्ति या कामना से नहीं किया। ऐसा मुझे 'करना' था, अत: मैंने किया।" रावण का वध वे व्यक्तिगत रोष के कारण या पत्नी के उद्धार के लिए नहीं करते हैं। पत्नी-उद्धार तो निमित्त मात्र था। वास्तविक उद्देश्य था, ऋत चक्र की बिगड़ी गति को ठीक करना, उसकी दिशा को ठीक करना। यदि 'रामायण' पत्नी-हरण और उद्धार का काव्यमात्र है तो इसका विश्वव्यापी मूल्य क्या रह गया? यह व्यक्तिगत ट्रेजेडी और व्यक्तिगत समाधान के स्तर की चीज नहीं। यदि प्रिया मैथिली के प्रति आसक्ति ही इस युद्ध का कारण रहती, तो इतनी निर्विकारता से सारी व्यक्तिगत व्यथा को दबाकर मैथिली का दुबारा वे त्याग नहीं कर सकते थे। तथ्य तो यह है कि राम ऋत-चक्र से प्रतिबद्ध थे और यह प्रतिबद्धता जैसा आदेश देती गई, वैसा वे स्व-निरपेक्ष ढंग से, घोर अनासक्ति के साथ करते गए। हमारे लाभ-हानि वाली सांसारिक युक्ति-युक्तता के अनुसार वे कार्य न्याय हों या अन्याय, पर उनका पाप राम को स्पर्श नहीं कर पाता, क्योंकि वे सारे कार्य बिना काम, क्रोध, रोष, मोह के, अनासक्त ढंग से किए गए हैं। बालि का वध उन्होंने अकारण ही किया। पर इसका उन्हें जरा भी 'मनस्ताप' नहीं हुआ। ("नमे तत्र मनस्तापो न मन्युर्हरिपुगव...") यह क्यों? भारत के बूढ़े कूटनीतिज्ञ राजगोपालाचारी का उत्तर है 'यह राजनीतिक आवश्यकता थी, यह एक अनिवार्यता थी।' पर उनके जैसे शील और करुणा के समुद्र को किसी का अकारण वध करने पर मनस्ताप न हो, यह असम्भव है। पर तथ्य है कि उन्हें मनस्ताप नहीं हुआ। क्योकि क्रोध या रोष की प्रेरणा से उन्होंने मारा नहीं था। उन्होंने, वाल्मीकि के अनुसार, कहा है—"हे वीर, वानरश्रेष्ठ, इस समय धरती के सम्राट् भरत हैं। उनके द्वारा स्थापित और परिचालित धर्मचक्र के विपरीत तुम कार्य कर रहे थे। अत: मेरा कर्तव्य था कि उनके विधान से भिन्न मर्यादा का निग्रह करूँ। (मैंने किसी व्यक्तिगत कारण से तुम्हें नहीं मारा है)।" ऐसी घोर अनासक्ति, ऐसी घोर निर्विकारता एकमात्र 'ईश्वर' में या 'ऋत चक्र' में ही प्राप्त हो सकती है। इसी निर्विकारता, शुद्धता और इसी पाप-मुक्त मन के कारण राम को लोग ईश्वर मानते

हैं। और कोई कारण नहीं। राम कर्म करते भी जाते हैं, पर न केवल 'कर्मफल' के प्रति, बल्कि 'कर्म' के प्रति भी निरासक्त रहते हैं'। ऋत चक्र का जो सूत्रधार होगा, वही इतने कठोर अनुशासित ढंग से तटस्थ रह सकेगा, दूसरा नहीं।

राम मनुष्य हैं। पर मनुष्यता का वरण उन्होंने उसी सीमा तक किया है, जहाँ तक 'शील' और 'करुणा' का सम्बन्ध है। 'शील' और 'करुणा' उनके व्यक्तित्व के अन्य दिक् हैं, जो मनुष्यतामुखी है। पर उनकी 'स्व' से तटस्थता या अनासक्ति ईश्वरीयतामुखी है। राम के सम्पूर्ण व्यक्तित्व का चरित्र वाल्मीकि से अधिक परिष्कृत ढंग से तुलसीदास में मिलता है। बालि का बध उन्होंने 'ऋत' की रक्षा के लिए किया। पर जरा सी कोमल वाणी सुनने पर (प्रभु अजहूँ मैं पातकी अन्त काल गति तोरि) उनकी मनुष्यता उनकी निर्मम तटस्थता को दबाकर उभर आती है और वे विगलित हो जाते हैं। उस मरणोन्मुख योद्धा के शीश को सहलाकर कहते हैं, "अचल करौं तनु, राखहु प्राना।" यह है उनका करुणामय रूप। 'धीर गम्भीर' के साथ-साथ 'स्निग्ध, करुण, श्यामल'। यह उनके व्यक्तित्व की अद्भुत विशेषता है। पर निर्वासन की समस्या के सन्दर्भ में हमारा तात्पर्य इस स्थल पर उनके व्यक्तित्व के पूर्वोक्त दिक 'अनासक्ति' या 'स्व' से तटस्थता से ही है।

इसके विपरीत आज के नये मनुष्य ने अपने आपको 'स्व' की कोटर में बन्द कर लिया है। वह धुरीहीन है। उसकी प्रतिबद्धता किसी से नहीं है। देश, राष्ट्र, समाज, परिवार, मानवीय भाव (प्रेम, करुणा, दया, अभिमान आदि) आदि वे वह कटकर अलग होकर जीना चाहता है। वह स्वयं को संकुचित करके 'स्व' के भीतर करके, चरम निर्वासन को रसपूर्वक भोगने की सोचता है। पर राम का जो निर्वासन हुआ था, उसे 'वनवास' कहते हैं। मुक्त नील आकाश-तले, रम्य दारुण वन में, छह ऋतुओं की हवाओं के परिवेश में उन्हें निर्वासन भोगने को कहा गया था—'स्व' की कोटर में नहीं। दोनों स्थितियों में सतही समानता है, जिसे हमने प्रारम्भ में स्थितिगत समानता कहा है। पर दोनों में मौलिक अन्तर स्पष्ट है।

फल होता है कि राम निर्वासन तो भोगते हैं, पर 'अजनबीपन' की यातना उन्हें नहीं भोगनी पड़ती है। मेरे एक मित्र ने एक बार सवाल उठाया 'राम और नये मनुष्य—दोनों पर अकारण निर्वासन लादा गया। पर क्या कारण है कि राम ने निर्वासन में रचना की, जबकि आज का आदमी केवल आत्मक्षय करता है?' उत्तर निर्वासन को दोनों स्थितियों के उक्त मौलिक अन्तर में है। यह सही है कि रचना के लिए, सृष्टि के लिए, अकेलापन आवश्यक है। प्रत्येक विधाता अकेले-अकेले सृजन का कष्ट भोगता है। पर अकेलापन और चीज है, अजनबीपन और। राम की रचना-शक्ति अजनबीपन के कारण कुंठित नहीं हुई। उनसे कोई अजनबी नहीं। निषाद, रास्ते के कोल-भील, खग-मृग, सरिता-सर, घाट-बाट, नर-वानर उनसे सभी की पहचान है। ये बे-पहचान में भी पहचान करते हैं, प्रीति करते हैं और ऐसी

प्रीति कि "कीन्ह प्रीति कछु बीच न राखा।" निशिचर कामरूप होता है। स्वभाव से मायावी होता है। पर तो भी कोई हर्ज नहीं। वह भी अपना है। और यदि "भेद लेन पठवा दशशीशा। तबहुँ कछु नहिं हानि कपीशा।" पर इतना होते हुए भी वे अकेले हैं, एकदम अकेले। उस नरम बिन्दु पर लक्ष्मण भी उनके साथ नहीं। यह अकेलापन जाने-अनजाने लोगों के बीच, 'पद्मपत्रमिवाम्भसा' वाला अकेलापन है। निर्वासन या अकेलापन मूलत: शाप की स्थिति नहीं। यह शाप की स्थिति तब हो जाती है, जब इसमें अजनबीपन भी आकर जुट जाएँ। जब निर्वासन का अर्थ रचनाकार का 'नित्य अकेलापन' हो तो यह शाप की स्थिति नहीं है। पर जब निर्वासन का अर्थ विश्व से, मनुष्य से, सौन्दर्य से, अपने आपसे 'अजनबीपन' हो तो यह अवश्य ही शाप की स्थिति है। निर्वासन की ऐसी ही स्थिति को मैं हेय मानता हूँ।

राम का जीवन एक ट्रेजेडी है। किसी भी बड़ी महिमा की अवतारणा के लिए, किसी भी महासत्य की स्थापना के लिए, ट्रेजेडी की आवश्यकता होती है। ये महासव्य सिद्धि के पूर्व बलि माँगते हैं। इनका अवतरण विश्व के लिए मंगलमय होता है, पर जिसके माथे ये उतरते हैं, उसको तो भोगना ही भोगना पड़ता है। राम को प्रारम्भ में वन में निर्वासन मिला, बाद में राजदरबार की छोटी सीमा में ही निर्वासन भोगना पड़ा। सीता मिली, फिर उसे त्याग देना पड़ा और एक लम्बे काल तक, कम-से-कम लव-कुश के 12-14 वर्ष के हो जाने तक, शासन इसी निर्मम निर्वासन की स्थिति में चलाना पड़ा, रामराज्य की सारी मर्यादाओं के साथ। वरण का पथ, रचना का पथ, सृष्टि का पथ, सत्य का पथ, महिमा का पथ सदा निर्जन-निस्संग होता है। उस पर नायक अकेले चलता है। साथ-साथ अदृश्य रूप में ऋत चक्र उसका सहचर होता है। राम का समस्त जीवन इसी महासत्य की व्याख्या है। महाभारत के अन्तिम पर्व 'स्वर्गारोहण' में यही बात प्रतीक रूप में प्रस्तुत की गई है। स्वर्ग-शिखर पर आरोहण अकेले ही हो सकता है। श्वानरूप धर्म ही उस चरम बिन्दु तक साथ दे सकता है, दूसरा नहीं।

राम का जीवन साक्षात् करुण रस है। वे ईश्वर की तरह अनासक्त, तटस्थ और महिमामय हैं, तो मनुष्य की तरह 'धीर, वीर, गम्भीर' हैं; 'स्निग्ध, श्यामल, करुण' है। जब मैं ऐसा सोचता हूँ तो मेरे मन के अन्धकार को चीरती हुई एक छवि हठात् उगती है और मेरे अन्तर में धीरे-धीरे नील पद्म की तरह प्रस्फुटित होती है। उस नीलोत्पल के कोमल स्पर्श से मेरा अस्तित्व विगलित होकर फिर वायवीय हो जाता है और हलका-हलका सौरभ बनकर मनोरम पम्पासर के धीर समीरण में लीन हो जाता है। तब राम के द्वारा भोगी गई सारी व्यथा एवं उनके जीवन की सम्पूर्ण करुणा का मैं सहभोगी साक्षी बन जाता हूँ और उस क्षण-भर को लघु अवधि में लगता है कि मैं भी देवता ही हूँ।

कहानियाँ

चन्द्रधर शर्मा 'गुलेरी'

चन्द्रधर शर्मा 'गुलेरी' का जन्म सन् 1883 ई. में जयपुर (राजस्थान) के एक विद्या-सम्पन्न परिवार में हुआ था। इनके पूर्वज काँगड़ा के 'गुलेर' नामक स्थान के रहनेवाले थे, अत: 'गुलेरी' कहलाते थे। इनकी बुद्धि बहुत ही कुशाग्र थी और पढ़ने-लिखने में गहरी रुचि थी। अपनी परीक्षाओं में ये सदा स्पृहणीय सफलताएँ प्राप्त करते रहे। सन् 1899 ई. में इलाहाबाद विश्वविद्यालय की एंट्रेंस परीक्षा में सर्वप्रथम आए तथा वहीं से 1903 ई. में बी.ए. की परीक्षा में भी प्रथम श्रेणी में उत्तीर्ण हुए। गुलेरी जी के अध्ययन का क्षेत्र बहुत व्यापक था। पुरातत्त्व, इतिहास, दर्शन, भाषा-विज्ञान, साहित्य आदि विषयों में इनकी गहरी पैठ थी। हिन्दी, संस्कृत, पाली, प्राकृत, अपभ्रंश, बांग्ला, मराठी आदि भारतीय भाषाओं के तो ये पंडित थे ही, साथ ही अंग्रेजी, फ्रेंच, जर्मन और लैटिन भाषाओं के भी अच्छे जानकार थे।

बी.ए. पास करने के बाद गुलेरी जी अजमेर मेयो कॉलेज में संस्कृत के प्रधानाध्यापक हो गए। 1920 ई. में ये हिन्दू विश्वविद्यालय, वाराणसी के ओरियंटल कॉलेज के प्रिंसिपल हो गए। 12 सितम्बर, 1922 को पीलिया के बाद तेज ज्वर से मात्र 39 वर्ष की अल्पायु में उनका देहावसान हो गया।

अपनी थोड़ी-सी आयु में ही गुलेरी जी की प्रतिभा ने बहुत काम किया है। एक ओर पुरातत्त्व एवं भाषा-विज्ञान पर गम्भीर गवेषणात्मक निबन्ध लिखे और दूसरी ओर बड़ी ही ओजस्वी कविताएँ भी रचीं। बीस-इक्कीस वर्ष की आयु में ही इन्होंने जयपुर से 'समालोचना' नामक पत्र भी सम्पादित किया था और उसके माध्यम से हिन्दी आलोचना को आगे बढ़ाया। व्यंग्यपूर्ण शैली में इन्होंने कलात्मक निबन्ध भी लिखे थे। गम्भीर-से-गम्भीर विषयों के भीतर भी वे हास्य-व्यंग्य के लिए स्थान ढूँढ़ लेते थे। कहानियों के क्षेत्र में यद्यपि गुलेरी जी ने 'सुखमय जीवन', 'बुद्धू का काँटा' और 'उसने कहा था'—केवल तीन कहानियाँ लिखीं, पर अपनी अन्तिम कहानी के लिए वे कहानी-साहित्य में सदा अमर रहेंगे। अपनी भावात्मकता, वातावरण की सजीवता, नाटकीयता तथा शैली-शिल्प की प्रौढ़ता के लिए यह कहानी अमर रहेगी। यह देखकर आश्चर्य होता है कि हिन्दी कहानी के प्रारम्भिक युग में ऐसी प्रौढ़ कहानी लिखी गई।

गुलेरी जी की कहानियों में इनके निबन्धों वाली व्यंग्य-विनोद की विशेषता तो है ही, भाषा भी वैसी ही प्रवाहपूर्ण एवं शक्तिशालिनी है। इनकी भाषा में वातावरण निर्वाह की बड़ी क्षमता मिलती है। उर्दू और पंजाबी शब्दों का उन्होंने इसीलिए खूब प्रयोग किया है। संस्कृत के प्रकांड पंडित होते हुए भी उनकी शैली में सरलता, सहजता एवं मुहावरेदारी का गुण मिलता है।

गुलेरी जी की कुछ रचनाएँ 'गुलेरी ग्रन्थावली' के नाम से नागरी प्रचारिणी सभा, काशी द्वारा प्रकाशित की गई हैं।

गुलेरी जी को कई भाषाओं का ज्ञान था। उन भाषाओं में संस्कृत, पाली, प्राकृत, हिन्दी, बांग्ला, मराठी तो भारतीय भाषाएँ हैं, उन्हें लैटिन, फ्रेंच और जर्मन जैसी दूसरी भाषाओं की भी पूर्ण जानकारी थी। पुरातत्त्व, दर्शन और इतिहास गुलेरी जी के प्रिय विषय थे। कुछ निबन्धों में उनके इस ज्ञान का प्रतिफलन देखने को मिलता है। 'पुरानी हिन्दी' नामक गुलेरी जी का निबन्ध ऐतिहासिक दृष्टि से स्मरणीय माना जाता है।

उसने कहा था

1

बड़े-बड़े शहरों के इक्के-गाड़ी वालों की जबान के कोड़ों से जिनकी पीठ छिल गई है और कान पक गए हैं, उनसे हमारी प्रार्थना है कि अमृतसर के बम्बूकार्ट वालों की बोली का मरहम लगावें। जब बड़े-बड़े शहरों की चौड़ी सड़कों पर घोड़े की पीठ को चाबुक से धुनते हुए, इक्के वाले कभी घोड़े की नानी से अपना निकट सम्बन्ध स्थिर करते हैं, कभी राह चलते पैदलों की आँखों के न होने पर तरस खाते हैं, कभी उनके पैरों की उँगलियों के पोरों को चीथकर अपने ही को सताया हुआ बताते हैं और संसार-भर की ग्लानि, निराशा और क्षोभ के अवतार बने, नाक की सीध चले जाते हैं, तब अमृतसर में उनकी बिरादरी वाले, तंग चक्करदार गलियों में, हर एक लड्ढी वाले के लिए ठहरकर सब्र का समुद्र उमड़ाकर, 'बचो खालसा जी', 'हटो माईजी!', 'ठहरना भाई!', 'आने दो लालाजी!', 'हटो बाछा!'[1] कहते हुए सफेद फेंटों, खच्चरों और बतकों, गन्ने और खोमचे और भारेवालों के जंगल में से राह खेते हैं। क्या मजाल है कि 'जी' और 'साहब' बिना सुने किसी को हटना पड़े! यह बात नहीं कि उनकी जीभ चलती ही नहीं, चलती है, पर मीठी छुरी की तरह महीन मार करती हुई। यदि कोई बुढ़िया बार-बार चितौनी देने पर भी लीक से नहीं हटती, तो उनकी वचनावली के ये नमूने हैं—

'हट जा, जीणे जोगिए; हट जा करमावालिए; हट जा पुत्ताँ प्यारिए; बच जा, लम्बी उमराँवालिए!' समष्टि में इनके अर्थ हैं कि तू जीने योग्य है, तू भाग्यों वाली है, पुत्रों को प्यारी है, लम्बी उमर तेरे सामने है, तू क्यों मेरे पहिए के नीचे आना चाहती है?...बच जा।

ऐसे बम्बूकार्ट वालों के बीच में होकर एक लड़का और एक लड़की चौक की एक दुकान पर आ मिले। उसके बालों और इसके ढीले सुथणे से जान पड़ता था कि दोनों सिक्ख हैं। वह अपने मामा के केश धोने के लिए दही लेने आया था,

1. बादशाह

और यह रसोई के लिए बड़ियाँ। दुकानदार एक परदेसी से गुँथ रहा था, जो सेर-भर गीले पापड़ों की गड्डी को गिने बिना हटता न था।

"तेरा घर कहाँ हैं?"

"मगरे में;—और तेरा?"

"माँझे में;—यहाँ कहाँ रहती है?"

"अतर सिंह की बैठक में; वे मेरे मामा होते हैं।"

"मैं भी मामा के यहाँ आया हूँ, उनका घर गुरु बाजार में है।"

इतने में दुकानदार निबटा और इनको सौदा देने लगा। सौदा लेकर दोनों साथ-साथ चले। कुछ दूर जाकर लड़के ने मुस्कुराकर पूछा, "तेरी कुड़माई[1] हो गई?"

इस पर लड़की कुछ आँखें चढ़ाकर 'धत्' कहकर दौड़ गई और लड़का मुँह देखता रह गया।

दूसरे-तीसरे दिन सब्जीवाले के यहाँ, दूधवाले के यहाँ अकस्मात् दोनों मिल जाते हैं। महीना-भर यही हाल रहा। दो-तीन बार लड़के ने फिर पूछा, "तेरी कुड़माई हो गई?" और उत्तर में वही 'धत्' मिला। एक दिन जब लड़के ने वैसे ही हँसी में चिढ़ाने के लिए पूछा तो लड़की, लड़के की सम्भावना के विरुद्ध बोली, "हाँ, हो गई।"

"कब?"

"कल; देखते नहीं यह रेशम से कढ़ा हुआ सालू[2]!"

लड़की भाग गई। लड़के ने घर की राह ली। रास्ते में एक लड़के को मोरी में धकेल दिया, एक छाबड़ी वाले की दिन भर की कमाई खोई, एक कुत्ते पर पत्थर मारा और एक गोभी वाले के ठेले में दूध उँडेल दिया। सामने नहाकर आती हुई किसी वैष्णवी से टकराकर 'अन्धे' की उपाधि पाई। तब कहीं घर पहुँचा।

2

"राम-राम, यह भी कोई लड़ाई है! दिन-रात खन्दकों में बैठे-बैठे हड्डियाँ अकड़ गईं। लुधियाना से दस गुना जाड़ा और मेह तथा बरफ ऊपर से। पिंडलियों तक कीचड़ में धँसे हुए हैं। गनीम कहीं दीखता नहीं—घंटे-दो-घंटे में कान के पर्दे फाड़ने वाले धमाके के साथ सारी खन्दक हिल जाती है और सौ-सौ गज धरती उछल पड़ती है। इस गैबी गोले से बचे तो कोई लड़े। नगरकोट का जलजला सुना था, यहाँ दिन में पच्चीस जलजले होते हैं। जो कहीं खन्दक से बाहर साफा या कुहनी निकल गई तो चटाक से गोली लगती है। न मालूम बेईमान मिट्टी में लेटे हुए हैं या घास की पत्तियों में छिपे रहते हैं।"

1. मँगनी, सगाई, 2. ओढ़नी।

"लहना सिंह, और तीन दिन हैं। चार तो खन्दक में बिता ही दिए। परसों 'रिलीफ' आ जाएगी और फिर सात दिन की छुट्टी। अपने हाथों झटका[1] करेंगे और पेट भर खाकर सो रहेंगे। उसी फिरंगी[2] मेम के बाग में मखमल की-सी हरी घास है। फल और दूध की वर्षा कर देती है। लाख कहते हैं, दाम नहीं लेती। कहती है, तुम राजा हो, मेरे मुल्क को बचाने आए हो।"

"चार दिन तक पलक नहीं झपी। बिना फेरे घोड़ा बिगड़ता है और बिना लड़े सिपाही। मुझे तो संगीन चढ़ाकर मार्च का हुक्म मिल जाए। फिर सात जर्मनों को अकेला मारकर न लौटूँ तो मुझे दरबार साहब की देहली पर मत्था टेकना नसीब न हो। पाजी कहीं के! कलों के घोड़े, संगीन देखते ही मुँह फाड़ देते हैं और पैर पकड़ने लगते हैं। यों अँधेरे में तीस-तीस मन के गोले फेंकते हैं। उस दिन धावा किया था—चार मील तक एक जर्मन नहीं छोड़ा था। पीछे जनरल साहब ने हट आने का कमान दिया, नहीं तो...।"

"नहीं तो सीधे बर्लिन पहुँच जाते, क्यों?" सूबेदार हजारा सिंह ने मुस्कुराकर कहा, "लड़ाई के मामले जमादार या नायक के चलाए नहीं चलते। बड़े अफसर दूर की सोचते हैं। तीन सौ मील का सामना है। एक तरफ बढ़ गए तो क्या होगा?"

"सूबेदार जी, सच है," लहना सिंह बोला, "पर करें क्या? हड्डियों-हड्डियों में तो जाड़ा धँस गया है। सूर्य निकलता नहीं और खाई में दोनों तरफ से चम्बे की बावलियों के-से सोते झर रहे हैं। एक धावा हो जाए, तो गर्मी आ जाए।"

"उदमी, उठ, सिगड़ी में कोयले डाल। वजीरा, तुम चार जने बाल्टियाँ लेकर खाई का पानी बाहर फेंको। लहना सिंह, शाम हो गई है, खाई के दरवाजे का पहरा बदलवा दे।" यह कहते हुए सूबेदार सारी खन्दक के चक्कर लगाने लगे।

वजीरा सिंह पलटन का विदूषक था। बाल्टी में गँदला पानी भरकर खाई के बाहर फेंकता हुआ बोला, "मैं पाँधा बन गया हूँ। करो जर्मनी के बादशाह का तर्पण!" इस पर सब खिलखिला पड़े और उदासी के बादल फट गए।

लहना सिंह ने दूसरी बाल्टी भरकर उसके हाथ में देकर कहा, "अपनीं बाड़ी के खरबूजों में पानी दो। ऐसा खाद का पानी पंजाब भर में नहीं मिलेगा।"

"हाँ, देश क्या है, स्वर्ग है। मैं तो लड़ाई के बाद सरकार से दस घुमाव[3] जमीन यहीं माँग लूँगा और फलों के बूटे[4] लगाऊँगा।"

"लाड़ी होराँ को भी यहाँ बुला लेंगे? या वही दूध पिलाने वाली फिरंगी मेम..."

"चुप कर। यहाँ वालों को शरम नहीं।"

1. बकरा मारना, 2. फ्रेंच, 3. आठ बीघा, 4. पेड़।

"देश-देश की चाल है। आज तक मैं उसे समझा नहीं सका कि सिक्ख तम्बाकू नहीं पीते। वह सिगरेट देने में हठ करती है, होंठों में लगाना चाहती है। और मैं पीछे हटता हूँ तो समझती है कि राजा बुरा मान गया, अब मेरे मुल्क के लिए लड़ेगा नहीं।"

"अच्छा, अब बोधा सिंह कैसा है?"

"अच्छा है।"

"जैसे मैं जानता ही न होऊँ! रात-भर तुम अपने दोनों कम्बल उसे उढ़ाते हो और आप सिगड़ी के सहारे गुजर करते हो। उसके पहरे पर आप पहरा दे आते हो। अपने सूखे लकड़ी के तख्तों पर उसे सुलाते हो, आप कीचड़ में पड़े रहते हो। कहीं तुम न माँदे पड़ जाना। जाड़ा क्या है—मौत है, और निमोनिया से मरने वालों को मुरब्बे[1] नहीं मिला करते।"

"मेरा डर मत करो। मैं तो बुलेल की खड्ड के किनारे मरूँगा। भाई कीरत सिंह की गोद में मेरा सिर होगा और मेरे हाथ के लगाए हुए आँगन के आम के पेड़ की छाया होगी।"

वजीरा सिंह ने त्योरी चढ़ाकर कहा, "क्या मरने-मराने की बात लगाई है? मरें जर्मन और तुरक! हाँ भाइयो, कुछ गाओ!"

सारी खन्दक गीत से गूँज उठी और सिपाही फिर ताजे हो गए, मानो चार दिन से सोते और मौज ही करते रहे हों।

3

दो पहर रात हो गई। अँधेरा है। सन्नाटा छाया हुआ है। बोधा सिंह खाली बिस्कुटों के तीन टीनों पर अपने कम्बल बिछाकर और लहना सिंह के दो कम्बल और एक बरानकोट[2] ओढ़कर सो रहा है। लहना सिंह पहरे पर खड़ा हुआ है। एक आँख खाई के मुख पर है और एक बोधा सिंह के दुबले शरीर पर। बोधा सिंह कराहा।

"क्यों बोधा भाई, क्या है?"

"पानी पिला दो।"

लहना सिंह ने कटोरा उसके मुँह से लगाकर पूछा, "कहो, कैसे हो?"

पानी पीकर बोधा बोला, "कम्पनी[3] छूट रही है। रोम-रोम में तार दौड़ रहे हैं। दाँत बज रहे हैं।"

"अच्छा, मेरी जरसी पहन लो।"

"और तुम?"

"मेरे पास सिगड़ी है और मुझे गर्मी लगती है, पसीना आ रहा है।"

1. पच्चीस घुमाव का एक मुरब्बा होता है, 2. ओवरकोट, 3. कँपकँपी।

"ना, मैं नहीं पहनता, चार दिन से तुम मेरे लिए..."

"हाँ, याद आई। मेरे पास दूसरी गरम जरसी है। आज सबेरे ही आई है। विलायत से मेमें बुन-बुनकर भेज रही हैं। गुरु उनका भला करें।" यों कहकर लहना अपना कोट उतारकर जरसी उतारने लगा।

"सच कहते हो?"

"और नहीं झज!" यों कहकर नाहीं करते बोधा को उसने जबरदस्ती जरसी पहना दी और आप खाकी कोट और जीन का कुरता-भर पहनकर पहरे पर जा खड़ा हुआ। मेम की जरसी की कथा केवल कथा थी।

आधा घंटा बीता। इतने में खाई के मुँह से आवाज आई, "सूबेदार हजारा सिंह!"

"कौन, लपटन साहब? हुकुम हुजूर!" कहकर सूबेदार तनकर फौजी सलाम करके सामने हुआ।

"देखो, इसी समय धावा करना होगा। मील-भर की दूरी पर पूरब के कोने में एक जर्मन खाई है। उसमें पच्चास से जियादह जर्मन नहीं हैं। इन पेड़ों के नीचे दो खेत काटकर रास्ता है। तीन-चार घुमाव हैं। जहाँ मोड़ है, वहाँ पन्द्रह जवान खड़े कर आया हूँ। तुम यहाँ दस आदमी छोड़कर सबको साथ ले उनसे जा मिलो। खन्दक छीनकर वहीं, जब तक दूसरा हुक्म न मिले, डटे रहो। हम यहाँ रहेगा।"

"जो हुकुम।"

चुपचाप सब तैयार हो गए। बोधा भी कम्बल उतारकर चलने लगा, तब लहना सिंह ने उसे रोका। लहना सिंह आगे हुआ तो बोधा के बाप सूबेदार ने उँगली से बोधा की ओर इशारा किया। लहना सिंह समझकर चुप हो गया। पीछे दस आदमी कौन रहें, इस पर बड़ी हुज्जत हुई। कोई रहना नहीं चाहता था। समझा-बुझाकर सूबेदार ने मार्च किया। लपटन साहब लहना की सिगड़ी के पास मुँह फेरकर खड़े हो गए और जेब से सिगरेट निकालकर सुलगाने लगे। दस मिनट बाद उन्होंने लहना की ओर हाथ बढ़ाकर कहा, "लो, तुम भी पियो।"

आँख मारते-मारते लहना सिंह सब समझ गया। मुँह का भाव छिपाकर बोला, "लाओ, साहब।" हाथ आगे करते ही उसने सिगड़ी के उजाले में साहब का मुँह देखा। बाल देखे। तब उसका माथा ठनका। लपटन साहब के पट्टियों वाले बाल एक दिन में कहाँ उड़ गए और उनकी जगह कैदियों-से कटे हुए बाल कहाँ से आ गए?

शायद शराब पिए हुए हैं और उन्हें बाल कटवाने का मौका मिल गया है। लहना सिंह ने जाँचना चाहा। लपटन साहब पाँच वर्ष से उसकी रेजीमेंट में थे।

"क्यों साहब, हम लोग हिन्दुस्तान कब जाएँगे?"

"लड़ाई खत्म होने पर। क्यों, क्या यह देश पसन्द नहीं?"

"नहीं साहब, शिकार के वे मजे यहाँ कहाँ? याद है, पारसाल नकली लड़ाई के पीछे हम-आप जगाधरी के जिले में शिकार करने गए थे?" "हाँ-हाँ"—"वहीं

जब आप खोते[1] पर सवार थे और आपका खानसामा अब्दुल्ला रास्ते के एक मंदिर में जल चढ़ाने को रह गया था।"

"बेशक, पाजी कहीं का"

"सामने से वह नीलगाय निकली कि ऐसी बड़ी मैंने कभी न देखी थी, और आपकी एक गोली कन्धे में लगी और पुट्ठे में निकली। ऐसे अफसर के साथ शिकार खेलने में मजा आता है। क्यों साहब! शिमले से तैयार होकर उस नीलगाय का सिर आ गया था न? आपने कहा था कि रेजीमेंट की मैस में लगाएँगे।"

"हाँ, पर मैंने वह विलायत भेज दिया!"

"ऐसे बड़े-बड़े सींग! दो-दो फुट के तो होंगे?"

"हाँ, लहना सिंह, दो फुट चार इंच के थे। तुमने सिगरेट नहीं पीया?"

"पीता हूँ साहब, दियासलाई ले आता हूँ।" कहकर लहना सिंह खन्दक में घुसा। अब उसे सन्देह नहीं रहा था। उसने झटपट निश्चय कर लिया था कि क्या करना चाहिए।

अँधेरे में किसी सोने वाले से वह टकराया।

"कौन? वजीरा सिंह?"

"हाँ, क्यों लहना? क्या कयामत आ गई? जरा तो आँख लगने दी होती!"

4

"होश में आओ। कयामत आई है और लपटन साहब की वर्दी पहनकर आई है।"

"क्या?"

"लपटन साहब या तो मारे गए हैं या कैद हो गए हैं। उनकी वर्दी पहनकर यह कोई जर्मन आया है। सूबेदार ने इसका मुँह नहीं देखा। मैंने देखा और बातें की हैं। सौहरा साफ उर्दू बोलता है, पर किताबी उर्दू। और मुझे पीने को सिगरेट दिया है।"

"तो अब?"

"अब मारे गए, धोखा। सूबेदार कीचड़ में चक्कर काटते फिरेंगे और यहाँ खाई पर धावा होगा। उधर उन पर खुले में धावा होगा। उठो, एक काम करो। लपटन के पैरों के निशान देखते-देखते दौड़ जाओ। अभी बहुत दूर न गए होंगे। सूबेदार से कहो कि एकदम लौट आएँ। खन्दक की बात झज है। चले जाओ। खन्दक के पीछे से निकल जाओ। पत्ता तक न खड़के। देर मत करो।"

"हुकुम तो यह है कि यहीं..."

"ऐसी-तैसी हुकुम की! मेरा हुकुम—जमादार लहना सिंह जो इस वक्त यहाँ सबसे बड़ा अफसर है, उसका हुकुम है। मैं लपटन साहब की खबर लेता हूँ।"

1. गधा।

"पर यहाँ तो तुम आठ ही हो।"

"आठ नहीं, दस लाख। एक-एक अकालिया सिक्ख सवा लाख के बराबर होता है। चले जाओ।"

लौटकर खाई के मुहाने पर लहना सिंह दीवार से चिपक गया। उसने देखा कि लपटन साहब ने जेब से बेल के बराबर तीन गोले निकाले। तीनों को जगह-जगह खन्दक की दीवारों में घुसेड़ दिया और तीनों में एक तार-सा बाँध दिया। तार के आगे सूत की एक गुत्थी थी, जिसे सिगड़ी के पास रखा। बाहर की तरफ जाकर एक दियासलाई जलाकर गुत्थी पर रखने ही वाले थे...

बिजली की तरह दोनों हाथों से उलटी बन्दूक को उठाकर लहना सिंह ने साहब की कोहनी पर तानकर दे मारा। धमाके के साथ साहब के हाथ से दियासलाई गिर पड़ी। लहना सिंह ने एक कुन्दा साहब की गर्दन पर मारा और साहब 'आख! मीन गौट्ट[1]।' कहते हुए चित हो गए। लहना सिंह ने तीनों गोले बीनकर खन्दक के बाहर फेंके और साहब को घसीटकर सिगड़ी के पास लिटाया। जेबों की तलाशी ली। तीन-चार लिफाफे और एक डायरी निकालकर उन्हें अपनी जेब के हवाले किया।

साहब की मूर्च्छा हटी। लहना सिंह हँसकर बोला, "क्यों, लपटन साहब! मिजाज कैसा है? आज मैंने बहुत बातें सीखीं। यह सीखा कि सिक्ख सिगरेट पीते हैं। यह सीखा कि जगाधरी के जिले में नीलगाएँ होती हैं और उनके दो फुट चार इंच के सींग होते हैं। यह सीखा कि मुसलमान खानसामा मूर्तियों पर जल चढ़ाते हैं और लपटन साहब खोते पर चढ़ते हैं। पर यह तो कहो, ऐसी साफ उर्दू कहाँ से सीख आए? हमारे लपटन साहब बिना 'डैम' के पाँच लफ्ज भी नहीं बोल सकते थे।"

लहना ने पतलून की जेबों की तलाशी नहीं ली थी। साहब ने मानो जाड़े से बचने के लिए दोनों हाथ जेबों में डाले।

लहना सिंह कहता गया, "चालाक तो बड़े हो, पर माझे का लहना इतने बरस लपटन साहब के साथ रहा है। उसे चकमा देने के लिए चार आँखें चाहिए। तीन महीने हुए, एक तुरकी मौलवी मेरे गाँव में आया था। औरतों के बच्चे होने के तावीज बाँटता था और बच्चों को दवाई देता था। चौधरी के बड़ के नीचे मंजा[2] बिछाकर हुक्का पीता रहता था और कहता था कि जर्मनी वाले बड़े पंडित हैं। वेद पढ़-पढ़कर उसमें से विमान चलाने की विद्या जान गए हैं। गौ को नहीं मारते। हिन्दुस्तान में आ जाएँगे तो गौहत्या बन्द कर देंगे। मंडी के बनियों को बहकाता था कि डाकखाने से रुपये निकाल लो, सरकार का राज जाने वाला है। डाक बाबू पोल्हू राम भी डर गया था। मैंने मुल्ला जी की दाढ़ी मूँड़ दी थी और गाँव से बाहर निकालकर कहा था कि जो मेरे गाँव में अब पैर रखा तो..."

1. हाय, मेरे राम! (जर्मन), 2. चारपाई।

साहब की जेब से पिस्तौल चला और लहना की जाँघ में गोली लगी। इधर लहना की हैनरी मार्टिनी के दो फायरों ने साहब की कपाल-क्रिया कर दी। धड़ाका सुनकर सब दौड़ आए।

बोधा चिल्लाया, "क्या है?"

लहना सिंह ने उसे यह कहकर सुला दिया कि 'एक हड़का हुआ कुत्ता आया था, मार दिया', और, औरों से सब हाल कह दिया। सब बन्दूकें लेकर तैयार हो गए। लहना ने साफा फाड़कर घाव के दोनों ओर पट्टियाँ कसकर बाँधीं। घाव मांस में ही था। पट्टियों के कसने से लहू निकलना बन्द हो गया।

इतने में सत्तर जर्मन चिल्लाकर खाई में घुस पड़े। सिक्खों की बन्दूकों की बाढ़ ने पहले धावे को रोका, दूसरे को रोका, पर यहाँ थे आठ (लहना सिंह तक-तककर मार रहा था—वह खड़ा था, और सब लेटे हुए थे) और वे सत्तर। अपने मुर्दा भाइयों के शरीर पर चढ़कर जर्मन आगे घुस आते थे। थोड़े-से मिनटों में वे...

अचानक आवाज आई, "वाहे गुरुजी दी फतह! वाहे गुरुजी दा खालसा!!" और धड़ाधड़ बन्दूकों के फायर जर्मनों की पीठ पर पड़ने लगे। ऐन मौके पर जर्मन चक्की के दो पाटों के बीच में आ गए। पीछे से सूबेदार हजारा सिंह के जवान आग बरसाते थे और सामने लहना सिंह के साथियों के संगीन चल रहे थे। पास आने पर पीछे वालों ने भी संगीन पिराना शुरू कर दिया।

एक किलकारी और "अकाली सिक्खाँ दी फौज आई! वाह गुरुजी दी फतह! वाह गुरुजी दा खालसा!! सत श्री अकाल पुरुष!!!" और लड़ाई खत्म हो गई। तिरसठ जर्मन या तो खेत रहे थे या कराह रहे थे। सिक्खों में पन्द्रह के प्राण गए। सूबेदार के दाहिने कन्धे में से गोली आर-पार निकल गई। लहना सिंह की पसली में एक गोली लगी। उसने घाव को खन्दक की गीली मिट्टी से पूर लिया और बाकी का साफा कसकर कमरबन्द की तरह लपेट लिया। किसी को खबर न हुई कि लहना को दूसरा घाव—भारी घाव—लगा है।

लड़ाई के समय चाँद निकल आया था—ऐसा चाँद जिसके प्रकाश से संस्कृत कवियों का दिया हुआ 'क्षयी' नाम सार्थक होता है और हवा ऐसी चल रही थी जैसी कि बाणभट्ट की भाषा में 'दन्तवीणोपदेशाचार्य' कहलाती है। वजीरा सिंह कह रहा था कि कैसे मन-मन-भर फ्रांस की भूमि मेरे बूटों से चिपक रही थी, जब मैं दौड़ा-दौड़ा सूबेदार के पीछे गया था। सूबेदार लहना सिंह से सारा हाल सुन और कागजात पाकर उसकी तुरन्त बुद्धि को सराह रहे थे और कह रहे थे कि तू न होता तो आज सब मर जाते।

इस लड़ाई की आवाज तीन मील दाहिनी ओर की खाई वालों ने सुन ली थी। उन्होंने टेलीफोन कर दिया था। वहाँ से झटपट दो डॉक्टर और बीमार ढोने की गाड़ियाँ चलीं, जो कोई डेढ़ घंटे के अन्दर-अन्दर आ पहुँचीं। फील्ड अस्पताल

नजदीक था। सुबह होते-होते वहाँ पहुँच जाएँगे, इसलिए मामूली पट्टी बाँधकर एक गाड़ी में घायल लिटाए गए और दूसरी में लाशें रखी गईं। सूबेदार ने लहना सिंह की जाँघ में पट्टी बँधवानी चाही, पर उसने यह कहकर टाल दिया कि थोड़ा घाव है, सवेरे देखा जाएगा। बोधा सिंह ज्वर में बर्रा रहा था। वह गाड़ी में लिटाया गया। लहना को छोड़कर सूबेदार जाते नहीं थे। यह देख लहना ने कहा, "तुम्हें बोधा की कसम है, और सूबेदारनी जी की सौगन्ध है जो इस गाड़ी में न चले जाओ।"

"और तुम?"

"मेरे लिए वहाँ पहुँचकर गाड़ी भेज देना, और जर्मन मुर्दों के लिए भी तो गाड़ियाँ आती होंगी। मेरा हाल बुरा नहीं है। देखते नहीं, मैं खड़ा हूँ? वजीरा सिंह मेरे पास ही है।"

"अच्छा, पर..."

बोधा गाड़ी पर लेट गया। "भला! आप भी चढ़ जाओ। सुनिए तो, सूबेदारनी होराँ को चिट्ठी लिखो तो मेरा मत्था टेकना लिख देना और जब घर जाओ तो कह देना कि मुझसे जो उसने कहा था, वह मैंने कर दिया।"

गाड़ियाँ चल पड़ी थीं। सूबेदार ने लड़ते-लड़ते लहना का हाथ पकड़कर कहा, "तैने मेरे और बोधा के प्राण बचाए हैं। लिखना कैसा? साथ ही घर चलेंगे। अपनी सूबेदारनी से तुम ही कह देना, उसने क्या कहा था?"

"अब आप गाड़ी पर चढ़ जाओ। मैंने जो कहा, वह लिख देना, और कह भी देना।"

गाड़ी के जाते ही लहना लेट गया, "वजीरा, पानी पिला दे और मेरा कमरबन्द खोल दे। तर हो रहा है।"

5

मृत्यु के कुछ समय पहले स्मृति बहुत साफ हो जाती है। जन्म-भर की घटनाएँ एक-एक करके सामने आती हैं। सारे दृश्यों के रंग साफ होते हैं, समय की धुंध बिलकुल उन पर से हट जाती है।

लहना सिंह बारह वर्ष का है। अमृतसर में मामा के यहाँ आया हुआ है। दहीवाले के यहाँ, सब्जीवाले के यहाँ, हर कहीं, उसे एक आठ वर्ष की लड़की मिल जाती है। जब वह पूछता है, "तेरी कुड़माई हो गई?" तब 'धत्' कहकर वह भाग जाती है। एक दिन उसने वैसा ही पूछा तो उसने कहा, "हाँ, कल हो गई। देखते नहीं, यह रेशम के बूटों वाला सालू?" सुनते ही लहना सिंह को दु:ख हुआ। क्रोध हुआ। क्यों हुआ?

"वजीरा सिंह, पानी पिला दे।"

पच्चीस वर्ष बीत गए। अब लहना सिंह नं. 77 राइफल्स में जमादार हो गया है। उस आठ वर्ष की कन्या का ध्यान ही न रहा। न मालूम वह कभी मिली थी या नहीं? सात दिन की छुट्टी लेकर जमीन के मुकदमे की पैरवी करने वह अपने घर गया। वहाँ रेजिमेंट के अफसर की चिट्ठी मिली कि फौज लाम पर जाती है, फौरन चले आओ। साथ ही सूबेदार हजारा सिंह की चिट्ठी मिली कि मैं और बोधा सिंह भी लाम पर जाते हैं। लौटते हुए हमारे घर होते जाना। साथ ही चलेंगे। सूबेदार का गाँव रास्ते में पड़ता था और सूबेदार उसे बहुत चाहता था। लहना सिंह सूबेदार के यहाँ पहुँचा।

जब चलने लगे तब सूबेदार वेड़े[1] में से निकलकर आया। बोला, "लहना! सूबेदारनी तुमको जानती है, बुलाती है। जा, मिल आ।"

लहना सिंह भीतर पहुँचा। सूबेदारनी मुझे जानती है? कब से? रेजीमेंट के क्वार्टरों में कभी सूबेदार के घर के लोग रहे नहीं। दरवाजे पर जाकर 'मत्था टेकना' कहा।

"असीस सुनी।"

लहना सिंह चुप।

"मुझे पहचाना?"

"नहीं।"

"तेरी कुड़माई हो गई?—धत्—कल हो गई—देखते नहीं, रेशमी बूटों वाला सालू—अमृतसर में—"

भावों की टकराहट से मूर्च्छा खुली। करवट बदली, पसली का घाव बह निकला।

"वजीरा, पानी पिला," उसने कहा था।

स्वप्न चल रहा है। सूबेदारनी कह रही है, "मैंने तेरे को आते ही पहचान लिया। एक काम कहती हूँ। मेरे तो भाग फूट गए। सरकार ने बहादुरी का खिताब दिया है, लायलपुर में जमीन दी है, आज नमक-हलाली का मौका आया है। पर सरकार ने हम तीमियों[2] की एक घघरिया पलटन क्यों न बना दी, जो मैं भी सूबेदार जी के साथ चली जाती? एक बेटा है। फौज में भर्ती हुए उसे एक ही बरस हुआ। उसके पीछे चार और हुए, पर एक भी नहीं जिया।" सूबेदारनी रोने लगी।

"अब दोनों जाते हैं। मेरे भाग! तुम्हें याद है, एक दिन ताँगे वाले का घोड़ा दहीवाले की दुकान के पास बिगड़ गया था। तुमने उस दिन मेरे प्राण बचाए थे। आप घोड़े की लातों में चले गए थे और मुझे उठाकर दुकान के तख्ते पर खड़ा कर दिया था। ऐसे ही इन दोनों को बचाना, यह मेरी भिक्षा है। तुम्हारे आगे मैं आँचल पसारती हूँ।"

1. आँगन, 2. स्त्रियों।

रोती-रोती सूबेदारनी ओबरी[1] में चली गई। लहना भी आँसू पोंछता हुआ बाहर आया।

"वजीरा सिंह, पानी पिला," उसने कहा था।

लहना का सिर गोद में रखे वजीरा सिंह बैठा है। जब माँगता है, तब पानी पिला देता है। आध घंटे तक लहना चुप रहा, फिर बोला, "कौन? कीरत सिंह?"

वजीरा सिंह ने कुछ समझकर कहा, "हाँ।"

"भइया, मुझे और ऊँचा कर ले। अपने पट्ट[2] पर मेरा सिर रख ले।"

वजीरा ने वैसा ही किया।

"हाँ, अब ठीक है। पानी पिला दे। बस, अबके हाड़[3] में यह आम खूब फलेगा। चाचा-भतीजा दोनों यहीं बैठकर आम खाना। जितना बड़ा तेरा भतीजा है उतना ही यह आम है। जिस महीने उसका जन्म हुआ था, उसी महीने में मैंने इसे लगाया था।"

वजीरा सिंह के आँसू टप-टप टपक रहे थे।

कुछ दिन पीछे लोगों ने अखबारों में पढ़ा : फ्रांस और बेल्जियम, 68वीं सूची—मैदान में घावों से मरा—नं. 77 सिख राइफल्स, जमादार लहना सिंह।

1. अन्दर का घर, 2. जाँघ, 3. आषाढ़।

प्रेमचन्द

प्रेमचन्द का जन्म 31 जुलाई, 1880 को बनारस के लमही गाँव में हुआ। उनका वास्तविक नाम धनपत राय था। उन्होंने कई वर्षों तक स्कूलों में अध्यापन कार्य किया। 1921 में असहयोग आन्दोलन में शामिल होने के लिए उन्होंने नौकरी छोड़ दी और आजीविका के लिए पत्रकारिता के क्षेत्र में आ गए। उन्होंने 'जागरण', 'हंस' तथा 'माधुरी' नामक पत्रिकाओं का सम्पादन किया।

प्रेमचन्द ने 'नवाब राय' के नाम से उर्दू में लिखना आरम्भ किया। उनका कहानी-संग्रह 'सोजे-वतन' जब्त कर लिया गया। कलक्टर के आगे पेशी हुई सो अलग। अन्ततः वे 'प्रेमचन्द' के नए नाम से हिन्दी लेखन क्षेत्र में आ गए और उसके बाद पीछे मुड़कर नहीं देखा। प्रेमचन्द ने हिन्दी कहानी और उपन्यास का मुहावरा बदल दिया। उनसे पहले का हिन्दी कथा साहित्य रूप, शैली, भाषा, कथ्य और उद्देश्य में मात्र मनोरंजनात्मक था। प्रेमचन्द ने कहानी और उपन्यासों को जीवन के यथार्थ से जोड़ा। उन्होंने लगभग तीन सौ कहानियाँ लिखीं जो 'मानसरोवर' (आठ भागों) में संकलित हैं। 'बड़े घर की बेटी', 'नमक का दारोगा', 'ईदगाह', 'बड़े भाई साहिब', 'पूस की रात', 'मंत्र', 'नशा', 'कफन' आदि उनकी प्रसिद्ध कहानियाँ हैं। प्रेमचन्द के लगभग एक दर्जन उपन्यासों में 'गोदान' सर्वश्रेष्ठ माना जाता है जिसमें कृषक जीवन का सम्पूर्ण यथार्थ पूरी मार्मिकता के साथ चित्रित हुआ है। 'सेवासदन' से उन्हें शुरुआती प्रसिद्धि मिली। 'प्रेमाश्रम', 'रंगभूमि', 'कायाकल्प', 'निर्मला', 'गबन' और 'कर्मभूमि' उनके प्रसिद्ध उपन्यास हैं।

प्रेमचन्द का लेखन जीवन की सच्चाई पर आधारित है। उस युग में जैसा सामाजिक जीवन था, प्रेमचन्द ने उसे वैसा ही दिखाया है। वे कहानियों और उपन्यासों के कथानक अपने आसपास से लेते हैं। समाज की कुरीतियाँ, धर्माडम्बर, जाति-पाँति के भेदभाव, अस्पृश्यता, हिन्दू-मुस्लिम एकता, स्त्रियों की दुर्दशा आदि इनकी कहानियों और उपन्यासों की विषयवस्तु में अनुस्यूत हैं। सामान्यजन की कठिनाइयों और उनकी पीड़ा को इन्होंने भली भाँति मुखरित किया है।

प्रेमचन्द की रचनाओं के पात्र जाने-पहचाने, सीधे-सादे, भोले और कर्मठ हैं, जो मुश्किलों में जीवन व्यतीत करते हैं। उनकी पात्र-योजना में समाज के सभी वर्गों

का प्रतिनिधित्व है, जैसे—कचहरी का मुंशी, जमींदार, कारिन्दे, छोटा दुकानदार, पुलिस का सिपाही, पटवारी, भूमिहीन मजदूर, साहूकार, पंडित-पुरोहित, यहाँ तक कि अन्धे भिखारी भी। पात्र-चयन की परिधि बहुत व्यापक है।

प्रेमचन्द की रचनाओं का उद्‌देश्य शोषण और अन्याय का मूलोच्छेदन है। जीवन में जहाँ भी अन्याय और शोषण है, प्रेमचन्द उसका घोर विरोध करते हैं। वे जमींदारों, साहूकारों, पुरोहितों को शोषक की श्रेणी में मानते हैं, इसलिए उनकी भरपूर भर्त्सना करते हैं। वे उनके दोहरे व्यक्तित्व की असलियत खोलते नजर आते हैं। प्रेमचन्द के समय में राष्ट्रीय स्वतंत्रता संग्राम चल रहा था। प्रेमचन्द उसे समर्थन देते हैं और अंग्रेजों के दमनचक्र के विरुद्ध जनमत तैयार करते हैं। गांधीवाद से प्रभावित रहने के बाद जीवन के अन्तिम वर्षों में वे मार्क्सवाद की तरफ झुक जाते हैं।

प्रेमचन्द ने अपनी कृतियों में सरल-सुबोध भाषा का प्रयोग किया है। इनकी कहानियों को अल्पशिक्षित व्यक्ति भी पढ़ और समझ सकते हैं। मुहावरों और लोकोक्तियों से उनकी भाषा का सौन्दर्य बढ़ गया है। प्रेमचन्द हिन्दी और उर्दू को मिलाकर भाषा का ऐसा रूप प्रस्तुत करते हैं जिसमें अरबी-फारसी भाषा या संस्कृति के कठिन शब्द नहीं मिलते। वे ही प्रयोग मान्य हुए जो जनता में रच-बस गए हैं। उनकी कहानियों में आदर्श और यथार्थ की आँख-मिचौनी बराबर चलती रही है। यथार्थ का चित्रण करने के बावजूद प्रेमचन्द आदर्शवादी लेखक हैं। लगभग सभी रचनाओं का अन्त आदर्शवाद की प्रतिष्ठा से हुआ है।

प्रेमचन्द ने अपनी कहानियों के माध्यम से सदा कुछ कहना चाहा है—एक सन्देश या मन्तव्य, जो वे अपनी कहानियों द्वारा सम्प्रेषित करना चाहते हैं। केवल मनोरंजन या कोरी सौन्दर्योपासना के लिए उन्होंने कहानियाँ नहीं लिखीं। उन्होंने ग्रामीण और नागरिक जीवन के सभी वर्गों का विस्तृत और विविधतापूर्ण चित्रण किया है। कहानी कहने की कला में वे अत्यन्त निपुण हैं, इसीलिए उनकी कहानियों का पाठक वर्ग बहुत बड़ा है। इस प्रकार हिन्दी कहानी में प्रेमचन्द की भूमिका महत्त्वपूर्ण और निर्णायक रही है।

8 अक्टूबर, 1936 ई. को निधन।

कफ़न

झोंपड़े के द्वार पर बाप और बेटा दोनों एक बुझे हुए अलाव के सामने चुपचाप बैठे हुए हैं और अन्दर बेटे की जवान बीबी बुधिया प्रसव-वेदना में पछाड़ खा रही थी। रह-रहकर उसके मुँह से ऐसी दिल हिला देनेवाली आवाज़ निकलती थी कि दोनों कलेजा थाम लेते थे। जाड़ों की रात थी, प्रकृति सन्नाटे में डूबी हुई, सारा गाँव अन्धकार में लय हो गया था।

घीसू ने कहा, "मालूम होता है, बचेगी नहीं। सारा दिन दौड़ते हो गया, जा देख तो आ।"

माधव चिढ़कर बोला—'मरना ही तो है जल्दी मर क्यों नहीं जाती? देखकर क्या करूँ?"

"तू बड़ा बेदर्द है बे! साल-भर जिसके साथ सुख-चैन से रहा, उसी के साथ इतनी बेवफाई!"

"तो मुझसे तो उसका तड़पना और हाथ-पाँव पटकना नहीं देखा जाता।"

चमारों का कुनबा था और सारे गाँव में बदनाम। घीसू एक दिन काम करता तो तीन दिन आराम करता। माधव इतना काम-चोर था कि आध घंटे काम करता तो घंटे भर चिलम पीता। इसलिए उन्हें कहीं मज़दूरी नहीं मिलती थी। घर में मुट्ठी-भर भी अनाज मौजूद हो, तो उनके लिए काम करने की क़सम थी। जब दो-चार फाके हो जाते तो घीसू पेड़ पर चढ़कर लकड़ियाँ तोड़ लाता और माधव बाज़ार से बेच लाता और जब तक वह पैसे रहते, दोनों इधर-उधर मारे-मारे फिरते। गाँव में काम की कमी न थी। किसानों का गाँव था, मेहनती आदमी के लिए पचास काम थे। मगर इन दोनों को उसी वक़्त बुलाते, जब दो आदमियों से एक का काम पाकर भी सन्तोष कर लेने के सिवा और कोई चारा न होता। अगर दोनों साधु होते, तो उन्हें सन्तोष और धैर्य के लिए, संयम और नियम की बिलकुल ज़रूरत न होती। यह तो इनकी प्रकृति थी। विचित्र जीवन था इनका! घर में मिट्टी के दो-चार बर्तन के सिवा कोई सम्पत्ति नहीं। फटे चीथड़ों से अपनी नग्नता को ढाँके हुए जिए जाते थे। संसार की चिन्ताओं से मुक्त क़र्ज़ से लदे हुए। गालियाँ भी खाते, मार भी खाते, मगर कोई ग़म नहीं। दीन इतने कि वसूली की बिलकुल आशा न रहने

पर भी लोग इन्हें कुछ-न-कुछ क़र्ज़ दे देते थे। मटर, आलू की फ़सल में दूसरों के खेतों से मटर या आलू उखाड़ लाते और भून-भानकर खा लेते या दस-पाँच ऊख उखाड़ लाते और रात को चूसते। घीसू ने इसी आकाश-वृत्ति से साठ साल की उम्र काट दी और माधव भी सपूत बेटे की तरह बाप ही के पद-चिह्नों पर चल रहा था, बल्कि उसका नाम और भी उजागर कर रहा था। इस वक़्त भी दोनों अलाव के सामने बैठकर आलू भून रहे थे, जो कि किसी खेत से खोद लाए थे। घीसू की स्त्री का तो बहुत दिन हुए, देहान्त हो गया था। माधव का ब्याह पिछले साल हुआ था। जब से यह औरत आई थी, उसने इस ख़ानदान में व्यवस्था की नींव डाली थी और इन दोनों बे-ग़ैरतों का दोज़ख भरती रहती थी। जब से वह आई, ये दोनों और भी आरामतलब हो गए थे। बल्कि कुछ अकड़ने भी लगे थे। कोई कार्य करने को बुलाता, तो निर्ब्याज भाव से दुगुनी मज़दूरी माँगते। वही औरत आज प्रसव-वेदना से मर रही थी और ये दोनों इसी इन्तज़ार में थे कि वह मर जाए, तो आराम से सोएँ।

घीसू ने आलू निकालकर छीलते हुए कहा, "जाकर देख तो, क्या दशा है उसकी? चुड़ैल का फिसाद होगा, और क्या? यहाँ तो ओझा भी एक रुपया माँगता है!"

माधव को भय था, कि वह कोठरी में गया, तो घीसू आलुओं का बड़ा भाग साफ़ कर देगा। बोला, "मुझे वहाँ जाते डर लगता है।"

"डर किस बात का है, मैं तो यहाँ हूँ ही।"

"तो तुम्हीं जाकर देखो न?"

"मेरी औरत जब मरी थी, तो मैं तीन दिन तक उसके पास से हिला तक नहीं; और फिर मुझसे लजाएगी कि नहीं? जिसका कभी मुँह नहीं देखा, आज उसका उघड़ा हुआ बदन देखूँ! उसे तन की सुध भी तो न होगी? मुझे देख लेगी तो खुलकर हाथ-पाँव भी न पटक सकेगी!"

"मैं सोचता हूँ कोई बाल-बच्चा हुआ, तो क्या होगा? सोंठ, गुड़, तेल, कुछ भी तो नहीं है घर में!"

"सब कुछ आ जाएगा। भगवान् दें तो! जो लोग अभी एक पैसा नहीं दे रहे हैं, वे ही कल बुलाकर रुपये देंगे। मेरे नौ लड़के हुए, घर में कभी कुछ न था; मगर भगवान् ने किसी-न-किसी तरह बेड़ा पार ही लगाया।"

जिस समाज में रात-दिन मेहनत करनेवालों की हालत उनकी हालत से कुछ बहुत अच्छी न थी, और किसानों के मुक़ाबले में वे लोग, जो किसानों की दुर्बलताओं से लाभ उठाना जानते थे, कहीं ज़्यादा सम्पन्न थे, वहाँ इस तरह की मनोवृत्ति का पैदा हो जाना कोई अचरज की बात न थी। हम तो कहेंगे, घीसू किसानों से कहीं ज़्यादा विचारवान् था और किसानों के विचार-शून्य समूह में शामिल होने के बदले बैठकबाज़ों की कुत्सित मंडली में जा मिला था। हाँ, उसमें यह शक्ति न

थी, कि बैठकबाज़ों के नियम और नीति का पालन करता। इसलिए जहाँ उसकी मंडली के और लोग गाँव के सरगना और मुखिया बने हुए थे, उस पर सारा गाँव उँगली उठाता था। फिर भी उसे यह तसकीन तो थी ही कि अगर वह फटेहाल है तो कम-से-कम उसे किसानों की-सी जी-तोड़ मेहनत तो नहीं करनी पड़ती, और उसकी सरलता और निरीहता से दूसरे लोग बेजा फ़ायदा तो नहीं उठाते! दोनों आलू निकाल-निकालकर जलते-जलते खाने लगे। कल से कुछ नहीं खाया था। इतना सब्र न था कि ठंडा हो जाने दें। कई बार दोनों की ज़बानें जल गईं। छिल जाने पर आलू का बाहरी हिस्सा जबान, हलक और तालू को जला देता था और उस अंगारे को मुँह में रखने से ज़्यादा खैरियत इसी में थी कि वह अन्दर पहुँच जाए। वहाँ उसे ठंडा करने के लिए काफ़ी सामान थे। इसलिए दोनों जल्द-जल्द निगल जाते। हालाँकि इस कोशिश में उनकी आँखों से आँसू निकल आते।

घीसू को उस वक़्त ठाकुर की बरात याद आई, जिसमें बीस साल पहले वह गया था। उस दावत में उसे जो तृप्ति मिली थी, वह उसके जीवन में एक याद रखने लायक़ बात थी, और आज भी उसकी याद ताज़ी थी, बोला, "वह भोज नहीं भूलता। तब से फिर उस तरह का खाना और भरपेट नहीं मिला। लड़की वालों ने सबको भर-पेट पूड़ियाँ खिलाई थीं, सबको! छोटे-बड़े सबने पूड़ियाँ खाईं और असली घी की! चटनी, रायता, तीन तरह के सूखे साग, एक रसेदार तरकारी, दही, चटनी, मिठाई, अब क्या बताऊँ कि उस भोज में क्या स्वाद मिला, कोई रोक-टोक नहीं थी, जो चीज़ चाहो, माँगो, जितना चाहो, खाओ। लोगों ने ऐसा खाया, ऐसा खाया, कि किसी से पानी न पिया गया। मगर परोसनेवाले हैं कि पत्तल में गर्म-गर्म, गोल-गोल सुवासित कचौड़ियाँ डाल देते हैं। मना करते हैं कि नहीं चाहिए, पत्तल पर हाथ रोके हुए हैं, मगर वह हैं कि दिए जाते हैं। और जब सबने मुँह धो लिया, तो पान-इलायची भी मिली। मगर मुझे पान लेने की कहाँ सुध थी? खड़ा हुआ न जाता था। चटपट जाकर अपने कम्बल पर लेट गया। ऐसा दिल-दरियाव था वह ठाकुर!"

माधव ने इन पदार्थों का मन-ही-मन मज़ा लेते हुए कहा, "अब हमें कोई ऐसा भोज नहीं खिलाता।"

"अब कोई क्या खिलाएगा? वह ज़माना दूसरा था। अब तो सबको किफ़ायत सूझती है। सादी-ब्याह में मत ख़र्च करो, क्रिया-कर्म में मत ख़र्च करो। पूछो, ग़रीबों का माल बटोर-बटोरकर कहाँ रखोगे? बटोरने में तो कमी नहीं है। हाँ, ख़र्च में किफ़ायत सूझती है!"

"तुमने एक बीस पूरियाँ खाई होंगी?"

"बीस से ज़्यादा खाई थीं!"

"मैं पचास खा जाता!"

"पचास से कम मैंने न खाई होंगी। अच्छा पका था। तू तो मेरा आधा भी नहीं है।"

आलू खाकर दोनों ने पानी पिया और वहीं अलाव के सामने अपनी धोतियाँ ओढ़कर पाँव पेट में डाले सो रहे। जैसे दो बड़े-बड़े अजगर गेंडुलिया मारे पड़े हों।

और बुधिया अभी तक कराह रही थी।

2

सबेरे माधव ने कोठरी में जाकर देखा, तो उसकी स्त्री ठंडी हो गई थी। उसके मुँह पर मक्खियाँ भिनक रही थीं। पथराई हुई आँखें ऊपर टँगी हुई थीं। सारी देह धूल से लथपथ हो रही थी। उसके पेट में बच्चा मर गया था।

माधव भागा हुआ घीसू के पास आया। फिर दोनों ज़ोर-ज़ोर से हाय-हाय करने और छाती पीटने लगे। पड़ोस वालों ने यह रोना-धोना सुना, तो दौड़े हुए आए और पुरानी मर्यादा के अनुसार इन अभागों को समझाने लगे।

मगर ज़्यादा रोने-पीटने का अवसर न था। कफ़न की और लकड़ी की फ़िक्र करनी थी। घर में तो पैसा इस तरह ग़ायब था, जैसे चील के घोंसले में मांस?

बाप-बेटे रोते हुए गाँव के ज़मींदार के पास गए। वह इन दोनों की सूरत से नफ़रत करते थे। कई बार इन्हें अपने हाथों से पीट चुके थे। चोरी करने के लिए, वादे पर काम पर न आने के लिए। पूछा, "क्या है बे घिसुआ, रोता क्यों है? अब तो तू कहीं दिखलाई भी नहीं देता! मालूम होता है, इस गाँव में रहना नहीं चाहता।"

घीसू ने ज़मीन पर सिर रखकर आँखों में आँसू भरे हुए कहा, "सरकार! बड़ी विपत्ति में हूँ। माधव की घरवाली रात को गुज़र गई। रात-भर तड़पती रही सरकार! हम दोनों उसके सिरहाने बैठे रहे। दवा-दारू जो कुछ हो सका, सब कुछ किया, मुदा वह हमें दगा दे गई। अब कोई एक रोटी देनेवाला भी न रहा मालिक! तबाह हो गए। घर उजड़ गया। आपका ग़ुलाम हूँ, अब आपके सिवा कौन उसकी मिट्टी पार लगाएगा। हमारे हाथ में तो जो कुछ था, वह सब तो दवा-दारू में उठ गया। सरकार ही की दया होगी, तो उसकी मिट्टी उठेगी। आपके सिवा किसके द्वार पर जाऊँ।"

ज़मींदार साहब दयालु थे। मगर घीसू पर दया करना काले कम्बल पर रंग चढ़ाना था। जी में तो आया, कह दें, चल, दूर हो यहाँ से। यों तो बुलाने से भी नहीं आता, आज जब ग़रज़ पड़ी तो आकर ख़ुशामद कर रहा है। हरामख़ोर कहीं का, बदमाश! लेकिन यह क्रोध या दंड देने का अवसर न था। जी में कुढ़ते हुए दो रुपये निकालकर फेंक दिए। मगर सांत्वना का एक शब्द भी मुँह से न निकला। उसकी तरफ़ ताका तक नहीं। जैसे सिर का बोझ उतारा हो।

जब ज़मींदार साहब ने दो रुपये दिए, तो गाँव के बनिए-महाजनों को इनकार का साहस कैसे होता? घीसू ज़मींदार के नाम का ढिंढोरा भी पीटना जानता था। किसी ने दो आने दिए, किसी ने चार आने। एक घंटे में घीसू के पास पाँच रुपये की

अच्छी रक़म जमा हो गई। कहीं से अनाज मिल गया, कहीं से लकड़ी। और दोपहर को घीसू और माधव बाज़ार से कफ़न लाने चले। इधर लोग बाँस-वाँस काटने लगे।

गाँव की नर्मदिल स्त्रियाँ आ-आकर लाश देखतीं थीं और उसकी बेकसी पर दो बूँद आँसू गिराकर चली जाती थीं।

3

बाज़ार में पहुँचकर घीसू बोला, "लकड़ी तो उसे जलाने-भर को मिल गई है, क्यों माधव!"

माधव बोला, "हाँ, लकड़ी तो बहुत है, अब कफ़न चाहिए।"

"तो चलो, कोई हल्का-सा कफ़न ले लें।"

"हाँ, और क्या! लाश उठते-उठते रात हो जाएगी। रात को कफ़न कौन देखता है?"

"कैसा बुरा रिवाज है कि जिसे जीते जी तन ढाँकने को चीथड़ा भी न मिले, उसे मरने पर नया कफ़न चाहिए।"

"कफ़न लाश के साथ जल ही तो जाता है।"

"और क्या रखा रहता है? यही पाँच रुपये पहले मिलते, तो कुछ दवा-दारू कर लेते।"

दोनों एक-दूसरे के मन की बात ताड़ रहे थे। बाज़ार में इधर-उधर घूमते रहे। कभी इस बजाज की दुकान पर गए, कभी उसकी दुकान पर! तरह-तरह के कपड़े, रेशमी और सूती देखे, मगर कुछ जँचा नहीं। यहाँ तक कि शाम हो गई। तब दोनों न जाने किस दैवी प्रेरणा से एक मधुशाला के सामने जा पहुँचे। और जैसे किसी पूर्व निश्चित व्यवस्था से अन्दर चले गए। वहाँ ज़रा देर तक दोनों असमंजस में खड़े रहे। फिर घीसू ने गद्दी के सामने जाकर कहा, "साहूजी, एक बोतल हमें भी देना।"

उसके बाद कुछ चखना आया, तली हुई मछली आई और दोनों बरामदे में बैठकर शान्तिपूर्वक पीने लगे।

कई कुज्जियाँ ताबड़तोड़ पीने के बाद दोनों सरूर में आ गए।

घीसू बोला, "कफ़न लगाने से क्या मिलता? आख़िर जल ही तो जाता। कुछ बहू के साथ तो न जाता।"

माधव आसमान की तरफ़ देखकर बोला, मानो देवताओं को अपनी निष्पापता का साक्षी बना रहा हो, "दुनिया का दस्तूर है, नहीं लोग बाँभनों को हज़ारों रुपये क्यों दे देते हैं? कौन देखता है, परलोक में मिलता है या नहीं!"

"बड़े आदमियों के पास धन है, फूँकें। हमारे पास फूँकने को क्या है?"

"लेकिन लोगों को जवाब क्या दोगे? लोग पूछेंगे नहीं, कफ़न कहाँ है?"

घीसू हँसा, "अबे, कह देंगे कि रुपये कमर से खिसक गए। बहुत ढूँढ़ा, मिले नहीं। लोगों को विश्वास न आएगा, लेकिन फिर वही रुपये देंगे।"

माधव भी हँसा, इस अनपेक्षित सौभाग्य पर। बोला, "बड़ी अच्छी थी बेचारी! मरी तो ख़ूब खिला-पिलाकर!"

आधी बोतल से ज़्यादा उड़ गई। घीसू ने दो सेर पूड़ियाँ मँगाईं। चटनी, अचार, कलेजियाँ। शराबख़ाने के सामने ही दुकान थी। माधव लपककर दो पत्तलों में सारे सामान ले आया। पूरा डेढ़ रुपया ख़र्च हो गया। सिर्फ़ थोड़े से पैसे बच रहे।

दोनों इस वक़्त इस शान में बैठे पूड़ियाँ खा रहे थे जैसे जंगल में कोई शेर अपना शिकार उड़ा रहा हो। न जवाबदेही का ख़ौफ़ था, न बदनामी की फ़िक्र। इन सब भावनाओं को उन्होंने बहुत पहले ही जीत लिया था।

घीसू दार्शनिक भाव से बोला, "हमारी आत्मा प्रसन्न हो रही है तो क्या उसे पुन्न न होगा?"

माधव ने श्रद्धा से सिर झुकाकर तसदीक़ की—जरूर-से-जरूर होगा। भगवान्, तुम अन्तर्यामी हो। उसे बैकुंठ ले जाना। हम दोनों हृदय से आशीर्वाद दे रहे हैं। आज जो भोजन मिला वह कभी उम्र-भर न मिला था।

एक क्षण के बाद माधव के मन में एक शंका जागी। बोला, "क्यों दादा, हम लोग भी एक-न-एक दिन वहाँ जाएँगे ही?"

घीसू ने इस भोले-भाले सवाल का कुछ उत्तर न दिया। वह परलोक की बातें सोचकर इस आनन्द में बाधा न डालना चाहता था।

"जो वहाँ हम लोगों से पूछे कि तुमने हमें कफ़न क्यों नहीं दिया तो क्या कहोगे?"

"कहेंगे तुम्हारा सिर!"

"पूछेगी तो जरूर!"

"तू कैसे जानता है कि उसे कफ़न न मिलेगा? तू मुझे ऐसा गधा समझता है? साठ साल क्या दुनिया में घास खोदता रहा हूँ? उसको कफ़न मिलेगा और बहुत अच्छा मिलेगा!"

माधव को विश्वास न आया। बोला, "कौन देगा? रुपये तो तुमने चट कर दिए। वह तो मुझसे पूछेगी। उसकी माँग में तो सेंदुर मैंने डाला था।"

"कौन देगा, बताते क्यों नहीं?"

"वही लोग देंगे, जिन्होंने अबकी दिया। हाँ, अबकी रुपये हमारे हाथ न आएँगे।"

"ज्यों-ज्यों अँधेरा बढ़ता था और सितारों की चमक तेज़ होती थी, मधुशाला की रौनक भी बढ़ती जाती थी। कोई गाता था, कोई डींग मारता था, कोई अपने संगी के गले लिपटा जाता था। कोई अपने दोस्त के मुँह में कुल्हड़ लगाए देता था।"

वहाँ के वातावरण में सरूर था, हवा में नशा। कितने तो यहाँ आकर एक चुल्लू में मस्त हो जाते थे। शराब से ज़्यादा यहाँ की हवा उन पर नशा करती थी। जीवन की बाधाएँ यहाँ खींच लाती थीं और कुछ देर के लिए यह भूल जाते थे कि वे जीते हैं या मरते हैं। या न जीते हैं, न मरते हैं।

और यह दोनों बाप-बेटे अब भी मजे ले-लेकर चुसकियाँ ले रहे थे। सबकी निगाहें इनकी ओर जमी हुई थीं। दोनों कितने भाग्य के बली हैं! पूरी बोतल बीच में है।

भरपेट खाकर माधव ने बची हुई पूड़ियों का पत्तल उठाकर एक भिखारी को दे दिया, जो खड़ा इनकी ओर भूखी आँखों से देख रहा था। और देने के गौरव, आनन्द और उल्लास का अपने जीवन में पहली बार अनुभव किया।

घीसू ने कहा, "ले जा, ख़ूब खा और आशीर्वाद दे! जिसकी कमाई है, वह तो मर गई। मगर तेरा आशीर्वाद उसे ज़रूर पहुँचेगा। रोएँ-रोएँ से आशीर्वाद दो, बड़ी गाढ़ी कमाई के पैसे हैं!"

माधव ने फिर आसमान की तरफ़ देखकर कहा, "वह बैकुंठ में जाएगी दादा, बैकुंठ की रानी बनेगी।"

घीसू खड़ा हो गया और जैसे उल्लास की लहरों में तैरता हुआ बोला, "हाँ, बेटा बैकुंठ में जाएगी। किसी को सताया नहीं, किसी को दबाया नहीं। मरते-मरते हमारी ज़िन्दगी की सबसे बड़ी लालसा पूरी कर गई। वह न बैकुंठ जाएगी तो क्या ये मोटे-मोटे लोग जाएँगे, जो गरीबों को दोनों हाथों से लूटते हैं, और अपने पाप को धोने के लिए गंगा में नहाते हैं और मन्दिरों में जल चढ़ाते हैं?"

श्रद्धालुता का यह रंग तुरन्त ही बदल गया। अस्थिरता नशे की ख़ासियत है। दु:ख और निराशा का दौरा हुआ।

माधव बोला, "मगर दादा, बेचारी ने ज़िन्दगी में बड़ा दु:ख भोगा। कितना दु:ख झेलकर मरी!"

वह आँखों पर हाथ रखकर रोने लगा। चीख़ें मार-मारकर।

घीसू ने समझाया, "क्यों रोता है बेटा, ख़ुश हो कि वह मायाजाल से मुक्त हो गई, जंजाल से छूट गई। बड़ी भाग्यवान थी, जो इतनी जल्द माया-मोह के बन्धन तोड़ दिए।"

और दोनों खड़े होकर गाने लगे—

"ठगिनी क्यों नैना झमकावे! ठगिनी।"

पियक्कड़ों की आँखें इनकी ओर लगी हुई थीं और यह दोनों अपने दिल में मस्त गाए जाते थे। फिर दोनों नाचने लगे। उछले भी, कूदे भी। गिरे भी, मटके भी। भाव भी बताए, अभिनय भी किए। और आख़िर नशे में मदमस्त होकर वहीं गिर पड़े।

जयशंकर प्रसाद

जयशंकर प्रसाद का जन्म काशी के प्रसिद्ध 'सुँघनी साहू' घराने में 30 जनवरी, 1889 ई. में हुआ। इन्होंने आठवीं कक्षा तक स्कूली शिक्षा पाई और उसके बाद घर पर ही संस्कृत, अंग्रेजी, हिन्दी, उर्दू तथा फारसी भाषाओं का अध्ययन किया। काशी के प्रसिद्ध विद्वान दीनबन्धु ब्रह्मचारी से इन्होंने संस्कृत के प्राचीन साहित्य का गम्भीर ज्ञान प्राप्त किया।

जयशंकर प्रसाद का जन्म वाराणसी के एक सम्भ्रान्त वैश्य परिवार में सन् 1889 ई. में हुआ था। 'सुंघनी साहू' के नाम से प्रसिद्ध श्री देवीप्रसाद इनके पिता थे। श्री देवीप्रसाद की मृत्यु तब हो गई जब प्रसाद मात्र तेरह साल के थे। ये वाराणसी के क्वींस कॉलेज के छात्र थे, जहाँ इन्होंने आठवीं कक्षा तक स्कूली शिक्षा पाई थी। स्कूल छूटने के बाद प्रसाद ने घर पर ही संस्कृत, अंग्रेजी, हिन्दी, उर्दू तथा फारसी भाषाओं का अध्ययन किया था। काशी के प्रसिद्ध विद्वान दीनबन्धु ब्रह्मचारी से इन्होंने संस्कृत के प्राचीन साहित्य का गम्भीर ज्ञान प्राप्त किया। एक-एक करके दो पत्नियों की अकाल मृत्यु के कारण इनका तीसरा विवाह भी हुआ। इनके पुत्र रत्नशंकर का जन्म इसी तीसरी पत्नी से हुआ था।

प्रसाद अत्यन्त सौम्य, शान्त एवं गम्भीर प्रकृति के व्यक्ति थे। इनका परिवार शैव था। इसीलिए प्रसाद का व्यक्तित्व भी शैव-दर्शन से प्रभावित था। इनका जीवन अत्यन्त नियमित था। शतरंज, बागवानी, शास्त्र-चर्चा और कविता-पाठ इनके मनोविनोद के साधन थे। इनको संगीत, चित्र और मूर्तिकला से भी गहरा अनुराग था, पर इनका अधिकांश समय अपने व्यावसायिक कारोबार की देखभाल में व्यतीत हो जाया करता था।

जयशंकर प्रसाद की प्रारम्भिक काव्य-रचनाएँ ब्रजभाषा में हैं। 'कानन कुसुम' और 'प्रेम पथिक' इनकी प्रारम्भिक रचनाएँ हैं। छायावादी प्रवृत्तियों के दर्शन सबसे पहले 'झरना' में होते हैं। 'झरना', 'आँसू' तथा 'लहर' इनकी प्रमुख काव्य-रचनाएँ हैं और 'कामायनी' इनकी अन्तिम एवं प्रौढ़तम काव्य-कृति है। 'कामायनी' में मानव-सभ्यता के विकास की मनोवैज्ञानिक कथा है।

जयशंकर प्रसाद का रचना-संसार बहुत विस्तृत है। इन्होंने कविता के अतिरिक्त नाटक, उपन्यास, कहानी और समीक्षात्मक निबन्ध लिखकर अपनी प्रतिभा का

परिचय दिया। नाटक के क्षेत्र में तो इनका स्थान सर्वोच्च है। इनके नाटकों के सुन्दर गीत इनके कविहृदय के परिचायक हैं। इनके उपन्यासों तथा कहानियों में भी गद्यकाव्य-सा लालित्य है।

प्रसाद की भाषा संस्कृतनिष्ठ खड़ीबोली है। इन्होंने अपने काव्य में प्रतीक विधान और लाक्षणिक शैली का प्रयोग कर अपने सूक्ष्म भावों को मूर्त रूप प्रदान किया है। कल्पना की मनोरमता, भावुकता और भाषा-शैली की प्रौढ़ता को इनकी रचनाओं में सर्वत्र देखा जा सकता है। 'आँसू' से लेकर इनकी सभी मुक्तक और प्रबन्धात्मक रचनाएँ गीति शैली में प्रस्तुत हैं। गीतात्मकता की यह प्रवृत्ति इनके ख्यात महाकाव्य 'कामायनी' में भी मौजूद है।

इनकी प्रकाशित कृतियाँ हैं—कानन कुसुम, महाराणा का महत्त्व, चित्राधार, प्रेम पथिक, झरना, आँसू, लहर, कामायनी (काव्य); राज्यश्री, विशाख, अजातशत्रु, जनमेजय का नागयज्ञ, कामना, स्कन्दगुप्त, एक घूँट, चन्द्रगुप्त, ध्रुवस्वामिनी (नाटक); कंकाल, तितली, इरावती (अपूर्ण) (उपन्यास); छाया, प्रतिध्वनि, आकाशदीप, आँधी, इन्द्रजाल (कहानी-संग्रह); काव्य और कला तथा अन्य निबन्ध (निबन्ध)।

48 वर्ष की अल्पायु में क्षय रोग से सन् 1936 ई. को निधन।

पुरस्कार

आर्द्रा नक्षत्र; आकाश में काले-काले बादलों की घुमड़, जिसमें देव-दुन्दुभी का गम्भीर घोष। प्राची के एक निरभ्र कोने से स्वर्ण-पुरुष झाँकने लगा था। देखने लगा महाराज की सवारी। शैलमाला के अंचल में समतल उर्वरा भूमि से सोंधी बास उठ रही थी। नगर-तोरण से जयघोष हुआ, भीड़ में गजराज का चामरधारी शुंड उन्नत दिखाई पड़ा। वह हर्ष और उत्साह का समुद्र हिलोर भरता हुआ आगे बढ़ने लगा।

प्रभात की हेम-किरणों से अनुरंजित नन्ही-नन्ही बूँदों का एक झोंका स्वर्ण-मल्लिका के समान बरस पड़ा। मंगल सूचना से जनता ने हर्ष-ध्वनि की।

रथों, हाथियों और अश्वारोहियों की पंक्ति जम गई। दर्शकों की भीड़ भी कम न थी। गजराज बैठ गया, सीढ़ियों से महाराज उतरे। सौभाग्यवती और कुमारी सुन्दरियों के दो दल, आम्रपल्लवों से सुशोभित मंगल-कलश और फूल, कुंकुम तथा खीलों से भरे थाल लिए, मधुर गान करते हुए आगे बढ़े।

महाराज के मुख पर मधुर मुस्कान थी। पुरोहित-वर्ग ने स्वस्त्ययन किया। स्वर्ण-रंजित हल की मूठ पकड़कर महाराज ने जुते हुए सुन्दर पुष्ट बैलों को चलने का संकेत किया। बाजे बजने लगे। किशोरी कुमारियों ने खीलों और फूलों की वर्षा की।

कोशल का यह उत्सव प्रसिद्ध था। एक दिन के लिए महाराज को कृषक बनना पड़ता—उस दिन इंद्र-पूजन की धूमधाम होती; गोठ होती। नगर-निवासी उस पहाड़ी भूमि में आनन्द मनाते। प्रतिवर्ष कृषि का यह महोत्सव उत्साह से सम्पन्न होता; दूसरे राज्यों से भी युवक राजकुमार इस उत्सव में बड़े चाव से आकर योग देते।

मगध का एक राजकुमार अरुण अपने रथ पर बैठा बड़े कुतूहल से यह दृश्य देख रहा था।

बीजों का एक बाल लिये कुमारी मधूलिका महाराज के साथ थी। बीज बोते हुए महाराज जब हाथ बढ़ाते, तब मधूलिका उनके सामने थाल कर देती। यह खेत मधूलिका का था, जो इस साल महाराज की खेती के लिए चुना गया था;

इसलिए बीज देने का सम्मान मधूलिका ही को मिला। वह कुमारी थी। सुन्दरी थी। कौशेयवसन उसके शरीर पर इधर-उधर लहराता हुआ स्वयं शोभित हो रहा था। वह कभी उसे सँभालती और कभी अपने रूखे अलकों को। कृषक बालिका के शुभ्र भाल पर श्रमकणों की भी कमी न थी, वे सब बरौनियों में गुँथे जा रहे थे। सम्मान और लज्जा उसके अधरों पर मन्द मुस्कराहट के साथ सिहर उठते; किन्तु महाराज को बीज देने में उसने शिथिलता नहीं की। सब लोग महाराज का हल चलाना देख रहे थे—विस्मय से, कुतूहल से। और अरुण देख रहा था कृषक कुमारी मधूलिका को। अहा कितना भोला सौन्दर्य! कितनी सरल चितवन!

उत्सव का प्रधान कृत्य समाप्त हो गया। महाराज ने मधूलिका के खेत का पुरस्कार दिया, थाल में कुछ स्वर्ण मुद्राएँ। वह राजकीय अनुग्रह था। मधूलिका ने थाली सिर से लगा ली; किन्तु साथ उसमें की स्वर्णमुद्राओं को महाराज पर न्योछावर करके बिखेर दिया। मधूलिका की उस समय की ऊर्जस्वित मूर्ति लोग आश्चर्य से देखने लगे! महाराज की भृकुटी भी जरा चढ़ी ही थी कि मधूलिका ने सविनय कहा, "देव! यह मेरे पितृ-पितामहों की भूमि है। इसे बेचना अपराध है; इसलिए मूल्य स्वीकार करना मेरी सामर्थ्य के बाहर है।" महाराज के बोलने के पहले ही वृद्ध मंत्री ने तीखे स्वर से कहा, "अबोध! क्या बक रही है? राजकीय अनुग्रह का तिरस्कार! तेरी भूमि से चौगुना मूल्य है; फिर कोशल का तो यह सुनिश्चित राष्ट्रीय नियम है। तू आज से राजकीय रक्षण पाने की अधिकारिणी हुई, इस धन से अपने को सुखी बना।"

राजकीय रक्षण की अधिकारिणी तो सारी प्रजा है, मंत्रिवर! ...महाराज को भूमि-समर्पण करने में तो मेरा कोई विरोध न था और न है; किन्तु मूल्य स्वीकार करना असम्भव है। —मधूलिका उत्तेजित हो उठी।

महाराज के संकेत करने पर मंत्री ने कहा, "देव! वाराणसी-युद्ध के अन्यतम वीर सिंहमित्र की यह एकमात्र कन्या है।" —महाराज चौंक उठे—सिंहमित्र की कन्या! जिसने मगध के सामने कोशल की लाज रख ली थी, उसी वीर की मधूलिका कन्या है?

"हाँ, देव!" सविनय मंत्री ने कहा।

"इस उत्सव के पराम्परागत नियम क्या हैं, मंत्रिवर?" महाराज ने पूछा।

देव, नियम तो बहुत साधारण हैं। किसी भी अच्छी भूमि को इस उत्सव के लिए चुनकर नियमानुसार पुरस्कारस्वरूप उसका मूल्य दे दिया जाता है। वह भी अत्यन्त अनुग्रहपूर्वक अर्थात् भू-सम्पत्ति का चौगुना मूल्य उसे मिलता है। उस खेती को वही व्यक्ति वर्ष भर देखता है। वह राजा का खेत कहा जाता है।

महाराज को विचार-संघर्ष से विश्राम की अत्यन्त आवश्यकता थी। महाराज चुप रहे। जयघोष के साथ सभा विसर्जित हुई। सब अपने-अपने शिविरों में चले

गए। किन्तु मधूलिका को उत्सव में फिर किसी ने न देखा। वह अपने खेत की सीमा पर विशाल मधूक-वृक्ष के चिकने हरे पत्तों की छाया में अनमनी चुपचाप बैठी रही।

रात्रि का उत्सव अब विश्राम ले रहा था। राजकुमार अरुण उसमें सम्मिलित नहीं हुआ—अपने विश्राम-भवन में जागरण कर रहा था। आँखों में नींद न थी। प्राची में जैसी गुलाली खिल रही थी, वह रंग उसकी आँखों में था। सामने देखा तो मुंडेर पर कपोती एक पैर पर खड़ी पंख फैलाए अँगड़ाई ले रही थी। अरुण उठ खड़ा हुआ। द्वार पर सुसज्जित अश्व था, वह देखते-देखते नगर-तोरण पर जा पहुँचा। रक्षकगण ऊँघ रहे थे, अश्व के पैरों के शब्द से चौंक उठे।

युवक-कुमार तीर-सा निकल गया। सिन्धुदेश का तुरंग प्रभात के पवन से पुलकित हो रहा था। घूमता-घूमता अरुण उसी मधूक-वृक्ष के नीचे पहुँचा, जहाँ मधूलिका अपने हाथ पर सिर धरे हुए खिन्न-निद्रा का सुख ले रही थी।

अरुण ने देखा, एक छिन्न माधवीलता वृक्ष की शाखा से च्युत होकर पड़ी है। सुमन मुकुलित, भ्रमर निस्पन्द थे। अरुण ने अपने अश्व को मौन रहने का संकेत किया, उस सुषमा को देखने के लिए, परन्तु कोकिल बोल उठा। जैसे उसने अरुण से प्रश्न किया—छिः, कुमारी के सोये हुए सौन्दर्य पर दृष्टिपात करनेवाले धृष्ट, तुम कौन? मधूलिका की आँखें खुल पड़ीं। उसने देखा, एक अपरिचित युवक। वह संकोच से उठ बैठी। —भद्रे! तुम्हीं न कल के उत्सव की संचालिका रही हो?

उत्सव! हाँ, उत्सव ही तो था।

कल उस सम्मान...

क्यों आपको कल का स्वप्न सता रहा है? भद्र! आप क्या मुझे इस अवस्था में सन्तुष्ट न रहने देंगे?

मेरा हृदय तुम्हारी उस छवि का भक्त बन गया है, देवि!

मेरे उस अभिनय का, मेरी विडम्बना का। आह! मनुष्य कितना निर्दय है, अपरिचित! क्षमा करो, जाओ अपने मार्ग।

सरलता की देवि! मैं मगध का राजकुमार तुम्हारे अनुग्रह का प्रार्थी हूँ—मेरे हृदय की भावना अवगुंठन में रहना नहीं जानती। उसे अपनी...।

राजकुमार! मैं कृषक बालिका हूँ। आप नन्दनबिहारी और मैं पृथ्वी पर परिश्रम करके जीनेवाली। आज मेरी स्नेह की भूमि पर से मेरा अधिकार छीन लिया गया है। मैं दुःख से विकल हूँ; मेरा उपहास न करो।

मैं कोशल नरेश से तुम्हारी भूमि तुम्हें दिलवा दूँगा।

नहीं, वह कोशल का राष्ट्रीय नियम है। मैं उसे बदलना नहीं चाहती, चाहे उससे मुझे कितना ही दुःख हो।

तब तुम्हारा रहस्य क्या है?

यह रहस्य मानव-हृदय का है, मेरा नहीं। राजकुमार, नियमों से यदि मानव-हृदय बाध्य होता, तो आज मगध के राजकुमार का हृदय किसी राजकुमारी की ओर न खिंचकर एक कृषक बालिका का अपमान करने न आता। मधूलिका उठ खड़ी हुई।

चोट खाकर राजकुमार लौट पड़ा। किशोर किरणों में उसका रत्नकिरीट चमक उठा। अश्व वेग से चला जा रहा था और मधूलिका निष्ठुर प्रहार करके क्या स्वयं आहत न हुई? उसके हृदय में टीस-सी होने लगी। वह सजल नेत्रों से उड़ती हुई धूल देखने लगी।

मधूलिका ने राजा का प्रतिपादन, अनुग्रह नहीं लिया। वह दूसरे खेतों में काम करती और चौथे पहर रूखी-सूखी खाकर पड़ रहती। मधूक-वृक्ष के नीचे छोटी-सी पर्णकुटीर थी। सूखे डंठलों से उसकी दीवार बनी थी। मधूलिका का वही आश्रय था। कठोर परिश्रम से जो रूखा अन्न मिलता, वही उसकी साँसों को बढ़ाने के लिए पर्याप्त था।

दुबली होने पर भी उसके अंग पर तपस्या की कान्ति थी। आसपास के कृषक उसका आदर करते। वह एक आदर्श बालिका थी। दिन, सप्ताह, महीने और वर्ष बीतने लगे।

शीतकाल की रजनी, मेघों से भरा आकाश, जिसमें बिजली की दौड़-धूप। मधूलिका का छाजन टपक रहा था! ओढ़ने की कमी थी। वह ठिठुरकर एक कोने में बैठी थी। मधूलिका अपने अभाव को आज बढ़ाकर सोच रही थी। जीवन से सामंजस्य बनाए रखनेवाले उपकरण तो अपनी सीमा निर्धारित रखते हैं; परन्तु उनकी आवश्यकता और कल्पना भावना के साथ बढ़ती-घटती रहती है। आज बहुत दिनों पर उसे बीती हुई बात स्मरण हुई। दो, नहीं-नहीं, तीन वर्ष हुए होंगे, इसी मधूक के नीचे प्रभात में तरुण राजकुमार ने क्या कहा था?

वह अपने हृदय से पूछने लगी—उन चाटुकारी के शब्दों को सुनने के लिए उत्सुक-सी वह पूछने लगी—क्या कहा था? दुःख-दग्ध हृदय उन स्वप्न-सी बातों को स्मरण रख सकता था? और स्मरण ही होता, तो भी कष्टों की इस काली निशा में वह कहने का साहस करता। हाय री बिडम्बना!

आज मधूलिका उस बीते हुए क्षण को लौटा लेने के लिए विकल थी। दारिद्र्य की ठोकरों ने उसे व्यथित और अधीर कर दिया है। मगध की प्रासाद-माला के वैभव का काल्पनिक चित्र—उन सूखे डंठलों के रन्ध्रों से, नभ में—बिजली के आलोक में—नाचता हुआ दिखाई देने लगा। खिलवाड़ी शिशु जैसे श्रावण की सन्ध्या में जुगनू को पकड़ने के लिए हाथ लपकाता है, वैसे ही मधूलिका मन-ही-मन कर रही थी। "अभी वह निकल गया"। वर्षा ने भीषण रूप धारण किया। गड़गड़ाहट

बढ़ने लगी; ओले पड़ने की सम्भावना थी। मधूलिका अपनी जर्जर झोंपड़ी के लिए काँप उठी। सहसा बाहर कुछ शब्द हुआ—

कौन है यहाँ? पथिक को आश्रय चाहिए।

मधूलिका ने डंठलों का कपाट खोल दिया। बिजली चमक उठी। उसने देखा, एक पुरुष घोड़े की डोर पकड़े खड़ा है। सहसा वह चिल्ला उठी, "राजकुमार!"

"मधूलिका?" आश्चर्य से युवक ने कहा।

एक क्षण के लिए सन्नाटा छा गया। मधूलिका अपनी कल्पना को सहसा प्रत्यक्ष देखकर चकित हो गई, "इतने दिनों के बाद आज फिर!"

अरुण ने कहा, "कितना समझाया मैंने—परन्तु..."

मधूलिका अपनी दयनीय अवस्था पर संकेत करने देना नहीं चाहती थी। उसने कहा, "और आज आपकी यह क्या दशा है?"

सिर झुकाकर अरुण ने कहा, "मैं मगध का विद्रोही निर्वासित कोशल में जीविका खोजने आया हूँ।"

मधूलिका उस अन्धकार में हँस पड़ी—मगध का विद्रोही राजकुमार का स्वागत करे एक अनाथिनी कृषक बालिका, यह भी एक विडम्बना है, तो भी मैं स्वागत के लिए प्रस्तुत हूँ।

शीतकाल की निस्तब्ध रजनी, कुहरे से धुली हुई चाँदनी, हाड़ कँपा देनेवाला समीर, तो भी अरुण और मधूलिका दोनों पहाड़ी गह्वर के द्वार पर वट-वृक्ष के नीचे बैठे हुए बातें कर रहे हैं। मधूलिका की वाणी में उत्साह था, किन्तु अरुण जैसे अत्यन्त सावधान होकर बोलता।

मधूलिका ने पूछा, "जब तुम इतनी विपन्न अवस्था में हो, तो फिर इतने सैनिकों को साथ रखने की क्या आवश्यकता है?"

"मधूलिका! बाहुबल ही तो वीरों की आजीविका है। ये मेरे जीवन-मरण के साथी हैं, भला मैं इन्हें कैसे छोड़ देता? और करता ही क्या?"

"क्यों? हम लोग परिश्रम से कमाते और खाते। अब तो तुम...।"

"भूल न करो, मैं अपने बाहुबल पर भरोसा करता हूँ। नये राज्य की स्थापना कर सकता हूँ। निराश क्यों हो जाऊँ?" अरुण के शब्दों में कम्पन था; वह जैसे कुछ कहना चाहता था; पर कह न सकता था।

"नवीन राज्य! ओहो, तुम्हारा उत्साह तो कम नहीं। भला कैसे? कोई ढंग बताओ, तो मैं भी कल्पना का आनन्द ले लूँ।"

"कल्पना का आनन्द नहीं मधूलिका, मैं तुम्हें राजरानी के सम्मान में सिंहासन पर बिठाऊँगा! तुम अपने छिने हुए खेत की चिन्ता करके भयभीत न हो।"

एक क्षण में सरल मधूलिका के मन में प्रमाद का अन्धड़ बहने लगा—द्वंद्व मच गया। उसने सहसा कहा, "आह, मैं सचमुच आज तक तुम्हारी प्रतीक्षा करती थी, राजकुमार!"

अरुण ढिठाई से उसके हाथों को दबाकर बोला, "तो मेरा भ्रम था, तुम सचमुच मुझे प्यार करती हो?"

युवती का वक्षस्थल फूल उठा, वह हाँ भी नहीं कह सकी, ना भी नहीं। अरुण ने उसकी अवस्था का अनुभव कर लिया। कुशल मनुष्य के समान उसने अवसर को हाथ से न जाने दिया। तुरन्त बोल उठा, "तुम्हारी इच्छा हो, तो प्राणों से पण लगाकर मैं तुम्हें इस कोशल-सिंहासन पर बिठा दूँ। मधूलिके! अरुण के खड्ग का आतंक देखोगी?" मधूलिका एक बार काँप उठी। वह कहना चाहती थी...नहीं; किन्तु उसके मुँह से निकला, "क्या?"

"सत्य मधूलिका, कोशल-नरेश तभी से तुम्हारे लिए चिन्तित हैं। यह मैं जानता हूँ, तुम्हारी साधारण-सी प्रार्थना वह अस्वीकार न करेंगे। और मुझे यह भी विदित है कि कोशल के सेनापति अधिकांश सैनिकों के साथ पहाड़ी दस्युओं का दमन करने के लिए बहुत दूर चले गए हैं।"

मधूलिका की आँखों के आगे बिजलियाँ हँसने लगीं। दारुण भावना से उसका मस्तक विकृत हो उठा। अरुण ने कहा, "तुम बोलती नहीं हो?"

"जो कहोगे, वह करूँगी..." मंत्रमुग्ध-सी मधूलिका ने कहा।

स्वर्णमंच पर कोशल नरेश अर्द्धनिद्रित अवस्था में आँखें मुकुलित किए हैं। एक चामरधारिणी युवती पीछे खड़ी अपनी कलाई बड़ी कुशलता से घुमा रही है। चामर के शुभ्र आन्दोलन उस प्रकोष्ठ में धीरे-धीरे संचलित हो रहे हैं। ताम्बूल-वाहिनी प्रतिमा के समान दूर खड़ी है।

प्रतिहारी ने आकर कहा, "जय हो देव! एक स्त्री कुछ प्रार्थना लेकर आई है।"

आँख खोलते हुए महाराज ने कहा, "स्त्री! प्रार्थना करने आई? आने दो।"

प्रतिहारी के साथ मधूलिका आई। उसने प्रणाम किया। महाराज ने स्थिर दृष्टि से उसकी ओर देखा और कहा, "तुम्हें कहीं देखा है?"

"तीन बरस हुए देव! मेरी भूमि खेती के लिए ली गई थी।"

"ओह, तो तुमने इतने दिन कष्ट में बिताए, आज उसका मूल्य माँगने आई हो, क्यों? अच्छा-अच्छा तुम्हें मिलेगा। प्रतिहारी!"

"नहीं महाराज, मुझे मूल्य नहीं चाहिए।"

"मूर्ख! फिर क्या चाहिए?"

"उतनी ही भूमि, दुर्ग के दक्षिणी नाले के समीप की जंगली भूमि, वहीं मैं अपनी खेती करूँगी। मुझे एक सहायक मिल गया है। वह मनुष्यों से मेरी सहायता करेगा, भूमि को समतल भी बनाना होगा।"

महाराज ने कहा, "कृषक बालिके! वह बड़ी ऊबड़-खाबड़ भूमि है। तिस पर वह दुर्ग के समीप एक सैनिक महत्व रखती है।"

"तो फिर निराश लौट जाऊँ?"

"सिंहमित्र की कन्या! मैं क्या करूँ, तुम्हारी यह प्रार्थना..."

"देव! जैसी आज्ञा हो!"

"जाओ, तुम श्रमजीवियों को उसमें लगाओ। मैं अमात्य को आज्ञापत्र देने का आदेश करता हूँ।"

"जय हो देव!" कहकर प्रणाम करती हुई मधूलिका राजमन्दिर के बाहर आई।

दुर्ग के दक्षिण, भयावने नाले के तट पर, घना जंगल है, आज मनुष्यों के पद-संचार से शून्यता भंग हो रही थी। अरुण के छिपे वे मनुष्य स्वतंत्रता से इधर-उधर घूमते थे। झाड़ियों को काटकर पथ बन रहा था। नगर दूर था, फिर उधर यों ही कोई नहीं आता था। फिर अब तो महाराज की आज्ञा से वहाँ मधूलिका का अच्छा-सा खेत बन रहा था। तब इधर की किसको चिन्ता होती?

एक घने कुंज में अरुण और मधूलिका एक-दूसरे को हर्षित नेत्रों से देख रहे थे। सन्ध्या हो चली थी। उस निविड़ वन में उन नवागत मनुष्यों को देखकर पक्षीगण अपने नीड़ को लौटते हुए अधिक कोलाहल कर रहे थे।

प्रसन्नता से अरुण की आँखें चमक उठीं। सूर्य की अन्तिम किरण झुरमुट में घुसकर मधूलिका के कपोलों से खेलने लगी। अरुण ने कहा, "चार प्रहर और, विश्वास करो, प्रभात में ही इस जीर्ण-कलेवर कोशल-राष्ट्र की राजधानी श्रावस्ती में तुम्हारा अभिषेक होगा और मगध से निर्वासित मैं एक स्वतंत्र राष्ट्र का अधिपति बनूँगा, मधूलिके!"

"भयानक! अरुण, तुम्हारा साहस देखकर मैं चकित हो रही हूँ। केवल सौ सैनिकों से तुम..."

"रात के तीसरे प्रहर मेरी विजय-यात्रा होगी।"

"तो तुमको इस विजय पर विश्वास है?"

"अवश्य, तुम अपनी झोंपड़ी में यह रात बिताओ; प्रभात से तो राज-मन्दिर ही तुम्हारा लीला-निकेतन बनेगा।"

मधूलिका प्रसन्न थी; किन्तु अरुण के लिए उसकी कल्याण-कामना सशंक थी। वह कभी-कभी उद्विग्न-सी होकर बालकों के समान प्रश्न कर बैठती। अरुण उसका समाधान कर देता। सहसा कोई संकेत पाकर उसने कहा, "अच्छा, अन्धकार अधिक हो गया। अभी तुम्हें दूर जाना है और मुझे भी प्राण-पण से इस अभियान के प्रारम्भिक कार्यों को अर्द्धरात्रि तक पूरा कर लेना चाहिए; तब रात्रि भर के लिए विदा! मधूलिके!"

मधूलिका उठ खड़ी हुई। कँटीली झाड़ियों से उलझती हुई क्रम से, बढ़नेवाले अन्धकार में वह झोंपड़ी की ओर चली।

पथ अन्धकारमय था और मधूलिका का हृदय भी निविड़-तम से घिरा था। उसका मन सहसा विचलित हो उठा, मधुरता नष्ट हो गई। जितनी सुख-कल्पना थी, वह जैसे अन्धकार में विलीन होने लगी। वह भयभीत थी, पहला भय उसे अरुण के लिए उत्पन्न हुआ, यदि वह सफल न हुआ तो? फिर सहसा सोचने लगी—वह क्यों सफल हो? श्रावस्ती दुर्ग एक विदेशी के अधिकार में क्यों चला जाए? मगध का चिरशत्रु! ओह, उसकी विजय! कोशल नरेश ने क्या कहा था, "सिंहमित्र की कन्या।" सिंहमित्र, कोशल का रक्षक वीर, उसी की कन्या आज क्या करने जा रही है?" नहीं, नहीं, मधूलिका! मधूलिका!!" जैसे उसके पिता उस अन्धकार में पुकार रहे थे। वह पगली की तरह चिल्ला उठी। रास्ता भूल गई।

रात एक पहर बीत चली, पर मधूलिका अपनी झोंपड़ी तक न पहुँची। वह उधेड़बुन में विक्षिप्त-सी चली जा रही थी। उसकी आँखों के सामने कभी सिंहमित्र और कभी अरुण की मूर्ति अन्धकार में चित्रित होती जाती। उसे सामने आलोक दिखाई पड़ा। वह बीच पथ में खड़ी हो गई। प्राय: एक सौ उल्काधारी अश्वारोही चले आ रहे थे और आगे-आगे एक वीर अधेड़ सैनिक था। उसके बाएँ हाथ में अश्व की वल्गा और दाहिने हाथ में नग्न खड्ग। अत्यन्त धीरता से वह टुकड़ी अपने पथ पर चल रही थी। परन्तु मधूलिका बीच पथ से हिली नहीं। प्रमुख सैनिक पास आ गया; पर मधूलिका अब भी नहीं हटी। सैनिक ने अश्व रोककर कहा, "कौन? कोई उत्तर नहीं मिला। तब तक दूसरे अश्वारोही ने सड़क पर कहा-तू कौन है, स्त्री? कोशल के सेनापति को उत्तर शीघ्र दे।"

रमणी जैसे विकारग्रस्त स्वर में चिल्ला उठी, "बाँध लो, मुझे बाँध लो! मेरी हत्या करो। मैंने अपराध ही ऐसा किया है।"

सेनापति हँस पड़े, बोले, "पगली है।"

"पगली नहीं, यदि वही होती, तो इतनी विचार-वेदना क्यों होती? सेनापति! मुझे बाँध लो। राजा के पास ले चलो।"

"क्या है, स्पष्ट कह!"

"श्रावस्ती का दुर्ग एक प्रहर में दस्युओं के हस्तगत हो जाएगा। दक्षिणी नाले के पार उनका आक्रमण होगा।"

सेनापति चौंक उठे। उन्होंने आश्चर्य से पूछा, "तू क्या कह रही है?"

"मैं सत्य कह रही हूँ; शीघ्रता करो।"

सेनापति ने अस्सी सैनिकों को नाले की ओर धीरे-धीरे बढ़ने की आज्ञा दी और स्वयं बीस अश्वारोहियों के साथ दुर्ग की ओर बढ़े। मधूलिका एक अश्वारोही के साथ बाँध दी गई।

श्रावस्ती का दुर्ग, कोशल राष्ट्र का केन्द्र, इस रात्रि में अपने विगत वैभव का स्वप्न देख रहा था। भिन्न राजवंशों ने उसके प्रान्तों पर अधिकार जमा लिया है। अब वह केवल कई गाँवों का अधिपति है। फिर भी उसके साथ कोशल के अतीत की स्वर्ण-गाथाएँ लिपटी हैं। वही लोगों की ईर्ष्या का कारण है। जब थोड़े से अश्वारोही बड़े वेग से आते हुए दुर्ग-द्वार पर रुके, तब दुर्ग के प्रहरी चौंक उठे। उल्का के आलोक में उन्होंने सेनापति को पहचाना, द्वार खुला। सेनापति घोड़े की पीठ से उतरे। उन्होंने कहा, "अग्निसेन! दुर्ग में कितने सैनिक होंगे?"

"सेनापति की जय हो! दो सौ।"

उन्हें शीघ्र ही एकत्र करो; परन्तु बिना किसी शब्द के। सौ को लेकर तुम शीघ्र ही चुपचाप दुर्ग के दक्षिण की ओर चलो। आलोक और शब्द न हों।

सेनापति ने मधूलिका की ओर देखा। वह खोल दी गई। उसे अपने पीछे आने का संकेत कर सेनापति राजमन्दिर की ओर बढ़े। प्रतिहारी ने सेनापति को देखते ही महाराज को सावधान किया। वह अपनी सुख-निद्रा के लिए प्रस्तुत हो रहे थे; किन्तु सेनापति और साथ में मधूलिका को देखते ही चंचल हो उठे। सेनापति ने कहा, "जय हो देव! इस स्त्री के कारण मुझे इस समय उपस्थित होना पड़ा है।"

महाराज ने स्थिर नेत्रों से देखकर कहा, "सिंहमित्र की कन्या! फिर यहाँ क्यों? क्या तुम्हारा क्षेत्र नहीं बन रहा है? कोई बाधा? सेनापति! मैंने दुर्ग के दक्षिणी नाले के समीप की भूमि इसे दी है। क्या उसी सम्बन्ध में तुम कहना चाहते हो?"

"देव! किसी गुप्त शत्रु ने उसी ओर से आज की रात में दुर्ग पर अधिकार कर लेने का प्रबन्ध किया है और इसी स्त्री ने मुझे पथ में यह सन्देश दिया है।"

राजा ने मधूलिका की ओर देखा। वह काँप उठी। घृणा और लज्जा से वह गड़ी जा रही थी। राजा ने पूछा, "मधूलिका, यह सत्य है!"

"हाँ, देव!"

राजा ने सेनापति से कहा, "सैनिकों को एकत्र करके तुम चलो मैं अभी आता हूँ।" सेनापति के चले जाने पर राजा ने कहा, "सिंहमित्र की कन्या! तुमने एक बार फिर कोशल का उपकार किया। यह सूचना देकर तुमने पुरस्कार का काम किया है। अच्छा, तुम यहीं ठहरो। पहले उन आततायियों का प्रबन्ध कर लूँ।"

अपने साहसिक अभियान में अरुण बन्दी हुआ और दुर्ग उल्का के आलोक में अतिरंजित हो गया। भीड़ ने जयघोष किया। सबके मन में उल्लास था। श्रावस्ती-दुर्ग आज एक दस्यु के हाथ में जाने से बचा था। आबाल-वृद्ध-नारी आनन्द से उन्मत्त हो उठे।

उषा के आलोक में सभामंडप दर्शकों से भर गया। बन्दी अरुण को देखते ही जनता ने रोष से हुंकार भरते हुए कहा, "वध करो!" राजा ने सबसे सहमत होकर आज्ञा दी, "प्राणदंड।" मधूलिका बुलाई गई। वह पगली-सी आकर खड़ी हो गई। कोशल नरेश ने पूछा, "मधूलिका, तुझे जो पुरस्कार लेना हो, माँग।" वह चुप रही।

राजा ने कहा, "मेरी निज की जितनी खेती है, मैं सब तुझे देता हूँ।" मधूलिका ने एक बार बन्दी अरुण की ओर देखा। उसने कहा, "मुझे कुछ न चाहिए।" अरुण हँस पड़ा। राजा ने कहा, "नहीं, मैं तुझे अवश्य दूँगा। माँग ले।"

"तो मुझे भी प्राणदंड मिले।" कहती हुई वह बन्दी अरुण के पास जा खड़ी हुई।

सच्चिदानन्द हीरानन्द वात्स्यायन 'अज्ञेय'

सच्चिदानन्द हीरानन्द वात्स्यायन 'अज्ञेय' को हिन्दी जगत में एक प्रतिभासम्पन्न कवि, कथा-साहित्य को एक महत्त्वपूर्ण मोड़ देनेवाले शैलीकार, निबन्धकार, सम्पादक और सफल अध्यापक के रूप में जाना जाता है। बहुआयामी व्यक्तित्व के एकान्तमुखी प्रखर कवि होने के साथ-साथ वे एक अच्छे फ़ोटोग्राफर और सत्यान्वेषी पर्यटक भी थे।

इनका जन्म 7 मार्च, 1911 को उत्तर प्रदेश के देवरिया ज़िले के कुशीनगर नामक स्थान में हुआ। बचपन लखनऊ, कश्मीर, बिहार और मद्रास में बीता। प्रारम्भिक शिक्षा-दीक्षा पिता हीरानन्द शास्त्री की देख-रेख में घर पर ही संस्कृत, फ़ारसी, अंग्रेज़ी और बांग्ला भाषा व साहित्य के अध्ययन के साथ हुई। 1925 में पंजाब से एंट्रेंस की परीक्षा पास की और उसके बाद मद्रास क्रिश्चियन कॉलेज में दाखिल हुए। वहाँ से विज्ञान में इंटर की पढ़ाई पूरी कर 1927 में वे बी-एस.सी. करने के लिए लाहौर के फ़ॅरमन कॉलेज के छात्र बने। 1929 में बी-एस.सी. करने के बाद एम.ए. में उन्होंने अंग्रेज़ी विषय लिया, पर क्रान्तिकारी गतिविधियों में हिस्सा लेने के कारण पढ़ाई पूरी न हो सकी। 1930 से 1936 तक विभिन्न जेलों में कटे। 1936-37 में 'सैनिक' और 'विशाल भारत' नामक पत्रिकाओं का सम्पादन किया। 1943 से 1946 तक ब्रिटिश सेना में रहे। इसके बाद इलाहाबाद से 'प्रतीक' नामक पत्रिका निकाली और ऑल इंडिया रेडियो की नौकरी स्वीकार की। देश-विदेश की यात्राएँ कीं, जिसमें उन्होंने कैलिफोर्निया विश्वविद्यालय से लेकर जोधपुर विश्वविद्यालय तक में अध्यापन का काम किया। दिल्ली लौटे और 'दिनमान', 'साप्ताहिक हिन्दुस्तान', 'नवभारत टाइम्स', अंग्रेज़ी पत्र 'वाक्' और 'एवरीमैंस' जैसे प्रसिद्ध पत्र-पत्रिकाओं का सम्पादन किया। 1980 में उन्होंने 'वत्सलनिधि' नामक एक न्यास की स्थापना की, जिसका उद्देश्य साहित्य और संस्कृति के क्षेत्र में कार्य करना था। दिल्ली में ही 4 अप्रैल, 1987 को उनकी मृत्यु हुई। 1964 में 'आँगन के पार द्वार' पर उन्हें साहित्य अकादमी पुरस्कार प्राप्त हुआ और 1978 में 'कितनी नावों में कितनी बार' पर भारतीय ज्ञानपीठ पुरस्कार। निस्सन्देह वे आधुनिक साहित्य के

एक शलाका पुरुष थे, जिसने हिन्दी साहित्य में भारतेन्दु हरिश्चन्द्र के बाद एक दूसरे आधुनिक युग का प्रवर्तन किया।

इनकी प्रमुख कृतियाँ हैं—'भग्नदूत', 'चिन्ता', 'इत्यलम्', 'हरी घास पर क्षण भर', 'बावरा अहेरी', 'इन्द्रधनु रौंदे हुए ये', 'अरी ओ करुणा प्रभामय', 'आँगन के पार द्वार', 'कितनी नावों में कितनी बार', 'क्योंकि मैं उसे जानता हूँ', 'सागर मुद्रा', 'पहले मैं सन्नाटा बुनता हूँ', 'महावृक्ष के नीचे', 'नदी की बाँक पर छाया', 'प्रिज़न डेज़ एंड अदर पोयम्स' (कविता-संग्रह); 'विपथगा', 'परम्परा', 'कोठरी की बात', 'शरणार्थी', 'जयदोल' (कहानी-संग्रह); 'शेखर : एक जीवनी' (प्रथम भाग और द्वितीय भाग), 'नदी के द्वीप', 'अपने-अपने अजनबी' (उपन्यास); 'अरे यायावर रहेगा याद?', 'एक बूँद सहसा उछली' (यात्रा-वृत्तान्त); 'सबरंग', 'त्रिशंकु', 'आत्मनेपद', 'हिन्दी साहित्य : एक आधुनिक परिदृश्य', 'आलवाल' (निबन्ध-संग्रह); 'त्रिशंकु', 'आत्मनेपद', 'भवन्ती', 'अद्यतन' (आलोचना); 'स्मृति लेखा' (संस्मरण); 'भवन्ती', 'अन्तरा' और 'शाश्वती' (डायरियाँ); 'संवत्सर' (विचार-गद्य); 'उत्तरप्रियदर्शी' (नाटक); 'तार सप्तक', 'दूसरा सप्तक', 'तीसरा सप्तक' (सम्पादित ग्रन्थ) के साथ कई अन्य पुस्तकों का सम्पादन।

4 अप्रैल, 1987 को निधन।

रोज़*

दोपहर में उस सूने आँगन में पैर रखते ही मुझे ऐसा जान पड़ा, मानो उस पर किसी शाप की छाया मँडरा रही हो, उसके वातावरण में कुछ ऐसा अकथ्य, अस्पृश्य, किन्तु फिर भी बोझिल और प्रकम्पमय और घना-सा फैल रहा था...

मेरी आहट सुनते ही मालती बाहर निकली। मुझे देखकर, पहचानकर उसकी मुरझाई हुई मुख-मुद्रा तनिक-सी मीठे विस्मय से जागी-सी और फिर पूर्ववत् हो गई। उसने कहा, "आ जाओ।" और बिना उत्तर की प्रतीक्षा किए भीतर की ओर चली। मैं भी उसके पीछे हो लिया।

भीतर पहुँचकर मैंने पूछा, "वे यहाँ नहीं हैं?"

"अभी आए नहीं, दफ्तर में हैं। थोड़ी देर में आ जाएँगे। कोई डेढ़-दो बजे आया करते हैं।"

"कब से गए हुए हैं?"

"सवेरे उठते ही चले जाते हैं।"

मैं 'हूँ' कहकर पूछने को हुआ, 'और तुम इतनी देर क्या करती हो?' पर फिर सोचा आते ही एकाएक प्रश्न ठीक नहीं है। मैं कमरे के चारों ओर देखने लगा।

मालती एक पंखा उठा लाई, और मुझे हवा करने लगी। मैंने आपत्ति करते हुए कहा, "नहीं, मुझे नहीं चाहिए।" पर वह नहीं मानी, बोली, "वाह! चाहिए कैसे नहीं? इतनी धूप में तो आए हो। यहाँ तो..."

मैंने कहा, "अच्छा, लाओ मुझे दे दो।"

वह शायद, 'ना' करनेवाली थी, पर तभी दूसरे कमरे से शिशु के रोने की आवाज सुनकर उसने चुपचाप पंखा मुझे दे दिया और घुटनों पर हाथ टेककर एक थकी हुई 'हुँह' करके उठी और भीतर चली गई।

मैं उसके जाते हुए, दुबले शरीर को देखकर सोचता रहा। यह क्या है...यह कैसी छाया-सी इस घर पर छाई हुई है...

* यह कहानी पहले 'गैंग्रीन' शीर्षक से प्रकाशित हुई।

मालती मेरी दूर के रिश्ते की बहिन है, किन्तु उसे सखी कहना ही उचित है, क्योंकि हमारा परस्पर सम्बन्ध सख्य का ही रहा है। हम बचपन से इकट्ठे खेले हैं, इकट्ठे लड़े और पिटे हैं और हमारी पढ़ाई भी बहुत-सी इकट्ठे ही हुई थी, और हमारे व्यवहार में सदा सख्या की स्वेच्छा और स्वच्छंदता रही है, वह कभी भ्रातृत्व के, या बड़े-छोटेपन के बन्धनों में नहीं घिरा...

मैं आज कोई चार वर्ष बाद उसे देखने आया हूँ। जब मैंने उसे इससे पूर्व देखा था, तब वह लड़की ही थी, अब वह विवाहिता है, एक बच्चे की माँ भी है। इससे कोई परिवर्तन उसमें आया होगा और यदि आया होगा तो क्या, यह मैंने अभी सोचा नहीं था, किन्तु अब उसकी पीठ की ओर देखता हुआ मैं सोच रहा था, यह कैसी छाया इस घर पर छाई हुई है...और विशेषतया मालती पर...

मालती बच्चे को लेकर लौट आई और फिर मुझसे कुछ दूर नीचे बिछी हुई दरी पर बैठ गई। मैंने अपनी कुरसी घुमाकर कुछ उसकी ओर उन्मुख होकर पूछा, "इसका नाम क्या है?"

मालती ने बच्चे की ओर देखते हुए उत्तर दिया, "नाम तो कोई निश्चित नहीं किया, वैसे टिटी कहते हैं।"

मैंने उसे बुलाया, "टिटी, टिटी, आ जा" पर वह अपनी बड़ी-बड़ी आँखों से मेरी ओर देखता हुआ अपनी माँ से चिपट गया, और रुआँसा-सा होकर कहने लगा, "उहुँ-उहुँ-उहुँ-ऊँ..."

मालती ने फिर उसकी ओर एक नजर देखा, और फिर बाहर आँगन की ओर देखने लगी...

काफी देर मौन रहा। थोड़ी देर तक तो वह मौन आकस्मिक ही था, जिसमें मैं प्रतीक्षा में था कि मालती कुछ पूछे, किन्तु उसके बाद एकाएक मुझे ध्यान हुआ, मालती ने कोई बात ही नहीं की...यह भी नहीं पूछा कि मैं कैसा हूँ, कैसे आया हूँ...चुप बैठी है, क्या विवाह के दो वर्ष में ही वह बीते दिन भूल गई? या अब मुझे दूर इस विशेष अन्तर पर रखना चाहती है? क्योंकि वह निर्बाध स्वच्छंदता अब तो नहीं हो सकती...पर फिर भी, ऐसा मौन, जैसा अजनबी से भी नहीं होना चाहिए...

मैंने कुछ खिन्न-सा होकर, दूसरी ओर देखते हुए कहा, "जान पड़ता है, तुम्हें मेरे आने से विशेष प्रसन्नता नहीं हुई।"

उसने एकाएक चौंककर कहा, "हूँ?"

यह 'हूँ' प्रश्न-सूचक था, किन्तु इसलिए नहीं कि मालती ने मेरी बात सुनी नहीं थी, केवल विस्मय के कारण। इसलिए मैंने अपनी बात दुहराई नहीं, चुप बैठा रहा।

मालती कुछ बोली ही नहीं, थोड़ी देर बाद मैंने उसकी ओर देखा। वह एकटक मेरी ओर देख रही थी, किन्तु मेरे उधर उन्मुख होते ही उसने आँखें नीची कर लीं। फिर भी मैंने देखा, उन आँखों में कुछ विचित्र-सा भाव था, मानो मालती के भीतर कहीं कुछ चेष्टा कर रहा हो, किसी बीती हुई बात को याद करने की, किसी बिखरे हुए वायुमंडल को पुन: जगाकर गतिमान करने की, किसी टूटे हुए व्यवहार-तन्तु को पुनरुज्जीवित करने की, और चेष्टा में सफल न हो रहा हो...वैसे जैसे बहुत देर से प्रयोग में न लाए हुए अंग को व्यक्ति एकाएक उठाने लगे और पाए कि वह उठता ही नहीं है, चिरविस्मृति में मानो मर गया है, उतने क्षीण बल से (यद्यपि वह सारा प्राप्य बल है) उठ नहीं सकता...मुझे ऐसा जान पड़ा मानो किसी जीवित प्राणी के गले में किसी मृत जन्तु का तौक डाल दिया गया हो, वह उसे उतारकर फेंकना चाहे, पर उतार न पाए...

तभी किसी ने किवाड़ खटखटाए। मैंने मालती की ओर देखा, पर वह हिली नहीं। जब किवाड़ दूसरी बार खटखटाए गए, तब वह शिशु को अलग करके उठी और किवाड़ खोलने गई।

वे, यानी मालती के पति आए। मैंने उन्हें पहली बार देखा था, यद्यपि फोटो से उन्हें पहचानता था। परिचय हुआ। मालती खाना तैयार करने आँगन में चली गई, और हम दोनों भीतर बैठकर बातचीत करने लगे, उनकी नौकरी के बारे में, उनके जीवन के बारे में, उस स्थान के बारे में, और ऐसे अन्य विषयों के बारे में जो पहले परिचय पर उठा करते हैं, एक तरह का स्वरक्षात्मक कवच बनकर...

मालती के पति का नाम है महेश्वर। वह एक पहाड़ी गाँव में सरकारी डिस्पेंसरी के डॉक्टर हैं, उसकी हैसियत से इन क्वार्टरों में रहते हैं। प्रात:काल सात बजे डिस्पेंसरी चले जाते हैं और डेढ़ या दो बजे लौटते हैं, उसके बाद दोपहर-भर छुट्टी रहती है, केवल शाम को एक-दो घंटे फिर चक्कर लगाने के लिए जाते हैं, डिस्पेंसरी के साथ के छोटे-से अस्पताल में पड़े हुए रोगियों को देखने और अन्य ज़रूरी हिदायतें करने...उनका जीवन भी बिलकुल एक निर्दिष्ट ढर्रे पर चलता है, नित्य वही काम, उसी प्रकार के मरीज, वही हिदायतें, वही नुस्खे, वही दवाइयाँ। वह स्वयं उकताए हुए हैं इसलिए और साथ ही इस भयंकर गरमी के कारण वह अपने फ़ुरसत के समय में भी सुस्त ही रहते हैं...

मालती हम दोनों के लिए खाना ले आई। मैंने पूछा, "तुम नहीं खाओगी? या खा चुकीं?"

महेश्वर बोले, कुछ हँसकर, "वह पीछे खाया करती है..."

पति ढाई बजे खाना खाने आते हैं, इसलिए पत्नी तीन बजे तक भूखी बैठी रहेगी!

महेश्वर खाना आरम्भ करते हुए मेरी ओर देखकर बोले, "आपको तो खाने का मजा क्या ही आएगा ऐसे बेवक़्त खा रहे हैं?"

मैंने उत्तर दिया, "वाह! देर से खाने पर तो और भी अच्छा लगता है, भूख बढ़ी हुई होती है, पर शायद मालती बहिन को कष्ट होगा।"

मालती टोककर बोली, "ऊहूँ, मेरे लिए तो यह नई बात नहीं है...रोज़ ही ऐसा होता है..."

मालती बच्चे को गोद में लिये हुए थी। बच्चा रो रहा था, पर उसकी ओर कोई भी ध्यान नहीं दे रहा था।

मैंने कहा, "यह रोता क्यों है?"

मालती बोली, "हो ही गया है चिड़चिड़ा-सा, हमेशा ही ऐसा रहता है।" फिर बच्चे को डाँटकर कहा, "चुप कर।" जिससे वह और भी रोने लगा, मालती ने भूमि पर बैठा दिया। और बोली, "अच्छा ले, रो ले।" और रोटी लेने आँगन की ओर चली गई!

जब हमने भोजन समाप्त किया तब तीन बजनेवाले थे, महेश्वर ने बताया कि उन्हें आज जल्दी अस्पताल जाना है, वहाँ एक-दो चिन्ताजनक केस आए हुए हैं, जिनका ऑपरेशन करना पड़ेगा...दो की शायद टाँग काटनी पड़े, गैंग्रीन हो गया है...थोड़ी ही देर में वह चले गए। मालती किवाड़ बन्द कर आई और मेरे पास बैठने ही लगी थी कि मैंने कहा, "अब खाना तो खा लो, मैं उतनी देर टिटी से खेलता हूँ।"

वह बोली, "खा लूँगी, मेरे खाने की कौन बात है," किन्तु चली गई। मैं टिटी को हाथ में लेकर झुलाने लगा, जिससे वह कुछ देर के लिए शान्त हो गया।

दूर...शायद अस्पताल में ही, तीन खड़के। एकाएक मैं चौंका, मैंने सुना, मालती वहीं आँगन में बैठी अपने आप ही एक लम्बी-सी थकी हुई साँस के साथ कह रही है, "तीन बज गए..." मानो बड़ी तपस्या के बाद कोई कार्य सम्पन्न हो गया हो...

थोड़ी ही देर में मालती फिर आ गई, मैंने पूछा, "तुम्हारे लिए कुछ बचा भी था? सब कुछ तो..."

"बहुत था।"

"हाँ, बहुत था, भाजी तो सारी मैं ही खा गया था, वहाँ बचा कुछ होगा नहीं, यों ही रौब तो न जमाओ कि बहुत था।" मैंने हँसकर कहा।

मालती मानो किसी और विषय की बात कहती हुई बोली, "यहाँ सब्जी-वब्जी तो कुछ होती ही नहीं, कोई आता-जाता है, तो नीचे से मँगा लेते हैं; मुझे आए पन्द्रह दिन हुए हैं, जो सब्जी साथ लाए थे वही अभी बरती जा रही है..."

मैंने पूछा, "नौकर कोई नहीं है?"

"कोई ठीक मिला नहीं, शायद दो-एक दिन में हो जाए।"

"बरतन भी तुम्हीं माँजती हो?"

"और कौन?" कहकर मालती क्षण-भर आँगन में जाकर लौट आई। मैंने पूछा, "कहाँ गई थीं?"

"आज पानी ही नहीं है, बरतन कैसे मँजेंगे?"

"क्यों, पानी को क्या हुआ?"

"रोज ही होता है...कभी वक्त पर तो आता नहीं, आज शाम को सात बजे आएगा, तब बरतन मँजेंगे।"

"चलो तुम्हें सात बजे तक तो छुट्टी हुई," कहते हुए मैं मन-ही-मन सोचने लगा, 'अब इसे रात के ग्यारह बजे तक काम करना पड़ेगा, छुट्टी क्या खाक हुई?'

यही उसने कहा। मेरे पास कोई उत्तर नहीं था, पर मेरी सहायता टिटी ने की, एकाएक फिर रोने लगा और मालती के पास जाने की चेष्टा करने लगा। मैंने उसे दे दिया।

थोड़ी देर फिर मौन रहा, मैंने जेब से अपनी नोटबुक निकाली और पिछले दिनों के लिखे हुए नोट देखने लगा, तब मालती को याद आया कि उसने मेरे आने का कारण तो पूछा नहीं, और बोली, "यहाँ आए कैसे?"

मैंने कहा, "अच्छा, अब याद आया? तुमसे मिलने आया था, और क्या करने?"

"तो दो-एक दिन रहोगे न?"

"नहीं, कल चला जाऊँगा, ज़रूरी जाना है।"

मालती कुछ नहीं बोली, कुछ खिन्न-सी हो गई। मैं फिर नोटबुक की तरफ देखने लगा।

थोड़ी देर बाद मुझे ही ध्यान हुआ, मैं आया तो हूँ मालती से मिलने किन्तु, यहाँ वह बात करने को बैठी है और मैं पढ़ रहा हूँ, पर बात भी क्या की जाए? मुझे ऐसा लग रहा था कि इस घर पर जो छाया घिरी हुई है, वह अज्ञात रहकर भी मानो मुझे भी वश में कर रही है, मैं भी वैसा ही नीरस, निर्जीव-सा हो रहा हूँ, जैसे—हाँ, जैसे यह घर, जैसे मालती...

मैंने पूछा, "तुम कुछ पढ़ती-लिखती नहीं?" मैं चारों ओर देखने लगा कि कहीं किताबें दीख पड़ें।

"यहाँ!" कहकर मालती थोड़ा-सा हँस दी। वह हँसी कह रही थी, 'यहाँ पढ़ने को क्या?'

मैंने कहा, "अच्छा, मैं वापस जाकर जरूर कुछ पुस्तकें भेजूँगा..." और वार्तालाप फिर समाप्त हो गया...

थोड़ी देर बाद मालती ने फिर पूछा, "आए कैसे हो, लारी में?"

"पैदल।"

"इतनी दूर? बड़ी हिम्मत की।"

"आखिर तुमसे मिलने आया हूँ।"

"ऐसे ही आए हो?"

"नहीं, कुली पीछे आ रहा है, सामान लेकर। मैंने सोचा, बिस्तरा ले ही चलूँ।"

"अच्छा किया, यहाँ तो बस..." कहकर मालती चुप रह गई फिर बोली, "तब तुम थके होगे, लेट जाओ।"

"नहीं, बिलकुल नहीं थका।"

"रहने भी दो, थके नहीं, भला थके हैं?"

"और तुम क्या करोगी?"

"मैं बरतन माँज रखती हूँ, पानी आएगा तो धुल जाएँगे।"

थोड़ी देर में मालती उठी और चली गई, टिटी को साथ लेकर। तब मैं भी लेट गया और छत की ओर देखने लगा...मेरे विचारों के साथ आँगन से आती हुई बरतनों के घिसने की खन-खन ध्वनि मिलकर एक विचित्र-सा एक स्वर उत्पन्न करने लगी, जिसके कारण मेरे अंग धीरे-धीरे ढीले पड़ने लगे, मैं ऊँघने लगा...

एकाएक वह एक-स्वर टूट गया—मौन हो गया। इससे मेरी तन्द्रा भी टूटी, मैं उस मौन में सुनने लगा...

चार खड़क रहे थे और इसी का पहला घंटा सुनकर मालती रुक गई थी...

वही तीन बजेवाली बात मैंने फिर देखी, अबकी बार और उग्र रूप में। मैंने सुना, मालती एक बिलकुल अनैच्छिक, अनुभूतिहीन, नीरस यंत्रवत्—वह भी थके हुए यंत्र के-से स्वर में कह रही है, "चार बज गए" मानो इस अनैच्छिक समय गिनने-गिनने में ही उसका मशीन-तुल्य जीवन बीतता हो, वैसे ही, जैसे मोटर का स्पीडोमीटर यंत्रवत् फासला नापता जाता है, और यंत्रवत् विश्रान्त स्वर में कहता है (किससे!) कि मैंने अपने अमित शून्यपथ का इतना अंश तय कर लिया...न जाने कब, कैसे मुझे नींद आ गई।

तब छह कभी के बज चुके थे, जब किसी के आने की आहट से मेरी नींद खुली, और मैंने देखा कि महेश्वर लौट आए हैं, और उनके साथ ही बिस्तर लिये हुए मेरा कुली। मैं मुँह धोने को पानी माँगने को ही था कि मुझे याद आया, पानी नहीं होगा। मैंने हाथों से मुँह पोंछते-पोंछते महेश्वर से पूछा, "आपने बड़ी देर की?"

उन्होंने किंचित् ग्लानि-भरे स्वर में कहा, "हाँ, आज वह गैंग्रीन का ऑपरेशन करना ही पड़ा। एक कर आया हूँ, दूसरे को एम्बुलेंस में बड़े अस्पताल भिजवा दिया है।"

मैंने पूछा, "गैंग्रीन कैसे हो गया?"

"एक काँटा चुभा था, उसी से हो गया, बड़े लापरवाह लोग होते हैं यहाँ के..."

मैंने पूछा, "यहाँ आपको केस अच्छे मिल जाते हैं? आय के लिहाज से नहीं, डॉक्टरी के अभ्यास के लिए?"

बोले, "हाँ, मिल ही जाते हैं, यही गैंग्रीन, हर दूसरे-चौथे दिन एक केस आ जाता है, नीचे बड़े अस्पताल में भी..."

मालती आँगन से ही सुन रही थी, अब आ गई, बोली, "हाँ, केस बनाते देर क्या लगती है? काँटा चुभा था, इस पर टाँग काटनी पड़े, यह भी कोई डॉक्टरी है? हर दूसरे दिन किसी की टाँग, किसी की बाँह काट आते हैं, इसी का नाम है अच्छा अभ्यास!"

महेश्वर हँसे, बोले, "न काटें तो उसकी जान गँवाएँ?"

"हाँ, पहले तो दुनिया में काँटे ही नहीं होते होंगे? आज तक तो सुना नहीं था कि काँटों के चुभने से मर जाते हैं..."

महेश्वर ने उत्तर नहीं दिया, मुस्करा दिए, मालती मेरी ओर देखकर बोली, "ऐसे ही होते हैं डॉक्टर, सरकारी अस्पताल है न, क्या परवाह है। मैं तो रोज ही ऐसी बातें सुनती हूँ! अब कोई मर-मुर जाए तो खयाल ही नहीं आता। पहले तो रात-रात भर नींद नहीं आया करती थी।"

तभी आँगन में खुले हुए नल ने कहा, टिप्-टिप्-टिप्-टिप्-टिप्-टिप्...

मालती ने कहा, "पानी!" और उठकर चली गई। खनखनाहट से हमने जाना, बरतन धोए जाने लगे हैं...

टिटी महेश्वर की टाँगों के सहारे खड़ा मेरी ओर देख रहा था, अब एकाएक उन्हें छोड़ मालती की ओर खिसकता हुआ चला। महेश्वर ने कहा, "उधर मत जा!" और उसे गोद में उठा लिया, वह मचलने और चिल्ला-चिल्लाकर रोने लगा।

महेश्वर बोले..."अब रो-रोकर सो जाएगा, तभी घर में चैन होगी।"

मैंने पूछा, "आप लोग भीतर ही सोते हैं? गरमी तो बहुत होती है?"

"होने को तो मच्छर भी बहुत होते हैं, पर यह लोहे के पलंग उठाकर बाहर कौन ले जाए? अबकी नीचे जाएँगे तो चारपाइयाँ ले आएँगे।" फिर कुछ रुककर बोले, "अच्छा तो बाहर ही सोएँगे। आपके आने का इतना लाभ ही होगा।"

टिटी अभी तक रोता ही जा रहा था। महेश्वर ने उसे एक पलंग पर बिठा दिया और पलंग बाहर खींचने लगे, मैंने कहा, "मैं मदद करता हूँ," और दूसरी ओर से पलंग उठाकर निकलवा दिया।

अब हम तीनों...महेश्वर, टिटी और मैं पलंग पर बैठ गए और वार्तालाप के लिए उपयुक्त विषय न पाकर उस कमी को छुपाने के लिए टिटी से खेलने लगे, बाहर आकर वह कुछ चुप हो गया था, किन्तु बीच-बीच में जैसे एकाएक कोई भूला हुआ कर्तव्य याद करके रो उठता था, और फिर एकदम चुप हो जाता था...और कभी-कभी हम हँस पड़ते थे, या महेश्वर उसके बारे में कुछ बात कह देते थे...

मालती बरतन धो चुकी थी। जब वह उन्हें लेकर आँगन के एक ओर रसोई के छप्पर की ओर चली, तब महेश्वर ने कहा, "थोड़े-से आम लाया हूँ, वह भी धो लेना।"

"कहाँ हैं?"

"अँगीठी पर रखे हैं, कागज में लिपटे हुए।"

मालती ने भीतर जाकर आम उठाए और अपने आँचल में डाल लिए। जिस कागज में वे लिपटे हुए थे वह किसी पुराने अखबार का टुकड़ा था। मालती चलती-चलती सन्ध्या के उस क्षीण प्रकाश में उसी को पढ़ती जा रही थी...वह नल के पास जाकर खड़ी उसे पढ़ती रही, जब दोनों ओर पढ़ चुकी, तब एक लम्बी साँस लेकर उसे फेंककर आम धोने लगी।

मुझे एकाएक याद आया...बहुत दिनों की बात थी...जब हम अभी स्कूल में भरती हुए ही थे। जब हमारा सबसे बड़ा सुख, सबसे बड़ी विजय थी हाजिरी हो चुकने के बाद चोरी से क्लास से निकल भागना और स्कूल से कुछ दूरी पर आम के बगीचे में पेड़ों पर चढ़कर कच्ची अमियाँ तोड़-तोड़ कर खाना। मुझे याद आया... कभी जब मैं भाग आता और मालती नहीं आ पाती थी तब मैं भी खिन्न-मन लौट आया करता था।

मालती कुछ नहीं पढ़ती थी, उसके माता-पिता तंग थे, एक दिन उसके पिता ने उसे एक पुस्तक लाकर दी और कहा कि इसके बीस पेज रोज पढ़ा करो, हफ्ते भर बाद मैं देखूँ कि इसे समाप्त कर चुकी हो, नहीं तो मार-मारकर चमड़ी उधेड़

दूँगा। मालती ने चुपचाप किताब ले ली, पर क्या उसने पढ़ी? वह नित्य ही उसके दस पन्ने, बीस पेज, फाड़कर फेंक देती, अपने खेल में किसी भाँति फर्क न पड़ने देती। जब आठवें दिन उसके पिता ने पूछा, "किताब समाप्त कर ली?" तो उत्तर दिया, "हाँ, कर ली," पिता ने कहा, "लाओ मैं प्रश्न पूछूँगा," तो चुप खड़ी रही। पिता ने फिर कहा, तो उद्धत स्वर में बोली, "किताब मैंने फाड़कर फेंक दी है, मैं नहीं पढ़ूँगी।"

उसके बाद वह बहुत पिटी, पर वह अलग बात है। इस समय मैं यही सोच रहा था कि वही उद्धत और चंचल मालती आज कितनी सीधी हो गई है, कितनी शान्त, और एक अखबार के टुकड़े को तरसती है...यह क्या, यह...

तभी महेश्वर ने पूछा, "रोटी कब बनेगी?"

"बस अभी बनाती हूँ।"

पर अबकी बार जब मालती रसोई की ओर चली, तब टिटी की कर्तव्यभावना बहुत विस्तीर्ण हो गई, वह मालती की ओर हाथ बढ़ाकर रोने लगा और नहीं माना, मालती उसे भी गोद में लेकर चली गई, रसोई में बैठकर एक हाथ से उसे थपकने और दूसरे से कई एक छोटे-छोटे डब्बे उठाकर अपने सामने रखने लगी...

और हम दोनों चुपचाप रात्रि की, और भोजन की, और एक-दूसरे के कुछ कहने की, और न जाने किस-किस न्यूनता की पूर्ति की प्रतीक्षा करने लगे।

हम भोजन कर चुके थे और बिस्तरों पर लेट गए थे और टिटी सो गया था। मालती पलंग के एक ओर मोमजामा बिछाकर उसे उस पर लिटा गई थी। वह सो गया था, पर नींद में कभी-कभी चौंक उठता था। एक बार तो उठकर बैठ भी गया था, पर तुरन्त ही लेट गया।

मैंने महेश्वर से पूछा, "आप तो थके होंगे, सो जाइए।"

वह बोले, "थके तो आप अधिक होंगे...अठारह मील पैदल चलकर आए हैं।" किन्तु उनके स्वर ने मानो जोड़ दिया, "थका तो मैं भी हूँ।"

मैं चुप रहा, थोड़ी देर में किसी अपर संज्ञा ने मुझे बताया, वह ऊँघ रहे हैं।

तब लगभग साढ़े दस बजे थे, मालती भोजन कर रही थी।

मैं थोड़ी देर मालती की ओर देखता रहा, वह किसी विचार में—यद्यपि बहुत गहरे विचार में नहीं, लीन हुई धीरे-धीरे खाना खा रही थी, फिर मैं इधर-उधर खिसककर, पर आराम से होकर, आकाश की ओर देखने लगा।

पूर्णिमा थी, आकाश अनभ्र था।

मैंने देखा.. उस सरकारी क्वार्टर की दिन में अत्यन्त शुष्क और नीरस लगनेवाली स्लेट की छत भी चाँदनी में चमक रही है, अत्यन्त शीतलता और स्निग्धता से छलक रही है, मानो चन्द्रिका उन पर से बहती हुई आ रही हो, झर रही हो...

मैंने देखा, पवन में चीड़ के वृक्ष...गरमी से सूखकर मटमैले हुए चीड़ के वृक्ष...धीरे-धीरे गा रहे हों...कोई राग जो कोमल है, किन्तु करुण नहीं, अशान्तिमय है, किन्तु उद्वेगमय नहीं...

मैंने देखा, प्रकाश से धुँधले नीले आकाश के तट पर जो चमगादड़ नीरव उड़ान से चक्कर काट रहे हैं, वे भी सुन्दर दीखते हैं...

मैंने देखा...दिन-भर की तपन, अशान्ति, थकान, दाह, पहाड़ों में से भाप से उठकर वातावरण में खोए जा रहे हैं, जिसे ग्रहण करने के लिए पर्वत-शिशुओं ने अपनी चीड़ वृक्षरूपी भुजाएँ आकाश की ओर बढ़ा रखी हैं...

पर यह सब मैंने ही देखा, अकेले मैंने...महेश्वर ऊँघ रहे थे और मालती उस समय भोजन से निवृत्त होकर दही जमाने के लिए मिट्टी का बरतन गरम पानी से धो रही थी, और कह रही थी..."अभी छुट्टी हुई जाती है।" और मेरे कहने पर ही कि "ग्यारह बजनेवाले हैं" धीरे से सिर हिलाकर जता रही थी कि रोज ही इतने बज जाते हैं...मालती ने वह सब कुछ नहीं देखा, मालती का जीवन अपनी रोज की नियत गति से बहा जा रहा था और एक चन्द्रमा की चन्द्रिका के लिए, एक संसार के लिए, रुकने को तैयार नहीं था...

चाँदनी में शिशु कैसा लगता है, इस अलस जिज्ञासा ने मैंने टिटी की ओर देखा और वह एकाएक मानो किसी शैशवोचित वामता से उठा और खिसककर पलंग से नीचे गिर पड़ा और चिल्ला-चिल्लाकर रोने लगा। महेश्वर ने चौंककर कहा, "क्या हुआ?" मैं झपटकर उसे उठाने दौड़ा, मालती रसोई से बाहर निकल आई, मैंने उस 'खट्' शब्द को याद करके धीरे से करुणा-भरे स्वर में कहा, "चोट बहुत लग गई बेचारे के।"

यह सब मानो एक ही क्षण में, एक ही क्रिया की गति में हो गया।

मालती ने रोते हुए शिशु को मुझसे लेने के लिए, हाथ बढ़ाते हुए कहा, "इसके चोटें लगती ही रहती हैं, रोज़ ही गिर पड़ता है।"

एक छोटे क्षण-भर के लिए मैं स्तब्ध हो गया, फिर एकाएक मेरे मन ने, मेरे समूचे अस्तित्व ने, विद्रोह के स्वर में कहा—मेरे मन ने भीतर ही, बाहर एक शब्द भी नहीं निकला—'माँ, युवती माँ, यह तुम्हारे हृदय को क्या हो गया है, जो तुम अपने एकमात्र बच्चे के गिरने पर ऐसी बात कह सकती हो—और यह अभी, जब तुम्हारा सारा जीवन तुम्हारे आगे है?'

और, तब एकाएक मैंने जाना कि वह भावना मिथ्या नहीं है, मैंने देखा कि सचमुच उस कुटुम्ब में कोई गहरी भयंकर छाया घर कर गई है, उसके जीवन के इस पहले ही यौवन में घुन की तरह लग गई है, उसका इतना अभिन्न अंग हो गई है कि वे उसे पहचानते ही नहीं, उसी की परिधि में घिरे हुए चले जा रहे हैं। इतना ही नहीं, मैंने उस छाया को देख भी लिया...

इतनी देर में, पूर्ववत् शान्ति हो गई थी। महेश्वर फिर लेटकर ऊँघ रहे थे। टिटी मालती के लेटे हुए शरीर से चिपटकर चुप हो गया था, यद्यपि कभी एक-आध सिसकी उसके छोटे-से शरीर को हिला देतीं थी। मैं भी अनुभव करने लगा था कि बिस्तर अच्छा-सा लग रहा है। मालती चुपचाप आकाश में देख रही थी, किन्तु क्या चन्द्रिका को या तारों को?

तभी ग्यारह का घंटा बजा, मैंने अपनी भारी हो रही पलकें उठाकर अकस्मात् किसी अस्पष्ट प्रतीक्षा से मालती की ओर देखा। ग्यारह के पहले घंटे की खड़कन के साथ ही मालती की छाती एकाएक फफोले की भाँति उठी और धीरे-धीरे बैठने लगी, और घंटा-ध्वनि के कम्पन के साथ ही मूक हो जानेवाली आवाज में उसने कहा, "ग्यारह बज गए..."

रांगेय राघव

रांगेय राघव हिन्दी के उन विशिष्ट और बहुमुखी प्रतिभावाले रचनाकारों में से हैं जो बहुत ही कम उम्र लेकर इस संसार में आए, लेकिन जिन्होंने अल्पायु में ही एक साथ उपन्यासकार, कहानीकार, निबन्धकार, आलोचक, नाटककार, कवि, इतिहासवेत्ता तथा रिपोर्ताज लेखक के रूप में स्वयं को प्रतिस्थापित कर दिया, साथ ही अपने रचनात्मक कौशल से हिन्दी की महान सृजनशीलता के दर्शन करा दिए।

इनका मूल नाम तिरुमल्लै नम्बाकम वीर राघव आचार्य था, लेकिन उन्होंने अपना साहित्यिक नाम 'रांगेय राघव' रखा। इनका जन्म 17 जनवरी, 1923 को तिरुपति, आन्ध्र प्रदेश में हुआ। 'वैर' गाँव के सहज, सादे ग्रामीण परिवेश में उनके रचनात्मक सहित्य ने अपना आकार गढ़ना शुरू किया। उनकी सृजन-यात्रा सर्वप्रथम चित्रकला में प्रस्फुटित हुई। उनका साहित्य सृजन भले ही कविता से शुरू हुआ हो, लेकिन उन्हें प्रतिष्ठा मिली एक गद्य लेखक के रूप में। सन् 1946 में प्रकाशित 'घरौंदा' उपन्यास के जरिए वे प्रगतिशील कथाकार के रूप में चर्चित हुए। 12 सितम्बर, 1962 में कैंसर रोग से मुम्बई (तत्कालीन बम्बई) में उनका देहवसान हुआ।

ऐतिहासिक और सांस्कृतिक पृष्ठभूमि पर जीवनपरक उपन्यासों का लेखन उन्होंने किया। कहानी के पारम्परिक ढाँचे में बदलाव लाते हुए नवीन कथा प्रयोगों द्वारा उसे मौलिक कलेवर में विस्तृत आयाम दिया। रिपोर्ताज लेखन, जीवन चरितात्मक उपन्यास और महायात्रा गाथा की परम्परा डाली। विशिष्ट कथाकार के रूप में उनकी सृजनात्मक सम्पन्नता प्रेमचन्दोत्तर रचनाकारों के लिए बड़ी चुनौती बनी।

रांगेय राघव ने जीवन की जटिलतर होती जा रही संरचना में खोए हुए मनुष्य की, मनुष्यत्व की पुनर्रचना का प्रयत्न किया, क्योंकि मनुष्यत्व के छीजने की व्यथा उन्हें बराबर सालती थी। उनकी रचनाएँ समाज को बदलने का दावा नहीं करतीं, लेकिन उनमें बदलाव की आकांक्षा जरूर हैं। इसलिए उनकी रचनाएँ अन्य रचनाकारों की तरह व्यंग्य या प्रहारों में खत्म नहीं होतीं, न ही दार्शनिक टिप्पणियों में समाप्त होती हैं, बल्कि वे मानवीय वस्तु के निर्माण की ओर उद्यत होती हैं और

इस मानवीय वस्तु का निर्माण उनके यहाँ परिस्थिति और ऐतिहासिक चेतना के द्वन्द्व से होता है। इन्होंने लोग-मंगल से जुड़कर युगीन सत्य को भेदकर मानवीयता को खोजने का प्रयत्न किया तथा मानवतावाद को अवरोधक बनी हर शक्ति को परास्त करने का भरसक प्रयत्न भी। ये मार्क्सवादी विचारों से प्रेरित उपन्यासकार थे। भगवतीचरण वर्मा द्वारा रचित 'टेढ़े-मेढ़े रास्ते' के उत्तर में 'सीधा-सादा रास्ता', 'आनन्दमठ' के उत्तर में इन्होंने 'विषादमठ' लिखा। प्रेमचन्दोत्तर कथाकारों की कतार में अपने रचनात्मक वैशिष्ट्य, सृजन विविधता और विपुलता के कारण वे हमेशा स्मरणीय रहेंगे।

इनकी प्रकाशित कृतियाँ हैं—'विषाद मठ', 'उबाल', 'राह न रुकी', 'बारी बरणा खोल दो', 'देवकी का बेटा', 'रत्ना की बात', 'भारती का सपूत', 'यशोधरा जीत गई', 'घरौंदा', 'लोई का ताना', 'लखिमा की आँखें', 'मेरी भव बाधा हरो', 'कब तक पुकारूँ', 'पक्षी और आकाश', 'चीवर', 'राई और पर्वत', 'आख़िरी आवाज़', 'बन्दूक और बीन' (उपन्यास); 'अवसाद का छल', 'गूंगे', 'प्रवासी', 'घिसटता कम्बल', 'पेड़', 'नारी का विक्षोभ', 'काई', 'समुद्र के फेन', 'देवदासी', 'कठपुतले', 'तबेले का धुँधलका', 'जाति और पेशा', 'नई जिन्दगी के लिए', 'ऊंट की करवट', 'बांबी और मंतर', 'गदल', 'कुत्ते की दुम और शैतान : नए टेक्नीक्स', 'जानवर-देवता', 'भय', 'अधूरी मूरत' (कहानी-संग्रह); 'महायात्रा गाथा अँधेरा रास्ता' के दो खंड, 'रैन और चन्दा' के दो खंड (यात्रा-वृत्तान्त)।

इनको हिन्दुस्तान अकादमी पुरस्कार, डालमिया पुरस्कार, उत्तर प्रदेश सरकार पुरस्कार 1957 व 1959, राजस्थान साहित्य अकादमी पुरस्कार तथा मरणोपरान्त महात्मा गांधी पुरस्कार से सम्मानित किया गया।

गदल

बाहर शोरगुल मचा। डोड़ी ने पुकारा, "कौन है?"

कोई उत्तर नहीं मिला। आवाज आई, "हत्यारिन! तुझे कतल कर दूँगा!"

स्त्री का स्वर आया, "करके तो देख! तेरे कुनबे को डायन बनके न खा गई, निपूते!"

डोड़ी बैठा न रह सका। बाहर आया।

"क्या करता है, क्या करता है, निहाल?" डोड़ी बढ़कर चिल्लाया, "आखिर तेरी मैया है।"

"मैया है!" कहकर निहाल हट गया।

"और तू हाथ उठाके तो देख!" स्त्री ने फुफकारा, "कढ़ी खाए! तेरी सींक पर बिल्लियाँ चलवा दूँ! समझ रखियो! मत जान रखियो! हाँ! तेरी आसरतू नहीं हूँ।"

"भाभी!" डोड़ी ने कहा, "क्या बकती है? होश में आ!"

वह आगे बढ़ा। उसने मुड़कर कहा, "जाओ सब। तुम सब लोग जाओ!"

निहाल हट गया। उसके साथ ही सब लोग इधर-उधर हो गए।

डोड़ी निस्तब्ध, छप्पर के नीचे लगा बरैंडा पकड़े खड़ा रहा। स्त्री वहीं बिफरी हुई-सी बैठी रही। उसकी आँखों में आग-सी जल रही थी।

उसने कहा, "मैं जानती हूँ, निहाल में इतनी हिम्मत नहीं। यह सब तैने किया है, देवर!"

"हाँ गदल!" डोड़ी ने धीरे से कहा, "मैंने ही किया है।"

गदल सिमट गई। कहा, "क्यों, तुझे क्या जरूरत थी?

गदल ने कहा, "मुझे क्यों बुलाया है तूने?"

डोड़ी ने इस बात का उत्तर नहीं दिया। पूछा, "रोटी खाई है?"

"नहीं," गदल ने कहा, "खाती भी कब? कमबखत रास्ते में मिले। खेत होकर लौट रही थी। रास्ते में अरने-कंडे बीनकर संझा के लिए ले जा रही थी।"

डोड़ी ने पुकारा, "निहाल! बहू से कह, अपनी सास को रोटी दे जाए!"

भीतर से किसी स्त्री की ढीठ आवाज सुनाई दी, "अरे, अब लौहरों की बैयर आई हैं; उन्हें क्यों गरीब खारियों की रोटी भाएगी?"

कुछ स्त्रियों ने ठहाका लगाया।

निहाल चिल्लाया, "सुन ले, परमेसुरी, जगहँसाई हो रही है। खारियों की तो तूने नाक कटाकर छोड़ी।"

गुन्ना मरा, तो पचपन बरस का था। गदल विधवा हो गई। गदल का बड़ा बेटा निहाल तीस वर्ष के पास पहुँच रहा था। उसकी बहू दुल्ला का बड़ा बेटा सात का, दूसरा चार का और तीसरी छोरी थी जो उसकी गोद में थी।

निहाल से छोटी तरा-ऊपर की दो बहिनें थीं चम्पा और चमेली, जिसका क्रमशरू झाज और विश्वारा गाँवों में ब्याह हुआ था। आज उनकी गोदियों से उनके लाल उतरकर धूल में घुटरुवन चलने लगे थे। अन्तिम पुत्र नारायन अब बाईस का था, जिसकी बहू दूसरे बच्चे की माँ बननेवाली थी। ऐसी गदल, इतना बड़ा परिवार छोड़कर चली गई थी और बत्तीस साल के एक लौहरे गूजर के यहाँ जा बैठी थी।

डोड़ी गुन्ना का सगा भाई था। बहू थी, बच्चे भी हुए। सब मर गए। अपनी जगह अकेला रह गया। गुन्ना ने बड़ी-बड़ी कही, पर वह फिर अकेला ही रहा, उसने ब्याह नहीं किया, गदल ही के चूल्हे पर खाता रहा। कमाकर लाता, वो उसी को दे देता, उसी के बच्चों को अपना मानता, कभी उसने अलगाव नहीं किया। निहाल अपने चाचा पर जान देता था। और फिर खारी गूजर अपने को लौहरों से ऊँच समझते थे।

गदल जिसके घर बैठी थी, उसका पूरा कुनबा था। उसने गदल की उम्र नहीं देखी, यह देखा कि खारी औरत है, पड़ी रहेगी। चूल्हे पर दम फूँकनेवाली की जरूरत भी थी।

आज ही गदल सवेरे गई थी और शाम को उसके बेटे उसे फिर बाँध लाए थे। उसके नए पति मौनी को अभी पता भी नहीं हुआ होगा। मौनी रँडुआ था। उसकी भाभी जो पाँव फैलाकर मटक-मटककर छाछ बिलोती थी, दुल्लो सुनेगी तो क्या कहेगी?

गदल का मन विक्षोभ से भर उठा।

आधी रात हो चली थी। गदल वहीं पड़ी थी। डोड़ी वहीं बैठा चिलम फूँक रहा था।

उस सन्नाटे में डोड़ी ने धीरे से कहा, "गदल!"

"क्या है?" गदल ने हौले से कहा।

"तू चली गई न?"

गदल बोली नहीं। डोड़ी ने फिर कहा, "सब चले जाते हैं। एक दिन तेरी देवरानी चली गई, फिर एक-एक करके तेरे भतीजे भी चले गए। भैया भी चला गया। पर तू जैसी गई वैसे तो कोई भी नहीं गया। जग हँसता है, जानती है?"

गदल बुरबुराई, "जगहँसाई से मैं नहीं डरती देवर! जब चौदह की थी, तब तेरा भैया मुझे गाँव में देख गया था। तू उसके साथ तेल पिया लट्ठ लेकर मुझे लेने आया था न, तब? मैं आई थी कि नहीं? तू सोचता होगा कि गदल की उमर गई, अब उसे खसम की क्या जरूरत है? पर जानता है, मैं क्यों गई?"

"नहीं।"

"तू तो बस यही सोच करता होगा कि गदल गई, अब पहले-सा रोटियों का आराम नहीं रहा। बहुएँ नहीं करेंगी तेरी चाकरी देवर! तूने भाई से और मुझसे निभाई, तो मैंने भी तुझे अपना ही समझा! बोल झूठ कहती हूँ?"

"नहीं, गदल, मैंने कब कहा!"

"बस यही बात है देवर! अब मेरा यहाँ कौन है! मेरा मरद तो मर गया। जीते-जी मैंने उसकी चाकरी की, उसके नाते उसके सब अपनों की चाकरी बजाई। पर जब मालिक ही न रहा, तो काहे को हड़कंप उठाऊँ? यह लड़के, यह बहुएँ! मैं इनकी गुलामी नहीं करूँगी!"

"पर क्या यह सब तेरी औलाद नहीं बावरी। बिल्ली तक अपने जायों के लिए सात घर उलट-फेर करती है, फिर तू तो मानुष है। तेरी माया-ममता कहाँ चली गई?"

"देवर, तेरी कहाँ चली गई थी, तूने फिर ब्याह न किया।"

"मुझे तेरा सहारा था गदल!"

"कायर! भैया तेरा मरा, कारज किया बेटे ने और फिर जब सब हो गया तब तू मुझे रखकर घर नहीं बसा सकता था। तूने मुझे पेट के लिए परायी ड्योढ़ी लँघवाई।

चूल्हा मैं तब फूँकूँ, जब मेरा कोई अपना हो। ऐसी बाँदी नहीं हूँ कि मेरी कुहनी बजे, औरों के बिछिए छनके। मैं तो पेट तब भरूँगी, जब पेट का मोल कर लूँगी।

समझा देवर! तूने तो नहीं कहा तब। अब कुनबे की नाक पर चोट पड़ी, तब सोचा। तब न सोचा, जब तेरी गदल को बहुओं ने आँखें तरेरकर देखा। अरे, कौन किसकी परवा करता है!"

"गदल!" डोड़ी ने भर्राए स्वर में कहा, "मैं डरता था।"

"भला क्यों तो?"

"गदल, मैं बुड्ढा हूँ। डरता था, जग हँसेगा। बेटे सोचेंगे, शायद चाचा का अम्माँ से पहले से नाता था, तभी चाचा ने दूसरा ब्याह नहीं किया। गदल, भैया की भी बदनामी होती न?"

"अरे चल रहने दे!" गदल ने उत्तर दिया, "भैया का बड़ा खयाल रहा तुझे? तू नहीं था कारज में उनके क्या? मेरे ससुर मरे थे, तब तेरे भैया ने बिरादरी को जिमाकर होंठों से पानी छुलाया था अपने। और तुम सबने कितने बुलाए? तू भैया दो बेटे। यही भैया हैं, यही बेटे हैं? पच्चीस आदमी बुलाए कुल। क्यों आखिर? कह दिया लड़ाई में कानून है। पुलिस पच्चीस से ज्यादा होते ही पकड़ ले जाएगी! डरपोक कहीं के! मैं नहीं रहती ऐसों के।"

हठात् डोड़ी का स्वर बदला। कहा, "मेरे रहते तू पराए मरद के जा बैठेगी?"

"हाँ।"

"अबके तो कह!" वह उठकर बढ़ा।

"सौ बार कहूँ लाला!" गदल पड़ी-पड़ी बोली।

डोड़ी बढ़ा।

"बढ़!" गदल ने फुफकारा।

डोड़ी रुक गया। गदल देखती रही। डोड़ी जाकर बैठ गया। गदल देखती रही। फिर हँसी। कहा, "तू मुझे करेगा! तुझमें हिम्मत कहाँ है देवर! मेरा नया मरद है न? मरद है। इतनी सुन तो ले भला। मुझे लगता है तेरा भइया ही फिर मिल गया है मुझे। तू?" वह रुकी—"मरद है! अरे कोई बैयर से घिघियाता है? बढ़कर जो तू मुझे मारता, तो मैं समझती, तू अपनापा मानता है। मैं इस घर में रहूँगी?"

डोड़ी देखता ही रह गया। रात गहरी हो गई। गदल ने लहँगे की पर्त फैलाकर तन ढक लिया। डोड़ी ऊँघने लगा।

ओसारे में दुल्ले ने अँगड़ाई लेकर कहा, "आ गई देवरानी जी! रात कहाँ रही?"

सूका डूब गया था। आकाश में पौ फट रही थी। बैल अब उठकर खड़े हो गए थे। हवा में एक ठंडक थी।

गदल ने तड़ाक से जवाब दिया, "सो, जेठानी मेरी! हुकुम नहीं चला मुझ पर। तेरी जैसी बेटियाँ हैं मेरी। देवर के नाते देवरानी हूँ, तेरी जूती नहीं।"

दुल्लो सकपका गई। मौनी उठा ही था। भन्नाया हुआ आया। बोला, "कहाँ गई थी?"

गदल ने घूँघट खींच लिया, पर आवाज नहीं बदली। कहा, "वही ले गए मुझे घेरकर! मौका पाके निकल आई।"

मौनी दब गया। मौनी का बाप बाहर से ही ढोर हाँक ले गया। मौनी बढ़ा।

"कहाँ जाता है?" गदल ने पूछा।

"खेत-हार।"

"पहले मेरा फैसला कर जा।" गदल ने कहा।

दुल्लो उस अधेड़ स्त्री के नक्शे देखकर अचरज में खड़ी रही।

"कैसा फैसला?" मौनी ने पूछा। वह उस बड़ी स्त्री से दब गया।

"अब क्या तेरे घर का पीसना पीसूँगी मैं?" गदल ने कहा, "हम तो दो जने हैं। अलग करेंगे खाएँगे।" उसके उत्तर की प्रतीक्षा किए बिना ही यह कहती रही, "कमाई शामिल करो, मैं नहीं रोकती, पर भीतर तो अलग-अलग भले।"

मौनी क्षण-भर सन्नाटे में खड़ा रहा। दुल्लो तिनककर निकली। बोली, "अब चुप क्यों हो गया, देवर? बोलता क्यों नहीं? देवरानी लाया है कि सास! तेरी बोलती क्यों नहीं कढ़ती? ऐसी न समझियो तू मुझे! रोटी तवे पर पलटते मुझे भी आँच नहीं लगती, जो मैं इसकी खरी-खोटी सुन लूँगी, समझा? मेरी अम्माँ ने भी मुझे चूल्हे की मट्टी खाके ही जना था। हाँ!"

"अरी तो सौत!" गदल ने पुकारा, "मट्टी न खा के आई, सारे कुनबे को चबा जाएगी डायन। ऐसी नहीं तेरी गुड़ की भेली है, जो न खाएँगे हम, तो रोटी गले में फंदा मार जाएगी।"

मौनी उत्तर नहीं दे सका। वह बाहर चला गया। दुपहर हो गई। दुल्लो बैठी चरखा कात रही थी। नारायन ने आकर आवाज दी, "कोई है?"

दुल्लो ने घूँघट काढ़ लिया। पूछ, "कौन हो?"

नारायन ने खून का घूँट पीकर कहा, "गदल का बेटा हूँ।"

दुल्लो घूँघट में हँसी। पूछा, "छोटे हो कि बड़े?"

"छोटा।"

"और कितने हैं!"

"कित्ते भी हों। तुझे क्या?" गदल ने निकालकर कहा।

"अरे आ गई!" कहकर दुल्लो भीतर भागी।

"आने दे आज उसे। तुझे बता दूँगी जिठानी!" गदल ने सिर हिलाकर कहा।

"अम्माँ!" नारायन ने कहा, "यह तेरी जिठानी!"

"क्यों आया है तू? यह बता!" गदल झल्लाई।

"दंड धरवाने आया हूँ, अम्माँ!" कहकर नारायन आगे बैठने को बढ़ा।

"वहीं रह!" गदल ने कहा।

उसी समय लोटा-डोर लिये मौनी लौटा। उसने देखा कि गदल ने अपने कड़े और हँसली उतारकर फेंक दी और कहा, "भर गया दंड तेरा! अब मरद का सब माल दबाकर बहुओं के कहने से बेटों ने मुझे निकाल दिया है।"

नारायन का मुँह स्याह पड़ गया। वह गहने उठाकर चला गया। मौनी मन-ही-मन शंकित-सा भीतर आया।

दुल्लो ने शिकायत की, "सुना तूने देवर! देवरानी ने गहने दे दिए। घुटना आखिर पेट को ही मुड़ा। चार जगह बैठेगी, तो बेटों के खेत की डौर पर डंडा-धूआ तक लग जाएँगे, पक्का चबूतरा घर के आगे बन जाएगा, समझा देती हूँ। तुम भोले-भाले ठहरे। तिरिया-चरित्तर तुम क्या जानो। धंधा है यह भी। अब कहेगी, फिर बनवा मुझे।"

गदल हँसी, कहा, "वाह जिठानी, पुराने मरद का मोल नए मरद से तेरे घर की बैयर चुकवाती होंगी। गदल तो मालकिन बनकर रहती है, समझी! बाँदी बनकर नहीं। चाकरी करूँगी तो अपने मरद की, नहीं तो बिधना मेरे ठेंगे पर। समझी! तू बीच में बोलनेवाली कौन?"

दुल्लो ने रोष से देखा और पाँव पटकती चली गई।

मौनी ने देखा और कहा, "बहुत बढ़-बढ़कर बातें मत हाँक, समझ ले घर में बहू बनकर रह!"

"अरे तू तो तब पैदा भी नहीं हुआ था, बालम!" गदल ने मुस्कराकर कहा, "तब से मैं सब जानती हूँ। मुझे क्या सिखाता है तू? ऐसा कोई मैंने काम नहीं किया है, जो बिरादरी के नेम के बाहर हो। जब तू देखे, मैंने ऐसी कोई बात की हो, तो हजार बार रोक, पर सौत की ठसक नहीं सहूँगी।"

"तो बताऊँ तुझे!" वह सिर हिलाकर बोला।

गदल हँसकर ओबरी में चली गई और काम में लग गई।

ठंडी हवा तेज हो गई। डोड़ी चुपचाप बाहर छप्पर में बैठा हुक्का पी रहा था। पीते-पीते ऊब गया और उसने चिलम उलट दी और फिर बैठा रहा।

खेत से लौटकर निहाल ने बैल बाँधे, न्यार डाला और कहा, "काका!" डोड़ी कुछ सोच रहा था। उसने सुना नहीं।

"काका!" निहाल ने स्वर उठाकर कहा।

"हे!" डोड़ी चौक उठा, "क्या है? मुझसे कहा कुछ?"

"तुमसे न कहूँगा, तो कहूँगा किससे? दिन-भर तो तुम मिले नहीं। चिम्मन कढ़ेरा कहता था, तुमने दिन-भर मनमौजी बाबा की धूनी के पास बिताया, यह सच है?"

"हाँ, बेटा, चला तो गया था।"

"क्यों गए थे भला?"

"ऐसे ही जी किया था, बेटा!"

"और कस्बे से घी कटऊ क्या कराया कि बनिए का आदमी आया था। मैंने कहा, "नहीं है, वह बोला, लेके जाऊँगा। झगड़ा होते-होते बचा।"

"ऐसा नहीं करते, बेटा!" डोड़ी ने कहा, "बौहरे से कोई झगड़ा मोल लेता है?"

निहाल ने चिलम उठाई, कंडों में से आँच बीनकर धरी और फूँक लगाता हुआ आया। कहा, "मैं तो गया नहीं। सिर फूट जाते। नारायन को भेजा था।"

"कहाँ?" डोड़ी चौंका।

"उसी कुलच्छनी कुलबोरनी के पास।"

"अपनी माँ के पास?"

"न जाने तुम्हें उससे क्या है, अब भी तुम्हें उस पर गुस्सा नहीं आता। उसे माँ कहूँगा मैं?"

"पर बेटा, तू न कह, जग तो उसे तेरी माँ ही कहेगा। जब तक मरद जीता है, लोग बैयर को मरद की बहू कहकर पुकारते हैं, जब मरद मर जाता है, तो लोग उसे बेटे की अम्माँ कहकर पुकारते हैं। कोई नया नेम थोड़ी ही है।"

निहाल भुनभुनाया। कहा, "ठीक है, काका ठीक है, पर तुमने अभी तक ये तो पूछा ही नहीं कि क्यों भेजा था उसे?"

"हाँ बेटा!" डोड़ी ने चौंककर कहा, "यहाँ तो तूने बताया ही नहीं! बता न?"

"दंड भरवाने भेजा था। सो पंचायत जुड़वाने के पहले ही उसने तो गहने उतार फेंके।"

डोड़ी मुस्कुराया। कहा, "तो वह यह बता रही है कि घरवालों ने पंचायत भी नहीं जुड़वाई? यानी हम उसे भगाना ही चाहते थे। नारायन ले आया?"

"हाँ।"

डोड़ी सोचने लगा।

"मैं फेर आऊँ?" निहाल ने पूछा।

"नहीं बेटा!" डोड़ी ने कहा, "वह सचमुच रूठकर ही गई है। और कोई बात नहीं है। तूने रोटी खा ली?"

"नहीं।"

"तो जा पहले खा ले।"

निहाल उठ गया, पर डोड़ी बैठा रहा। रात का अँधेरा साँझ के पीछे ऐसे आ गया, जैसे कोई पर्त उलट गई हो।

दूर ढोला गाने की आवाज आने लगी। डोड़ी उठा और चल पड़ा।

निहाल ने बहू से पूछा, "काका ने खा ली?"

"नहीं तो।"

निहाल बाहर आया। काका नहीं थे।

"काका।" उसने पुकारा।

राह पर चिरंजी पुजारी गढ़वाले हनुमानजी के पट बन्द करके आ रहा था। उसने पूछा, "क्या है रे?"

"पाँय लागूँ, पंडित जी।" निहाल ने कहा, "काका अभी तो बैठे थे।"

चिरंजी ने कहा, "अरे, वह वहाँ ढोल सुन रहा है। मैं अभी देखकर आया हूँ।"

चिरंजी चला गया, निहाल ठिठक खड़ा रहा। बहू ने झाँककर पूछा, "क्या हुआ?"

"काका ढोला सुनने गए हैं।" निहाल ने अविश्वास से कहा, "वे तो नहीं जाते थे।"

"जाकर बुला ले आओ। रात बढ़ रही है।" बहू ने कहा और रोते बच्चे को दूध पिलाने लगी।

निहाल जब काका को लेकर लौटा, तो काका की देह तप रही थी।

"हवा लग गई है और कुछ नहीं।" डोड़ी ने छोटी खटिया पर अपनी निकाली टाँगें समेटकर लेटते हुए कहा, "रोटी रहने दे, आज जी नहीं चाहता।"

निहाल खड़ा रहा। डोड़ी ने कहा, "अरे, सोच तो, बेटा! मैंने ढोला कितने दिन बाद सुना है।

उस दिन भैया की सुहागरात को सुना था, या फिर आज।"

निहाल ने सुना और देखा, डोड़ी आँख मीचकर कुछ गुनगुनाने लगा था।

शाम हो गई थी। मौनी बाहर बैठा था। गदल ने गरम-गरम रोटी और आम की चटनी ले जाकर खाने को धर दी।

"बहुत अच्छी बनी है।" मौनी ने खाते हुए कहा, "बहुत अच्छी है।"

गदल बैठ गई। कहा, "तुम एक ब्याह और क्यों नहीं कर लेते अपनी उमिर लायक?"

मौनी चौंका। कहा, "एक की रोटी भी नहीं बनती?"

"नहीं" गदल ने कहा, "सोचते होंगे सौत बुलाती हूँ , पर मरद का क्या? मेरी भी तो ढलती उमिर है। जीते-जी देख जाऊँगी तो ठीक है। न हो तो हुकूमत करने को तो एक मिल जाएगी।"

मौना हँसा। बोला, "यों कह। हौंस है तुझे, लड़ने को चाहिए।"

खाना खाकर उठा, तो गदल हुक्का भरकर दे गई और आप दीवार की ओट में बैठकर खाने लगी। इतने में सुनाई दिया, "अरे, इस बखत कहाँ चला?"

"जरूरी काम है, मौनी!" उत्तर मिला, "पेसकार साब ने बुलवाया है।"

गदल ने पहचाना। उसी के गाँव का तो था, घोट्या मैना का चन्दा गिर्राज ग्वारिया। जरूर पेसकार की गाय को चराने की बात होगी।

"अरे तो रात को जा रहा है?" मौनी ने कहा, "ले चिलम तो पीता जा।"

आकर्षण ने रोका। गिर्राज बैठ गया। गदल ने दूसरी रोटी उठाई। कौर मुँह में रखा।

"तुमने सुना?" गिर्राज ने कहा और दम खींचा।

"क्या?" मौनी ने पूछा।

"गदल का देवर डोड़ी मर गया।"

गदल का मुँह रुक गया। जल्दी से लोटे के पानी के संग कौर निगला और सुनने लगी। कलेजा मुँह को आने लगा।

"कैसे मर गया?" मौनी ने कहा, "वह तो भला-चंगा था!"

"ठंड लग गई, रात उघाड़ा रह गया।"

गदल द्वार पर दिखाई दी। कहा, "गिर्राज!"

"काकी!" गिर्राज ने कहा, "सच। मरते बखत उसके मुँह से तुम्हारा नाम कढ़ा था, काकी। बिचारा बड़ा भला मानस था।"

गदल स्तब्ध खड़ी रही।

गिर्राज चला गया।

गदल ने कहा, "सुनते हो!"

"क्या है री?"

"मैं जरा जाऊँगी।"

"कहाँ?" वह आतंकित हुआ।

"वहीं।"

"क्यों?"

"देवर मर गया है न?"

"देवर! अब तो वह तेरा देवर नहीं।"

गदल झनझनाती हुई हँसी हँसी, "देवर तो मेरा अगले जनम में भी रहेगा। वही न मुझे रुखाई दिखाता, तो क्या यह पाँव कटे बिना उस देहरी से बाहर निकल सकते थे? उसने मुझसे मन फेरा, मैंने उससे। मैंने ऐसा बदला लिया उससे!"

कहते-कहते वह कठोर हो गई।

"तू नहीं जा सकती।" मौनी ने कहा।

"क्यों?" गदल ने कहा, "तू रोकेगा? अरे, मेरे खास पेट के जाए मुझे रोक न पाए। अब क्या है? जिसे नीचा दिखाना चाहती थी, वही न रहा और तू मुझे रोकनेवाला है कौन? अपने मन से आई थी, रहूँगी, नहीं रहूँगी, कौन तूने मेरा मोल दिया है। इतना बोल तो भी लिया, तू जो होता मेरे उस घर में तो, तो जीभ कढ़वा लेती तेरी।"

"अरी चल-चल।"

मौनी ने हाथ पकड़कर उसे भीतर धकेल दिया और द्वार पर खाट डालकर लेटकर हुक्का पीने लगा।

गदल भीतर रोने लगी, परन्तु इतने धीरे कि उसकी सिसकी तक मौनी नहीं सुन सका। आज गदल का मन बहा जा रहा था। रात का तीसरा पहर बीत रहा था। मौनी की नाक बज रही थी। गदल ने पूरी शक्ति लगाकर छप्पर का कोना उठाया और साँपिन की तरह उसके नीचे से रेंगकर दूसरी ओर कूद गई।

मौनी रह-रहकर तड़पता था। हिम्मत नहीं होती थी कि जाकर सीधे गाँव में हल्ला करे और लट्ठ के बल पर गदल को उठा लाए। मन करता ससुरी की टाँगें तोड़ दे। दुल्लो ने व्यंग्य भी किया कि उसकी लुगाई भागकर नाक कटा गई है, खून का-सा घूँट पीकर रह गया। गूजरों ने जब सुना, तो कहा, "अरे बुढ़िया के लिए खून-खराबा कराएगा! और अभी तेरा उसने खरच ही क्या कराया है? दो जून रोटी खा गई है, तुझे भी तो टिक्कड़ खिलाकर ही गई!"

मौनी का क्रोध भड़क गया।

घोट्या का गिर्राज सुना गया था।

जिस वक्त गदल पहुँची, पटेल बैठा था। निहाल ने कहा था, "खबरदार! भीतर पाँव न धरियो!"

"क्यों लौट आई है, बहू?" पटेल चौंका था। बोला, "अब क्या लेने आई है?"

गदल बैठ गई। कहा, "जब छोटी थी, तभी मेरा देवर लट्ठ बाँध मेरे खसम के साथ आया था। इसी के हाथ देखती रह गई थी मैं तो। सोचा था मरद है, इसकी छत्तर-छाया में जी लूँगी। बताओ, पटेल, वह ही जब मेरे आदमी के मरने के बाद मुझे न रख सका, तो क्या करती? अरे, मैं न रही, तो इनसे क्या हुआ? दो दिन में काका उठ गया न? इनके सहारे मैं रहती तो क्या होता?"

पटेल ने कहा, "पर तूने बेटा-बेटी की उमर न देखी बहू।"

"ठीक है," गदल ने कहा, "उमर देखती कि इज्जत, यह कहो। मेरी देवर से रार थी, खतम हो गई। ये बेटा है, मैंने कोई बिरादरी के नेम के बाहर की बात की हो तो रोककर मुझ पर दावा करो। पंचायत में जवाब दूँगी। लेकिन बेटों ने बिरादरी के मुँह पर थूका, तब तुम सब कहाँ थे?"

"सो कब?" पटेल ने आश्चर्य से पूछा।

"पटेल न कहेंगे तो कौन कहेगा? पच्चीस आदमी खिलाकर लुटा दिया मेरे मरद के कारज में!"

"पर पगली, यह तो सरकार का कानून था।"

"कानून था!" गदल हँसी, "सारे जग में कानून चल रहा है, पटेल?"

दिन-दहाड़े भैंस खोलकर लाई जाती हैं। मेरे ही मरद पर कानून था? यों न कहोगे, बेटों ने सोचा, दूसरा अब क्या धरा है, क्यों पैसा बिगाड़ते हो? कायर कहीं के?"

निहाल गरजा, "कायर! हम कायर? तू सिंधनी?"

"हाँ मैं सिंधनी!" गदल तड़पी, "बोल तुझमें है हिम्मत?"

"बोल!" वह भी चिल्लाया।

"जा, बिरादरी कारज में न्योता दे काका के।" गदल ने कहा।

निहाल सकपका गया। बोला, 'पुलस"

गदल ने सीना ठोंककर कहा, "बस?"

"लुगाई बकती है!" पटेल ने कहा, "गोली चलेगी, तो?"

गदल ने कहा, "धरम-धुरंधरों ने तो डुबो ही दी। सारी गुजरात की डूब गई, माधो। अब किसी का आसरा नहीं। कायर-ही-कायर बसे हैं।"

फिर अचानक कहा, "मैं करूँ परबन्ध?"

"तू?" निहाल ने कहा।

"हाँ, मैं!" और उसकी आँखों में पानी भर आया। कहा, "वह मरते बखत मेरा नाम लेता गया है न, तो उसका परबन्ध मैं ही करूँगी।"

मौनी आश्चर्य में था। गिर्राज ने बताया था कि कारज का जोरदार इन्तजाम है। गदल ने दरोगा को रिश्वत दी है। वह इधर आएगा ही नहीं। गदल बड़ा इन्तजाम कर रही है। लोग कहते हैं, उसे अपने मरद का इतना गम नहीं हुआ था, जितना अब लगता है।

गिरिराज तो चला गया था, पर मौनी में विष भर गया था। उसने उठते हुए कहा, "तो गदल! तेरी भी मन की होने दूँ, सो गोला का मौनी नहीं। दरोगा का मुँह बन्द कर दे, पर उससे भी ऊपर एक दरबार है। मैं कस्बे में बड़े दरोगा से शिकायत करूँगा।"

कारज हो रहा था। पाँतें बैठतीं, जीमतीं, उठ जातीं और कढ़ाव से पुए उतरते। बाहर मरद इन्तजाम कर रहे थे, खिला रहे थे। निहाल और नारायन ने लड़ाई में महँगा नाज बेचकर जो घड़ों में नोटों की चाँदी बनाकर डाली थी, वह निकली और

बौहरे का कर्ज चढ़ा। पर डाँग में लोगों ने कहा, "गदल का ही बूता था। बेटे तो हार बैठे थे। कानून क्या बिरादरी से ऊपर है?"

गदल थक गई थी। औरतों में बैठी थी। अचानक द्वार में से सिपाही-सा दीखा। बाहर आ गई। निहाल सिर झुकाए खड़ा था।

"क्या बात है, दीवान जी?", गदल ने बढ़कर पूछा।

स्त्री का बढ़कर पूछना देख दीवान सकपका गया।

निहाल ने कहा, "कहते हैं कारज रोक दो।"

"सो, कैसे?" गदल चौंकी।

"दरोगा जी ने कहा है।" दीवान जी ने नम्र उत्तर दिया।

"क्यों? उनसे पूछकर ही तो किया जा रहा है।" उसका स्पष्ट संकेत था कि रिश्वत दी जा चुकी है।

दीवान ने कहा, "जानता हूँ, दरोगा जी तो मेल-मुलाकात मानते हैं, पर किसी ने बड़े दरोगा जी के पास शिकायत पहुँचाई है, दरोगा जी को आना ही पड़ेगा। इसी से उन्होंने कहला भेजा है कि भीड़ छाँट दो। वर्ना कानूनी कार्रवाई करनी पड़ेगी।"

क्षणभर गदल ने सोचा। कौन होगा वह? समझ नहीं सकी। बोली, "दरोगा जी ने पहले नहीं सोचा यह सब? अब बिरादरी को उठा दें? दीवान जी, तुम भी बैठकर पत्तल परोसवा लो। होगी सो देखी जाएगी। हम खबर भेज देंगे, दरोगा आते ही क्यों हैं? वे तो राजा हैं।"

दीवान जी ने कहा, "सरकारी नौकरी है। चली जाएगी? आना ही होगा उन्हें।"

"तो आने दो!" गदल ने चुभते स्वर से कहा, "सब गिरफ्तार कर लिये जाएँगे। समझी! राज से टक्कर लेने की कोशिश न करो।"

"अरे तो क्या राज बिरादरी से ऊपर है?" गदल ने तमककर कहा, "राज के पीसे तो आज तक पिसे हैं, पर राज के लिए धर्म नहीं छोड़ देंगे, तुम सुन लो! तुम धरम छीन लो, तो हमें जीना हराम है।"

गदल के पाँव के धमाके से धरती चल गई।

तीन पाँतें और उठ गईं, अन्तिम पाँत थी। निहाल ने अँधेरे में देखकर कहा, "नारायन, जल्दी कर। एक पाँत बची है न?"

गदल ने छप्पर की छाया में से कहा, "निहाल!"

निहाल गया।

"डरता है?" गदल ने पूछा।

सूखे होंठों पर जीभ फेरकर उसने कहा, "नहीं!"

"मेरी कोख की लाज करनी होगी तुझे।" गदल ने कहा, "तेरे काका ने तुझको बेटा समझकर अपना दूसरा ब्याह नामंजूर कर दिया था। याद रखना, उसके और कोई नहीं।"

निहाल ने सिर झुका लिया।

भागा हुआ एक लड़का आया।

"दादी!" वह चिल्लाया।

"क्या है रे?" गदल ने सशंक होकर देखा।

"पुलिस हथियारबन्द होकर आ रही है।"

निहाल ने गदल की ओर रहस्यभरी दृष्टि से देखा।

गदल ने कहा, "पाँत उठने में ज्यादा देर नहीं है।"

"लेकिन वे कब मानेंगे?"

"उन्हें रोकना होगा।"

"उनके पास बन्दूकें हैं।"

"बन्दूकें हमारे पास भी हैं, निहाल!" गदल ने कहा, "डाँग में बन्दूकों की क्या कमी?"

"पर हम फिर खाएँगे क्या!"

"जो भगवान देगा।"

बाहर पुलिस की गाड़ी का भोंपू बजा। निहाल आगे बढ़ा। दरोगा ने उतरकर कहा, "यहाँ दावत हो रही है?"

निहाल भौचक रह गया। जिस आदमी ने रिश्वत ली थी, अब वह पहचान भी नहीं रहा था।

"हाँ। हो रही है?" उसने क्रुद्ध स्वर में कहा।

"पच्चीस आदमी से ऊपर हैं?"

"गिनकर हम नहीं खिलाते, दरोगा जी!"

"मगर तुम कानून तो नहीं तोड़ सकते।"

"राज का कानून कल का है, मगर बिरादरी का कानून सदा का है, हमें राज नहीं लेना है, बिरादरी से काम है।"

"तो मैं गिरफ्तार करूँगा!"

गदल ने पुकारा, "निहाल।"

निहाल भीतर गया।

गदल ने कहा, "पंगत होने तक इन्हें रोकना ही होगा!"

"फिर!"

"फिर सबको पीछे से निकाल देंगे। अगर कोई पकड़ा गया, तो बिरादरी क्या कहेगी?"

"पर ये वैसे न रुकेंगे। गोली चलाएँगे।"

"तू न डर। छत पर नारायन चार आदमियों के साथ बन्दूकें लिये बैठा है।"

निहाल काँप उठा। उसने घबराए हुए स्वर से समझने की कोशिश की, "हमारी टोपीदार हैं, उनकी रैफल हैं।"

"कुछ भी हो, पंगत उतर जाएगी।"

"और फिर!"

"तुम सब भागना।"

हठात् लालटेन बुझ गई। धाँय-धाँय की आवाज आई।

गोलियाँ अन्धकार में चलने लगीं।

गदल ने चिल्लाकर कहा, "सौगन्ध है, खाकर उठना।"

पर सबको जल्दी की फिकर थी।

बाहर धाँय-धाँय हो रही थी। कोई चिल्लाकर गिरा।

पाँत पीछे से निकलने लगी।

जब सब चले गए, गदल ऊपर चढ़ी। निहाल से कहा, "बेटा!"

उसके स्वर की अखंड ममता सुनकर निहाल के रोंगटे उस हलचल में भी खड़े हो गए। इससे पहले कि वह उत्तर दे, गदल ने कहा, "तुझे मेरी कोख की सौगन्ध है। नारायन को और बहू-बच्चों को लेकर निकल जो पीछे से।"

"और तू?"

"मेरी फिकर छोड़! मैं देख रही हूँ, तेरा काका मुझे बुला रहा है।"

निहाल ने बहस नहीं की। गदल ने एक बन्दूकवाले से भरी बन्दूक लेकर कहा, "चले जाओ सब, निकल जाओ।"

सन्तान के मोह से जकड़े हुए युवकों को विपत्ति ने अन्धकार में विलीन कर दिया।

गदल ने घोड़ा दबाया। कोई चिल्लाकर गिरा। वह हँसी। विकराल हास्य उस अन्धकार में गूँज उठा।

दरोगा ने सुना तो चौंका, "औरत! मरद कहाँ गए! उसके कुछ सिपाहियों ने पीछे से घेराव डाला और ऊपर चढ़ गए। गोली चलाई। गदल के पेट में लगी।

युद्ध समाप्त हो गया था। गदल रक्त से भीगी हुई पड़ी थी। पुलिस के जवान इकट्ठे हो गए।

दरोगा ने पूछा, "यहाँ तो कोई नहीं?"

"हुजूर!" एक सिपाही ने कहा, "यह औरत है।"

दरोगा आगे बढ़ आया। उसने देखा और पूछा, "तू कौन है?"

गदल मुस्कराई और धीरे से कहा, "कारज हो गया, दरोगा जी! आतमा को सांति मिल गई।"

दरोगा ने झल्लाकर कहा, "पर तू है कौन?"

गदल ने और भी क्षीण स्वर से कहा, "जो एक दिन अकेला न रह सका, उसी की।"

और सिर लुढ़क गया। उसके होंठों पर मुस्कराहट ऐसी दिखाई दे रही थी, जैसे अब पुराने अन्धकार में जलाकर लाई हुई पहले की बुझी लालटेन।

आलमशाह ख़ान

आलमशाह ख़ान का जन्म 31 मार्च, 1936 ई. को उदयुर (राजस्थान) में हुआ। उदयपुर विश्वविद्यालय के हिन्दी विभाग में रीडर और राजस्थानी विभाग में प्रोफ़ेसर रहे आलमशाह ख़ान को उनकी कहानियों के लिए जाना जाता है। उन्होंने 'आवाज़ की अर्थी', 'एक और सीता', 'पराई प्यास का सफर' और 'किराए की कोख' जैसी प्रसिद्ध और महत्त्वपूर्ण कहानियाँ लिखीं। उन्होंने राजस्थानी वचनिकाओं और सूर्यमल्ल मीसण के साहित्य पर भी गम्भीर गवेषणात्मक कार्य किया। सेवानिवृत्ति के बाद वे राजस्थान मानवाधिकार आयोग के सदस्य रहे।

17 मई, 2003 को निधन।

पराई प्यास का सफर

"छोकरे, पाडनी!"

"लड़के, दो 'चा'! फुरती से!"

"ए, सुन, आलूबड़ा चटनी में, फटाफट!"

"ए, नमकीन एक पलेट, झट से!"

"छोरे, कचैड़ी इधर!"

इतने सारे 'हुक्म-ऑर्डर' लादे वह पिद्दी छोकरा चकरी की ढब घूम रहा था। पल इधर, पल उधर। उसके कम उमर पगों में पहिया था कि जो घूमता ही रहता था। उसके सधे बोल थे, "लाया...आया...ठीक...अच्छा...हाजिर...लो...साब... और कुछ?"

"हाँ, दो सिगरेट कैंची!"

"पैसे?"

"अबे पूतनी के, पड़ेगा एक झाप! खाया-पिया नहीं और पैसे पैसे?"

"नहीं, सिगरेट के।"

"जा, पीछे सब साथ देंगे!"

"ना साब, वो पान वाला सिगरेट के पैसे पेले लेता है।"

"ले मर!" तरेरी आँखों से घूरते हुए झल्लाए हाथ ने उसकी मैली हथेली पर पैसे टिका दिए। वह घूम गया। धड़धड़ाता काठ के जीने की सीढ़ियाँ उतर गया।

ओर-छोर फैलकर बढ़ते हुए उस कस्बेनुमा लहर में मकान दुकानों में बदल रहे थे और दुकानें ढाबे-होटलों में और लड़के 'छोकरों' में। अठारह-बीस पग लम्बे और बारह-पन्द्रह पग चौड़े उस 'शिव विशाल रेस्टोरेंट' में सुबह से शाम तक भीड़ लगी रहती। धन्धा और भी बढ़ गया, तो ऊपर छत की तरफ लकड़ी का ढाँचा खड़ा कर, सीढ़ियाँ लगाकर गुंजाइश कर ली गई। लखना की 'डूटी' इसी 'ऊपरले केबिन' में थी। ऊपर से 'ऑर्डर' लेकर वह नीचे उतरता और सामान लेकर ऊपर टेबलों पर रखता।

काम तो इतना ही था, पर उसे सुबह से शाम और शाम से रात भीगने के पहले तक चढ़-उतर लगी रहती। दोपहर में खाने-भर को आधा-पौन कलाक की फरागत मिलती, उसके बाद फिर वही चढ़-उतर। गाहकों का जमाव बिखरा कि कोने में सटकर उसने बीड़ी सुलगाई। दो-तीन सुट्टे मारे थे कि बड़-बड़ के साथ पूरे केबिन का काठ बर्रा गया और चार मजूरनुमा लोग आ जमे।

"बीड़ी पीता है लौंडे अभी से! कितने बरस का है?"

"बारा का...!" उसने बीड़ी के ठूँठ को दीवार से रगड़कर कान में खोसना चाहा, पर कुछ सोचकर अपने चीकट निकर की जेब में सहेज लिया।

"क्या लाऊँ साब?"

"कब से पीता है बीड़ी?"

"चाय...साब?"

"पेले बता, कब सीखा?"

"बोत पेले से...चाय। और कुछ?"

"बोत पेले से...माँ के पेट में बीड़ी फूँकता था! मेरी तरह बोलर गरम करता था भीतर?" सब ठहठहाकर हँस पड़े।

"क्या लाऊँ, साब?"

"चुप कर! माथा मत खा...रुक!" वह सटक गया और दूसरे गाहक को निपटाने लगा।

"इस मुलक का तू ही राखनहार है, मेरे मालिक! साली ये भी कोई जिनगानी है! बस एक ही काम, सील पेक दूध के डिब्बे के ढक्कन लगाते रहो! सुबु से साँझ तक!"

"अरे, तो याँ कौन मोती पिरो रहे! पाँच बजे तड़के उठ के गइयों-भैंसों का सानी-पानी करते हैं, फिर स्सालों का गू-गोबर समेटो! आज भी...कल भी...ढोरों को सहेजते-सँभालते खुद ढोर हो गए!"

"गो माता की सेवा-टहल में है...सरग मिलेगा तुझे!"

"गो जाय खटीक-कसाई के! सानी-पानी, गोबर-घास की गंध यूँ भर गई है मुँह में के अब सिवा इसके दूजी कोई बास नहीं अँटती नथुनों में!"

"तुम परेशान हो बस। 'लाजो बी' के बाल तो हम सँवारे हैं! मसीन में भूत बन के जो कोलसा झोंके हैं दिन-भर!"

"नी रे, तुम सब तो मर रये हो! सुखी तो मैं धरा हूँ! दिन-भर डिब्बे गिना करूँ हूँ! साली इस डेरी ने दूध का ही पाउडर नहीं किया, हमें भी पीस बन्ध कर दिया है इस कारखानेनुमा डिब्बे में!"

"साला एक ही काम रोज-रोज! आदमी क्या, शैतान ऊब जाए! सुना है न वो किस्सा बोतल-बन्द जिन्न-राक्षस का, जो डाट खुलने पर आदमी के बस में हो गया था...इस सरत पे के बराबर काम बताता रहे तो ठीक, वरना उसे चट कर जाएगा! इस आदमी ने भी, मेरे यार ने, क्या तरकीब-जुमत की है साला जिन-राक्षस चीं बोल गया! आदमी उसको बोला—कुछ काम नहीं, तो जा, घर की सीढ़ियाँ चढ़-उतर! बस, ये ही काम तेरा! दो दिन में घबराकर भाग गया!"

"मार भी गोली...अब कुछ खिलाएगा-पिलाएगा, या बस बात-पे-बात!"

"छोकरे!"

"आया!" वह कप-पर-कप धरे सीढ़ियाँ चढ़ रहा था, "क्या लाऊँ साब?"

"पानी।"

"और कुछ?"

"पेले पानी।" वह मुड़ा और धड़-धड़ सीढ़ियाँ उतर गया।

दो मिनट बाद पानी के गिलास का छींका टेबुल पर टिकाकर बोला, "क्या लाऊँ?"

"चार चा।"

"और कुछ?"

"पेले चा।" वह फिर नीचे उतरा। थोड़ी देर में चाय के कप रख दूसरे टेबुल के पास चला गया।

"सूखी चा पे टरका देगा? महीनों में चेता है? चेतू! साले, गोना करवाया है, ठट्ठा है कोई?"

"बोल भी, क्या लेगा? चेंटू क्यूँ रिया है?"

"मँगा कुछ मीठा-वीठा।"

"छोकरे...ओ छोकरे!"

"आया!" आवाज के साथ वह सीढ़ियाँ चढ़ आया।

"दो पलेट बरफी!"

"और?"

"और...तेरी जनती का...!" सीढ़ियों में फिर कँप भर गया।

"लो साब, बरफी!" कहकर उसने गिलास उठाए और पलट गया।

"मीठे के बाद नमकीन नहीं होगा?"

"लड़के!"

"बाबा" के साथ सीढ़ियाँ धुजाता हुआ वह सामने आ खड़ा हुआ।

"बोलो, साब?" उसकी आवाज उठती-गिरती साँसों में उलझी थी।

"दो नमकीन।"

"और?"

"बस।" सामने दीवार पर चींटी मरी हुई मकड़ी को घसीटने के लिए जूझ रही थी। उसने नमकीन टेबुल पर लगाया, तब उसके माथे पर पसीने की बूँदें चुहचुहा आई थीं। बाँह उठाकर उसने माथा रगड़ा और नाक ऊपर चढ़ाते हुए कोनों में जा टिका। उसका सीना धुका रहा था। टाँगें काँप रही थीं।

उसकी आवा-जाई से सीढ़ियों का काठ अभी तक झनझना रहा था। खा-पीकर लोग उठे, तो वह दनदनाता हुआ फिर नीचे जा खड़ा हुआ और गला फाड़कर हाँक लगाई, "चार लोग...तीन अस्सी...!" उसकी आवाज फट गई थी।

"कितनी बार चढ़ता-उतरता है ये सीढ़ियाँ?"

"कोई गिनती है, बाबू साब!"

"तो भी?"

"सुबे से साँझ...रात तक।"

"थकता नहीं?"

"थकने से काम कैसे चलेगा?"

"तुझे कौन-सा काम चलाना है रे?"

"पेट पालने हैं।"

"तेरे बाल-बच्चे हैं?"

"मेरे नहीं, मेरे बाप के तो हैं।"

"बाप कहाँ गया?"

"चौधरी का लुगाई लेकर भाग गया।"

"भाई-बहन और माँ?"

"हैं...गाँव में। दूजे आदमी के घर में। ओ मेरा नया बाप जुलम भरा है। माँ के घर में डालने से पेले तो हाँ बोल दिया, अब मुकर गया। बोलता है, तेरे पेले वाले यार का मूत मैं नहीं पालने का!"

"फिर?"

"नए बाप ने मुझे यहाँ नौकरी में डाल दिया। होटल में ही रहता-सोता हूँ। पगार नया बाप ले जाता है...हर महीने।"

"कितना मिलता है?"

"पन्द्रह रुपया महीना, रोटी-कपड़ा और चाय-बीड़ी।"

"खुश है?"

"अपनी क्या खुशी! रात-दिन काम—सीढ़ियाँ चढ़ो और उतरो।"

"लखना...ओ लखने! तेरा बाप आया है पिछवाड़े। जा, मिल ले। जल्दी करना!" काउंटर पर बैठे सेठ की आवाज थी।

"अच्छा, साब!" कहता वह दनदनाता हुआ सीढ़ियाँ उतर गया।

"कैसे हैं?"

"सब ठीक। घर पै...।"

"ठाकुरजी राजी है...पर तेरा छोटा भाई...जाता रहा।"

"क्या हुआ था?" उसका रुआँसा बोल था।

"कुछ भी तो नहीं। संझा को ये ही जूड़ी-ताप और भोर होते-होते खलास! झाड़-फूँक भी करवाया, पर...।"

"और माँ?"

"रो-धो के बैठ गई...तेरे एक भाई जनमा है...।"

"रुको, मैं लौटा।" वह नाक साफ करता उठ खड़ा हुआ और होटल के भीतर हो लिया। थोड़ी देर बाद आया, तो उसके हाथ में चाय का छलकता कप था।

"लो, पियो!" कहकर उसने बीड़ी का बंडल थमा दिया।

"पगार-वगार ला ना! तेरी माँ के लिए कुछ लेना है। तेरे भाई के गुजर जाने और तभी नया और होने से दुबला गई है।"

"सेठ ने अभी हिसाब किया नहीं...टूट-फूट हो गई।"

"वो तो हर महीने करता है...नया क्या?"

"वो कोलेज के लड़के आने लगे हैं इधर। इस टेन के चार चम्मच उड़ा ले गए...एक के सूट पे चाय छलक गई मुझसे। पाँच रुपये यूँ कट गए!"

"और क्या-क्या किया, बोल?" हवा को फाड़ता हुआ एक झपाटा उसके गाल पर पड़ा और वह धरती पर बैठ गया।

"माँ वहाँ जन-जन के घर भरे और बेटा यहाँ कमाई झाड़ दे! जरूर सोक करने लगा है...सहर की हवा लग गई है...चल घर!"

"बप्पा, मैं घर नहीं आने का!"

"तो फिर अपने बाप के मूतों को यहीं ला गेर...अब दो ही बचे हैं...!"

"नहीं बप्पा...मैं इस महीने से पेले ही पूरी पगार भेज दूँगा।"

"पूरी...पूरी कैसे?"

"दिन और साँझ की अपनी चाय कट करके मैं टूट-फूट भर दूँगा।

"लखना...ओ, लखने! अब मरे ना!" सेठ का बुलावा था।

"मैं चलूँ, बप्पा?"

"अबकी लापरवाही की, तो मुझसे बुरा दूजा नहीं! समझा?"

"ठीक।" कहता हुआ वह उठ खड़ा हुआ और काम में जुट गया।

"क्या बोला तेरा नया बाप, लखना?" उसके संगी बड़के ने दो टेबुल जोड़ उन पर अपने गूदड़ डालते हुए पूछा।

"घर ले जाने को बोलता था।"

"तो फिर गया क्यूँ नहीं?"

"वहाँ भूखों मरने जाता?" लखना ने दो बेंचों को सटाकर अपना बिस्तर लगा लिया था।

"तेरी माँ जो है वहाँ।"

"वो भी वहाँ मार ही खाती है...फिर नन्ही दुनिया की बिलखती सूरत देखी नी जाती।" लखना रुककर बोला, "क्यों बड़के, कहीं जासती पगार वाली नौकरी नहीं मिल सकती?"

"मिल सकती है। करेगा?"

"क्यों नहीं?"

"यहाँ रोज खुरचन चाटता है। आँख बचाकर रसगुल्ला गटक जाता है। वो नहीं मिलने का दूजी नौकरी में!"

"मार गोली! चोरी-चोरी मीठा निगलने में धरा क्या है!"

"नहीं रे, चाट छूटती नहीं! मेरे से तो नहीं!"

"मैं तो छोड़ दूँगा।"

"पर सेठ तुझे नहीं छोड़ेगा। खजूर छाप का एक पूरा हरा नोट टिकाया है तेरे बाप को! मैंने अपनी आँखों देखा। तू गिरवी पड़ा है इस होटल में। खबर है तुझे?"

"अपनी भी क्या जिनगानी है, यार!" लखना ठंडी साँस ले बोला।

"क्यों?"

"और भी"...सुन। आज भोर तू तो टेम पे जाग काम में जुट गया, मुझे जरा देर हो गई उठने में, तो मिस्त्री ने घड़ा उड़ेल दिया मुझ पर...बिस्तर में ही! सारे बदन में कँपकँपी छूट गई। गुस्सा तो ऐसा आया के...दिन-भर हो गया नाक चल रही है। सिर में चक्कर, सो अलग।" वहाँ थोड़ा थमा और ठंडी साँस भर फिर बोला, "जिनगी तो 'बोबी' की है।"

"तेने देखे?"

"हाँ, तू जानता है, वो सिनेमा की गेट वाला गफूर अपना यार है आजकल...।"

"यार...हाँ जानता हूँ।"

"फिर?"

"तू मुझसे उड़ मत! मुझे पता है, उससे तेरी यारी कैसी है?"

"तो क्या हुआ...थोड़ा गाल-वाल पर दाँत-वाँत लगा देता है...और क्या?"

"और वो ताले-चाबी का खेल नहीं होता?"

"होता है...तो क्या? बिगड़ता है कुछ...फिर फिलम भी तो दिखाता है!"

"मैंने भी इंटरवल देखा है बोबी का।"

"तेरे को भी गफूर ने दिखाया है न? मुझे भी तेरा सब पता है।"

"छोड़ सब! ये बता, इंटरवल का पेले का खेल कैसे देखें?"

"इस नौकरी से छूटें, तब तो ना!"

"हूँ।" लखना गूदड़ी को सीने तक खींच बेंच पर पसर गया।

धुएँले बल्ब की रोशनी में उनके गूदड़ के सीवन के धागे भरे कीड़ों की भाँति बिखरे पड़े थे। थोड़ी देर की चुप्पी के बाद लड़का बोला, "तू तो लेट लगा गया! उठ, कल मैंने सेंके थे टिक्कड़...आज तू थेप! सान आटा...चल!"

"भूख...मुझे तो नहीं।"

"आज पगार मिली है...और आज ही भूख उड़ गई!"

"अपने किस काम की! दिन चढ़ते-न-चढ़ते नया बाप आ मरेगा और टेंट में सब खोंसकर ले जाएगा!"

"वो तेरा बाप तो कल आएगा, मेरी महतारी तो अडवांस ले भी गई! यहाँ रह गए टापते!"

"आज दिखाई तेने दबक!"

"कैसे?"

"जो तू ना बोलता के मजदूरी मैं करता हूँ तो पगार मुझे क्यूँ न मिलेगी, तो वो मुनीम कभी पैसा तुझे न देता। उसे भान नहीं के सेठ ने तेरी पगार तेरे बाप के हाथ धरने का कोल कर रखा है।"

"सेठ उसे बोलना भूल गया होगा।"

"छोड़, अब उठ और सेंक रोटियाँ।"

"यार, आज मन दुःख गया है...दिल टूट गया है सुबो से!"

"क्यों, क्या हुआ?"

"सुबो सुभान की दुकान में चा देकर लौटता था के एक टुमकटुम नन्ही छुकरिया नजर आई। बगल में किताब-पाठी दाबे ठीक मेरी टुनिया-सी। मैंने उसके बाल सहला दिए, तो चीख पड़ी और छिटकँकर दूर हट गई। बोली, "गन्दा...हुस!"

"तभी तू आज नहाया है।"

"नहीं रे, बोल, दुःख लगा है उसके यूँ बोलने से!"

"छोड़ भी यार, उठ! आटा सान। भूख लगी है।"

"आज हम कहीं बना-बनाया लाएँ, तो?"

"ऐं...क्यों...पैसे?"

"मुझे पगार जो मिली है...वैसे भी तो तड़के ही अपनी अंटी से निकल जाएँगे सारे पैसे!"

"तेरा बाप जो आकास झुका देगा तुझ पे!"

"करने भी दे मरे को, जो करे!"

"तेरी माँ और टुनिया को भी सताएगा!"

"माँ...टुनिया...? कौन मेरे लिए ढुलक रही है!"

"सोच ले, कल न बोलियो के लड़का हमारा खा-पी गया!"

"ऐसे ओछे-हैठे नहीं। चल भी! आज अपन दोनों को कुरता-निकर भी नये मिले हैं। किसी भली जगह बैठ के सबर से रोटी खाएँगे!"

"दस से ऊपर बजे होंगे...रात का टेम...कहाँ चलें?"

होटल के पिछवाड़े बने भट्टीखाने से वे दोनों बाहर निकले, तब हवा रुक-रुक कर बह रही थी...ठंडी और थर्रा देनेवाली। सूनी सड़कों की कोर पर रूपे खम्भों में उजाला ऊँगता झूल रहा था। वे दोनों तेज-तेज पग बढ़ा दूर निकल गए। कुछ और चलने पर एक सिन्धी का होटल नजर आया।

दोनों उसमें घुसे और टेबुल के सामने ठसके से जा बैठे। थोड़ी देर किसी ने पूछा नहीं, तो लखना को लगा, उनकी कोई पूछ नहीं। वह पास पड़े चम्मच से टेबल पीटने लगा।

"ऐ छोकरे...।"

"बोल...!" उसके सामने उसकी उमर का एक लड़का खड़ा था। उसे लगा, जैसे वह अपने आपसे बात कर रहा है।

"खाने में क्या है?" उसकी आवाज में ठसक थी।

"आलू-मटर, आलू-गोभी, भिंडी, दाल-चावल, कढ़ी, तंदूरी रोटी, तंदूरी पराँठे, मटर-पुलाव, कोफता...बोलो, क्या?" वह एक साँस में कह गया।

"पेले पानी।" छोकरा टला, तो लखना बड़के का मुँह जोहने लगा, "क्यों, क्या कह गया? तुझे याद हो कुछ, तो मँगा।"

"बार, मुझे तो ठो न पड़ा, क्या बोल गिया चपड़-चपड़!"

तभी गल्ले पर बैठे आदमी ने टोका, "अरे, खीसे में कुछ है भी या यूँ ही बस!"

"क्या टुच्ची बात बोलता है सेठ! पैसे की कमी नहीं!" और लखना ने निकर के खीसे से मुड़ा-तुड़ा दस का नोट निकाला और हथेलियों के बीच फँसाकर हवा में लहरा दिया।

"इस साले को भरोसा नहीं। सिन्धी मानुस जो ठहरा!"

"छोरे, खाना लगा!" नोट देखते ही गल्ले वाले ने हाँक लगाई!

"बोलो, क्या लगाऊँ..." फिर वही छोकरा सामने खड़ा था।

"सब्जी में जो सबसे बढ़िया हो, वो ले आ।"

"है...तुम बोलो ना।"

"बोला ना, सबसे अच्छी सब्जी और तंदूरी पराँठे। जल्दी, फटाफट!"

तेज मसालों के भभके और तंदूरी पराँठों की महक से उनकी भूख पगला गई। खाना लगा, तो दोनों टूट पड़े। डटकर खाया। एक सब्जी, फिर दूसरी और तीसरी, खूब चटखारे लेकर उड़ाई। पेट भर गया, तो लखना बोला, "आज पेट भरा, साला! खूद घड़ो, सैकौ और निगलो, उससे तो बस पेट अटता है, भूख टलती है, तिरपती नहीं होती! बोल बड़के, ठीक? बोल, है ना?"

"और नी तो क्या! खुद का तो भूख-प्यास से दम सूखता रहे और हम गाहकों को परोसते रहें...क्या खेल है!" उसने उकार लेते हुए कहा।

"बोल, और कुछ लेगा...मीठा-वीठा?"

"नी रे यार, पेले ही भोत खरचा बैठ गिया है!"

"अपन कौन-से अपने बाप की दौलत काट रहे! जाएगा तो उस नये बाप का ही ना! मैं तो काला जामुन खाऊँगा।"

"काला जामुन...होटल पर आँख बचा के दो-एक रोज गुटक जाता होगा! तबीयत नहीं भरी फिर भी!"

"बड़के, अपने होटल पर दसियों मिठाइयाँ निगली होंगी। पर तेरी कसम, एक का स्वाद पता नहीं!"

"काला जामुन आज ही शाम को डकार गया। मीठा लगा, बस।"

"आज तसल्ली से खाकर देखते हैं।"

"तेरी मरजी।"

लखना ने गिलास खड़खड़ाकर आर्डर दिया, "काला जामुन, चार. अलग-अलग दो-दो।" टेबुल के नीचे पैर फैलाकर जब लखना ने जामुन को चम्मच से तराश कर इत्मीनान से मुँह में रखा, तो उसे भान हुआ, जैसे यह मिठाई उसने पहली बार चखी है। उसे टुनिया के रेशमी बालों की भीनी बास और उसके गालों की मिठास याद हो आई। वे हाथ धोकर उठनेवाले थे कि एक प्लेट में थोड़ी सौंफ और बिल लेकर छोकरा आ गया।

"अरे यहाँ पढ़ना-लिखना किसे आवे है! बोल न, कित्ते पैसे हुए?" लखना खीजकर बोला।

"आठ नब्बे।"

लखना दस का नोट प्लेट में रख खड़ा हो गया। आगे बढ़ा, तो गल्ले वाला बोला, "एक का खुल्ला नोट नहीं, एक लॉटरी का टिकट दे दूँ? किस्मत खुल जाएगी!"

"दे दे, यार ये भी सही और बाकी दस पैसे उस छोकरे को।" उसने बड़के के कन्धे पर हाथ रखा और बाहर हो लिया। रास्ते में एक-दूसरे से सटे-सटे चले, पर ठंड थी कि उन्हें चीरे डाल रही थी।

होटल पहुँचे, तो घड़ी ने बारह का टंकारा दिया। वे दोनों अपनी गुदड़ी में दुबक गए। जब धुकधुकी मिटी, तो लखना ने टहोका देकर पूछा, "कैसा रहा?"

"बढ़िया। पर सुबह तेरा नया बाप जो आ खड़ा होगा!"

"उसे यहाँ मिलेगा ही कौन?"

"क्यों?"

"बन्दा कहीं चल पड़ेगा, फिर नहीं लौटने का!"

"कहाँ जाएगा?"

"जिधर किस्मत ले जाए!"

"तो भी?"

"कहीं भी...लम्बी-चौड़ी दुनिया पड़ी है!"

"ठिठोली कर रहा है।"

"वो ही सही। खा खूब लिया। मिरच जी भर गेरी थी साँईं ने। हलक में जलन-सी दौड़े है। प्यास भी लगी है।"

"प्यास तो मुझे भी सता रही है। हलक में काँटे-से अड़ रहे हैं।"

"तो फिर खुद पी और लेता भी आना एक गिलास।"

"यार, अपने में तो सकत नहीं। तू कर ना हिम्मत।"

"अरे, हमने तो की हिम्मत। दस का नोट उड़ा दिया तुझ पै।"

"मैं बोला था ना पेले ही, आ गया ना ओछेपन पे!"

"इसमें झूठ क्या! दस का पत्ता खरचा नहीं?"

"पूरे दस-के-दस मैंने खाये...? तू चंट पड़ने लगा है! निकल भागने की बात जो बोल दूँ किसी को?"

"मैं कब बोला सब तेने खाया। फिर मैंने बोला तुझको और तेने खाया...बात तो पानी पिलाने की है, बस।" लखना अब नरम पड़ गया था। फिर दोनों चुप हो गए।

"बुरा मान गया, बड़के?"

"नी यार...छोड़! ठंड जोर की है। फिर भी प्यास है के मार रही है!"

"फिर उठ भी जा, यार! मेरा भी कलेजा सूख गया।"

"तू क्यूँ नहीं उठता?"

"यार मैं नहीं उठने का! तेरी दोस्ती भी देख ली!"

"मेरे से नहीं उठा जाएगा, चाहे जो तू समझ!"

"तो फिर पड़ा रह!"

और दोनों अपनी गुदड़ियों को लपेट मुँह फेर के तन गए।

"सेठ का बच्चा जब से लाल ज्वार खिलाने लगा है, तब से पानी-पानी लगा रहे हैं!" बड़का बुदबुदाया।

"पर आज तो माल उड़ाए हैं न!" लखना बोला।

"मिलने दे हमारी पगार! अबकी हम तुझे खिला देंगे...दुगनी।"

"पर पानी नहीं पिलाएगा?"

"बोला ना, मैं नहीं हिलूँगा।"

"तो फिर मर प्यासा।"

"तू भी गड़ सूखा।"

कुनमुनाकर दोनों चुप हो गए। थोड़ी देर हुई कि आवाज आई, "लखना... ओ लखना!"

"सुन रे...सेठ की बुलाहट है।"

"तो फिर जाय ना।"

"तुझे बुलावे है।"

"तुझे पुकारे है।"

"साब तुझे बुलाहट है...सुन।"

फिर आवाज आई, "लखना...ओ लखना! अरे, मरा सोया क्या? यहाँ आन मर!"

लखना एकदम गुदड़ी फेंक उठा और लपक के पास वाली खोली में जा खड़ा हुआ। उसे कँपकँपी छूट रही थी। दाँत बजाते हुए बोला, "बोलो सेठ!"

"सेठ के पिल्ले, गला फाड़ डाला मैंने! सुनता ही नहीं। पानी पिला, जरा गोली भी गुटकनी है। गठिया ने तो मार ही डाला साली ने!"

"लखना तेजी से घूमा और दूसरे पल पानी का लोटा लाकर सेठ को थमा दिया। जब उसने गोली लेकर पानी पी लिया, तो थोड़ा रुकने के बाद बोला, "और सेठ?"

"बस, जा पड़ रह। सुबु जल्दी उठना है।"

लखना बिजली की कल की तरह घूमा और धम-से अपनी गूदड़ में ढल गया, जैसे पल में मीलों लम्बा सफर तय कर आया हो।

"ला...लाया?" बड़के ने गूदड़ से हाथ निकाला।

"क्या रे?"

"पानी, और क्या? अकेला पीकर आ गया!"

"मैंने नहीं पिया पानी।"

"क्यों, तुझे प्यास नहीं?"

"प्यासा तो मैं अब भी हूँ, पर आडर सेठ का था, सो उसे पिला दिया...मुझे पानी पीने की याद ही नहीं रही! रोज आडर देनेवाला ही खाता-पीता है ना! अपन लोग तो बस...।"

ओमप्रकश वाल्मीकि

ओमप्रकाश वाल्मीकि का जन्म 30 जून, 1950 को मुजफ्फरपुर (उत्तर प्रदेश) जिले के बरला गाँव में एक अछूत वाल्मीकि परिवार में हुआ। उन्होंने अपनी शिक्षा अपने गाँव और देहरादून से प्राप्त की। उनका बचपन सामाजिक एवं आर्थिक कठिनाइयों में बीता। पढ़ाई के दौरान उन्हें अनेक आर्थिक, सामाजिक और मानसिक कष्ट झेलने पड़े। वाल्मीकि जी कुछ समय तक महाराष्ट्र में रहे। वहाँ वे दलित लेखकों के सम्पर्क में आए और उनकी प्रेरणा से डॉ. भीमराव आम्बेडकर की रचनाओं का अध्ययन किया। इससे उनकी रचना दृष्टि में बुनियादी परिवर्तन हुआ। आजकल वे देहरादून स्थित आर्डिनेंस फैक्टरी में एक अधिकारी के रूप में कार्यरत हैं। हिन्दी में दलित साहित्य के विकास में ओमप्रकाश वाल्मीकि की महत्त्वपूर्ण भूमिका है। उन्होंने अपने लेखन में जातीय अपमान और उत्पीड़न का जीवत वर्णन किया है और भारतीय समाज के कई अनछुए पहलुओं को पाठक के समक्ष प्रस्तुत किया है। वे मानते हैं कि दलित ही दलित की पीड़ा को बेहतर ढंग से समझ सकता है और वही उस अनुभव की प्रामाणिक अभिव्यक्ति कर सकता है। उन्होंने सृजनात्मक साहित्य के साथ-साथ आलोचनात्मक लेखन भी किया है। उनकी भाषा सहज, तथ्यपरक और आवेगमयी है। उसमें व्यंग्य का गहरा पुट भी दिखता है। नाटकों के अभिनय और निर्देशन में भी उनकी रुचि है। आरम्भिक जीवन में उन्हें जो आर्थिक, सामाजिक और मानसिक कष्ट झेलने पड़े, उसकी उनके साहित्य में मुखर अभिव्यक्ति हुई है। वाल्मीकि कुछ समय तक महाराष्ट्र में रहे। वहाँ वे दलित लेखकों के सम्पर्क में आए और उनकी प्रेरणा से डॉ. भीमराव आम्बेडकर की रचनाओं का अध्ययन किया। इससे उनकी रचना-दृष्टि में बुनियादी परिवर्तन हुआ। वे देहरादून स्थित ऑर्डिनेंस फैक्टरी में एक अधिकारी के रूप में काम करते हुए अपने पद से सेवानिवृत्त हो गए।

उन्होंने सृजनात्मक साहित्य के साथ-साथ आलोचनात्मक लेखन भी किया है। उनकी भाषा प्रांजल, तथ्यपरक और आवेगमयी है। नाटकों के अभिनय और निर्देशन में भी उनका हस्तक्षेप है। अपनी आत्मकथा 'जूठन' के कारण उन्हें हिन्दी साहित्य में विशिष्ट पहचान और प्रतिष्ठा मिली।

उनकी प्रमुख रचनाएँ है—'सदियों का संताप' (1989), 'बस बहुत हो चुका' (1997), 'अब और नहीं' (2009) (कविता संग्रह), 'सलाम' (2000), 'घुसपैठिए' (2004) (कहानी संग्रह) तथा 'जूठन' (आत्मकथा, 1997), 'दलित साहित्य का सौन्दर्यशास्त्र' (आलोचना 2001)। सम्प्रति प्रतिलिपि, अन्तर्जाल पत्रिका के सम्पादक हैं।

अपनी आत्मकथा 'जूठन' के कारण उन्हें हिन्दी साहित्य में पहचान और प्रतिष्ठा मिली। उन्हें सन् 1993 में डॉ. आम्बेडकर राष्ट्रीय पुरस्कार और सन् 1995 में 'परिवेश सम्मान' से अलंकृत किया जा चुका है। डॉ. आम्बेडकर राष्ट्रीय पुरस्कार साहित्यभूषण पुरस्कार उन्हें सन् 1993 में, डॉ. आम्बेडकर राष्ट्रीय पुरस्कार, सन् 1995 में परिवेश सम्मान और साहित्यभूषण पुरस्कार (2008-2009) से अलंकृत किया जा चुका है।

लम्बे समय की बीमारी (पेट का कैंसर) की वजह से 17 नवम्बर, 2013 में देहरादून उत्तराखंड में उनकी मृयु हुई।

सलाम

शादी की रस्म पूरी होते-होते रात के दो बज गए थे। ज्यादातर बराती सो चुके थे। गिने-चुने लोग ही दूल्हे के साथ विवाह-मंडप में मौजूद थे। कमल उपाध्याय अतिरिक्त उत्साह में हरीश के साथ हर जगह मौजूद था। घर-परिवार के सदस्य की तरह सारी व्यवस्था कमल उपाध्याय की देख-रेख में सम्पन्न हो रही थी। हरीश और कमल के सम्बन्ध ही कुछ ऐसे थे।

फेरों से लौटकर वे बरामदे में ऐसी जगह तलाशने लगे, जहाँ थोड़ी देर पीठ टिकाकर पाँव सीधे किए जा सकें। छोटे से बरामदे में एक साथ इतने सारे लोग गुड़-मुड़ होकर सोए थे। कहीं ऐसी जगह नहीं बची थी कि खुलकर लेटा जा सके।

बरात ठहराने के लिए स्कूल का बरामदा ही मिल पाया था। प्रधान जी ने स्कूल खोल देने की हामी तो भर दी थी। लेकिन ऐन वक्त पर हेडमास्टर कहीं रिश्तेदारी में चले गए थे। काफी भाग-दौड़ के बाद भी चाबी नहीं मिली थी। आखिर हारकर बरात को बरामदे में ही ठहराना पड़ा था। स्कूल में जो हैंडपम्प था, एक रात पहले किसी ने उसका हत्था और वॉल्व भी खोल लिये थे। पीने के पानी का और कोई इन्तजाम वहाँ नहीं था। बड़ी मुश्किल से दो मिट्टी के घड़े ही मिल पाए थे।

रोशनी के नाम पर भी सिर्फ अँधेरा ही था। सड़क के लैंपपोस्ट की हलकी पीली रोशनी बरामदे तक आकर अँधेरे में तब्दील हो गई थी।

हरीश ने दूल्हेपन के भार को उतारकर दीवार के सहारे पीठ टिका दी। कमल के लिए जगह बनाते हुए बोला, "थोड़ी देर कमर सीधी कर लो। थक गए होगे... तुम्हें तो यहाँ काफी अटपटा लग रहा होगा।"

कमल ने मोजे और जूते सहेजते हुए कहा, "रात भर की ही तो बात है किसी तरह गुजर जाएगी। गाँव के बारे में सिर्फ पढ़ा था। देखा आज ही है।"

"कैसा लग रहा है?" हरीश ने कमल को अपनी ओर खींचा।

"कैसा क्या...हालत दयनीय है...कितना धैर्य है लोगों में..." कमल ने गहरी साँस ली।

बरामदे के किनारे पर दो बुजुर्ग अभी तक जगे थे। रुक-रुककर बातचीत कर रहे थे। हरीश और कमल की वार्तालाप सुनकर उनकी ओर मुखातिब हुए।

उनमें से एक बोला, "बेट्टे, हरीश, तुम्हारा ये दोस्त पहली बार गाँव आया है क्या?"

"हाँ, ताऊ जी..." उत्तर कमल ने दिया।

"कौन बिरादर हो?" बुजुर्ग ने बात आगे बढ़ाई।

"ताऊ, क्या इतना काफी नहीं है कि यह मेरा दोस्त है, और मेरी बरात में शामिल है?" हरीश ने नाराजगी व्यक्त की।

बुजुर्ग किसी जमाने में अंग्रेज अफसर की सेवा-टहल में थे, जब भी मौका मिलता, दिखाने की कोशिश करते।

"मैन्ने कोई इंसलेट बात कही है क्या?...जो बुरा मान गए!" बुजुर्ग चुप हो गया।

"ताऊ जी...आपकी बात का बुरा क्या मानना...मैं ब्राह्मण हूँ...और कुछ पूछना हो तो पूछिए..." कमल ने विनम्रता दिखाई। बुजुर्ग ने कोई प्रत्युत्तर नहीं दिया।

"सो जाओ कमल, सुबह होने में अब ज्यादा देर नहीं है।" हरीश ने बात बदलने की कोशिश की।

कमल सोने का प्रयास करने लगा। कुछ देर की खामोशी के बाद बोला, "हरीश, सो गए क्या...सुबह क्या होगा?"

हरीश की आँखों में नींद भरी हुई थी। अलसाए स्वर में बोला, "सुबह... क्या मतलब?"

"हरीश, सुबह जल्दी उठने की आदत है मेरी। चाहे देर रात दो बजे सोऊँ, नींद पाँच बजे ही टूट जाती है। माँ सुबह पाँच बजे से ही पूजा-पाठ में लग जाती हैं। उनकी खटर-पटर से मैं भी उठ जाता हूँ। बरसों से ऐसे ही चल रहा है। माँ सुबह-सुबह चाय बनाकर मेरे हाथ में थमा देती हैं। अब तो ऐसी आदत पड़ गई है कि यदि छह बजे तक चाय न मिले तो सिर भारी होने लगता है।" कमल ने अपनी तकलीफ सुनाई।

"यहाँ सुबह-सुबह छह बजे चाय कहाँ मिलेगी..." हरीश ने असमर्थता जताई।

बुजुर्ग ने बीड़ी सुलगा ली थी। जो अँधेरे में चमक पैदा कर रही थी। कमल से बोले, "बाबूजी, गाँव के बाहर एक दुकान तो है। आप सुबह जाकर देख लेना। शायद मिल जाए।"

"आपने देखी है दुकान? कितनी दूर है?" कमल ने उत्सुकता दिखाई।

"पास ही है। शाम को मैंने वहाँ से बीड़ी का बंडल खरीदा था। सामने जो गली है उससे सीधे चलते जाना। गली खत्म होते ही सड़क है। वहीं पर एक दुकान है।" बुजुर्ग ने बताया।

सुबह उठते ही कमल चाय की तलाश में निकल पड़ा। गली लगभग सुनसान थी। इक्का-दुक्का लोग अजीब-सी बुक्कल मारे आ-जा रहे थे। रात वाली चहल-पहल कहीं दिखाई नहीं पड़ रही थी।

खड़ंजे पर फिसलन थी। नालियों में बहते पानी से बचते-बचाते वह गली के मुहाने पर एक खुली और रेतीली जगह पर आ गया। सामने ही सड़क के पार एक छप्परनुमा दुकान थी। जिसमें एक किनारे पर भट्ठी बनी थी। भट्ठी के साथ ही एक चबूतरा भी था। जिस पर लकड़ी के खोखे में पान-बीड़ी, जर्दा, तम्बाकू की थैलियाँ रखी थीं। साथ ही दो-तीन बदरंग से डिब्बे भी रखे थे। भट्ठी में सुलगते कोयलों से गहरा काला धुआँ निकल रहा था। जिसका कसैलापन उसने अपने फेफड़ों में महसूस किया। दीवार पर किसी सिने तारिका का अर्द्धनग्न बदरंग कैलेंडर टँगा था। जो धूल और धुएँ के हमलों से मटमैला हो गया था।

भट्ठी के पास ही एल्यूमिनियम की एक बड़ी-सी केतली रखी थी। जिसका रंग स्याह काला पड़ गया था। कुछ काँच के मटमैले गिलास, कप-प्लेटें और शीशे के एक जार में कुछ बिस्कुट पड़े थे। भगोना बाहर से काला और भीतर से भूरा, मटमैला दिखाई पड़ रहा था। आसपास मक्खियों के झुंड के झुंड भिनभिना रहे थे।

चबूतरे पर ही एक जर्जर-सा बूढ़ा आदमी मैले-चीकट कपड़ों में उकड़ूँ बैठा बीड़ी पी रहा था। उसके हाथों, पैरों की नसें उभरी हुई थीं। जैसे किसी ने शरीर का मांस उतारकर त्वचा हड्डियों से चिपका दी हो।

पास ही एक पुरानी-सी बेंच पड़ी थी। जिसकी हालत उस बूढ़े आदमी से भी बदतर थी। कमल ने बेंच पर बैठने की कोशिश की। बेंच चरमराई। किसी तरह उसने अपने आपको बेंच पर टिकाकर कमल ने बूढ़े से कहा, "चाय मिलेगी?"

"मिलेगी...थोड़ा टेम लगेगा।" बूढ़े ने बीड़ी का आखिरी कश खींचा।

कमल दुकान में रखी हर चीज को उत्सुकता से देख रहा था। उसके जेहन में माँ का खयाल आ गया। यदि इस समय घर में होता तो माँ गर्म-गर्म चाय लेकर आती। चाय बनाते समय भी माँ कोई-न-कोई श्लोक दोहराती रहती है।

धुएँ का झोंका कमल के मुँह और आँखों में भर गया। उसने जेब से रूमाल निकालकर नाक-मुँह पर रखा। कड़वाहट उसके भीतर समा गई थी।

"कितनी देर लग जाएगी चाय में...?" कमल ने जिज्ञासा की।

"बस...अभी हो जागी...भट्ठी सुलग री है। बैट्ठो आप..." चायवाले ने आश्वस्त किया।

चायवाला लोहे के सरिए से भट्ठी में कोयले सँवारने लगा।

"नए दिख रहे हो बाबूजी...कहाँ से आए हो?" चायवाले ने बात शुरू की।

"देहरादून से।" कमल ने सहजता से कहा। उसका ध्यान सुलगती भट्ठी पर टिका था।

देहरादून का नाम सुनकर चायवाला चौंका, "देहरादून से तो कल एक बरात भी आई है।" चायवाले ने प्रश्न की तरह कहा।

"हाँ, मैं उसी बरात में आया हूँ।"

"वह बरात तो चूहड़ों के घर आई है।" चायवाले की जिज्ञासा गोली में बदल चुकी थी।

"तो क्या हुआ?" कमल ने सवाल किया।

चायवाला एकदम चुप हो गया था। उसकी चुप्पी ने कमल को संशय में डाल दिया था। चायवाले के हाव-भाव बदल गए थे।

वह भट्ठी के पास से हटकर इधर-उधर के काम करने लगा था। कभी इस डिब्बे को उठाकर उधर रख रहा था, कभी मटके से पानी निकालकर कनस्तर में भर रहा था। भट्ठी सुलगकर लाल-लाल अंगारों में बदल गई थी। अंगारों से लपटें उठ रही थीं, लेकिन चाय बनने के आसार दिखाई नहीं पड़ रहे थे।

कमल का गला खुश्क होने लगा था। "भट्ठी तो धधक गई है। एक कप चाय बना दीजिए।" कमल ने शालीनता से कहा।

चायवाला अनसुना करके अपने काम में लगा हुआ था। कमल का धैर्य टूटने लगा, "भई, चाय बना दो।"

चायवाले ने वहीं से जवाब दिया, "तुझे यहाँ चाय ना मिलने की।" चायवाले की आवाज में रूखापन था। जिसे महसूस करते हुए कमल ने तीखेपन से पूछा, "लेकिन क्यों? अभी थोड़ी देर पहले तो आपने कहा था, चाय मिलेगी।"

"कहा था...और इब कह रा हूँ नहीं मिलेगी..." चायवाले ने कठोरता से कहा।

कमल चायवाले के व्यवहार से चकित था। फिर भी नम्रता से बोला, "लेकिन भाई साहब हुआ क्या है?...क्या मैं पैसे नहीं दूँगा?"

चायवाला उसके ठीक सामने तनकर खड़ा हो गया। दोनों हाथ कूल्हों पर टिकाकर सीना चौड़ा करते हुए बोला, "यो पैसे सहर में जाके दिखाणा। दो पैसे हो गए जेब में तो सारी दुनिया को सिर पे ठाये घूमो...ये सहर नहीं गाँव है...यहाँ चूहड़े-चमारों को मेरी दुकान में तो चाय ना मिलती...कहीं और जाके पियो।"

कमल की नसें फड़फड़ाने लगीं। उसने चायवाले को आग्नेय नेत्रों से घूरा। आवाज में सख्ती भरकर बोला, "चूहड़े-चमारों को नहीं मिलती है तो किसे मिलती है?"

चायवाला उसकी बात अनसुनी करके फिर अपने काम में लग गया था। कमल को वह असभ्य वनमानुष दिखाई पड़ रहा था। उसने साहस करके पूछा, "तुम्हारी क्या जात है?"

चायवाला भभक पड़ा, "मेरी जात से तुझे क्या लेणा-देणा। इब चूहड़े-चमार भी जात पूछने लगे...कलजुग आ गया है कलजुग।"

"हाँ, कलजुग आ गया है, सिर्फ तुम्हारे लिए, तुम अपनी जात नहीं बताना चाहते हो तो सुनो—मेरा नाम कमल उपाध्याय है। उपाध्याय का मतलब तो

जानते ही होगे, या समझाऊँ...उपाध्याय यानी ब्राह्मण।" कमल ने आँखें तरेरकर कहा।

"चूहड़ों की बरात में बामन?" चायवाला कर्कशता के साथ हँसा।

"सहर में चूतिया बणाना...मैं तो आदमी कू देखते ही पिछाण (पहचान) लूँ... कि किस जात का है?" चायवाले ने शेखी बघारी।

उनका वार्तालाप सुनकर राह चलते लोग ठिठककर मजा लेने लगे। सुबह-सुबह का वक्त था, देखते-ही-देखते लोग जमा हो गए। लोगों को देखकर चायवाले की बूढ़ी हड्डियों में जोश आ गया था। आवाज का तेवर चढ़ने लगा।

बल्लू रांघड़ का रामपाल भी भीड़ देखकर ठिठक गया। माजरा क्या है, जानने के लिए चाय की दुकान की ओर बढ़ा। बूढ़ा चायवाला किसी शहरी को फटकार रहा था।

रामपाल ने छूटते ही पूछा, "चाच्चा, कोण है यो?"

रामपाल को देखते ही चायवाला और बिफर पड़ा, "चूहड़ा है। खुद कू बामन बतारा है। जुम्मन चूहड़े का बराती है। इब तुम लोग ही फैसला करो। जो यो बामन है तो चूहड़ों की बरात में क्या मूत पीणे आया है। जात छिपाके चाय माँग रा है। मैन्ने तो साफ कह दी। बुद्धू की दुकान पे तो मिलेगी ना चाय चूहड़ों-चमारों कू, कहीं और ढूँढ़ ले जाके।" चायवाले ने आसपास खड़े लोगों का समर्थन जुटाने की कोशिश की।

दुबला-पतला-सा रामपाल सींकिया पहलवान था। गाल पिचके हुए, हड्डियाँ उभरी हुईं। बारीक मूँछें, तेल से चीकट बाल। कुल मिलाकर ऐसा हुलिया, जिसे देखकर यह अन्दाज बिलकुल नहीं हो सकता था कि इस डेढ़ हड्डी के आदमी का गाँव भर में दबदबा है।

रामपाल को देखते ही खुसुर-फुसुर एकदम शान्त हो गई थी। कमल भी स्वयं को चक्रव्यूह में फँसा महसूस करने लगा था। उसने आसपास खड़े लोगों पर नजर डाली। उसने उनकी बात का विरोध करने के लिए मुँह खोला, "भाइयो...!"

बात पूरी होने से पहले ही रामपाल ने उसे डाँटा, "ओ, सहरी जनखे हम तेरे भाई हैं?—साले जबान सिंभाल के बोल, गाँड में डंडा डाल के उलट दूँगा। जाके जुम्मन चूहड़े से रिश्ता बणा। इतनी जोरदार लौंडिया लेके जा रे हैं सहर वाले, जुम्मन के तो सींग लिकड़ आए हैं। अरे, लौंडिया को किसी गाँव में ब्याह देता तो म्हारे जैसों का भी कुछ भला हो जाता..." एक तीखी हँसी का फव्वारा छूटा। आसपास खड़े लोगों ने उसकी हँसी में अपनी हँसी मिला दी।

कमल को लगा जैसे अपमान का घना बियाबान जंगल उग आया है। उसका रोम-रोम काँपने लगा। उसने आसपास खड़े लोगों पर निगाहें डालीं। हिंसक शिकारी तेज नाखूनों से उस पर हमला करने की तैयारी कर रहे थे।

उसने पहली बार अखबारों में छपी उन खबरों को शिद्दत से महसूस किया। जिस पर विश्वास नहीं कर पाता था वह। फलाँ जगह दलित युवक को पीट-पीटकर मार डाला, फलाँ जगह आग में भून दिया। घरों में आग लगा दी। जब-जब भी हरीश इस तरह का समाचार कमल को सुनाता, वह एक ही तर्क दोहरा देता था।

"हरीश अपने मन से हीन-भावना निकालो। दुनिया कहाँ-से-कहाँ निकल गई और तुम लोग वहीं-के-वहीं हो। उगते सूरज की रोशनी को देखो। अपने आप पर विश्वास करना सीखो। पढ़-लिखकर ऊपर उठोगे तो सब कुछ अपने-आप मिट जाएगा।"

लेकिन इस वक्त कमल के सामने हरीश का एक-एक शब्द सच बनकर खड़ा था। सच साबित हो रहा था।

कमल ने फिर से साहस बटोरा और विरोध किया, "क्या यही है गाँव का अतिथि सत्कार। आप लोग अपने ही गाँव की लड़की के लिए ऐसी बातें कर रहे हो। क्या वह इस गाँव की बेटी नहीं है?"

कमल आगे कुछ और बोलता उससे पहले ही रामपाल अपने वजूद से ज्यादा शक्ति से चीखकर बोला, "जा, चुपचाप चला जा...वरना एक भी जिन्दा वापस ना जा सकेगा, ना बो लौंडिया ही जा पाएगी..." कमल को धक्का देकर छप्परनुमा दुकान से बाहर कर दिया रामपाल ने।

कमल कोई बावेला खड़ा करना नहीं चाहता था। सीने में उठ रहे ज्वार को उसने शान्त रखा। उसे हरीश का खयाल आ गया। वक्त की नजाकत भाँपकर चुप रह जाना ही ठीक लगा।

सड़क से उतरकर वह रेतीले रास्ते पर आ गया। उसकी रग-रग में अंगारे दहक रहे थे। लड़कों का झुंड उसके पीछे लग गया था। वे कमल को चिढ़ाने का प्रयास करने लगे।

"चूहड़ा-चूहड़ा...चूहड़ा..." वे जोर-जोर से चिल्ला रहे थे। प्रत्येक शब्द नश्तर की तरह उसके जिस्म को चीरकर लहूलुहान कर रहा था।

कमल लड़कों से बचकर गली की ओर लपका। तेज कदमों से लगभग दौड़ते हुए वह जनवासे में पहुँचा। उसकी साँस फूल गई थी। मूड बुरी तरह उखड़ा हुआ था। जिस्म पर अभी तक हजारों चींटियाँ रेंग रही थीं। पोर-पोर गर्म दहकते लावे-सा जल रहा था।

उसे देखते ही हरीश ने पूछा, "क्या बात है? चेहरा उतरा हुआ है?"

"कुछ नहीं...ठीक हूँ।" कमल ने गहरी साँस ली।

"कहाँ चले गए थे? बड़ी देर लगा दी। चाय का इन्तजाम कराया है। बस तुम्हारा ही इन्तजार था।" हरीश ने कहा।

कमल दीवार के सहारे टिककर बैठ गया। चुपचाप। जैसे विचारों की सुनसान पगडंडियों पर अकेला विचरण कर रहा हो, उसे इस तरह खामोश देखकर हरीश ने पूछा, "क्या बात है? कुछ परेशान लग रहे हो?"

"नहीं, कुछ नहीं...बस थोड़ा सिर भारी है।" कमल ने टालना चाहा।

उसके जेहन में पन्द्रह वर्ष पुरानी घटना दस्तक देने लगी। जिसकी स्मृति मात्र से ही उसके शरीर में एक लहर-सी दौड़ गई।

उस रोज कमल हरीश को पहली बार स्कूल से सीधा अपने घर ले गया था। पिताजी कहीं बाहर गए हुए थे। उसने अपनी माँ से हरीश को मिलाया था। माँ ने दोनों को खाने के लिए कुछ दिया था। हरीश ने पहला कौर उठाकर मुँह में रखा ही था कि कमल की माँ ने पूछा, "बेटे, तुम्हारे पापा क्या करते हैं?"

"जी, नगरपालिका में सफाई कर्मचारी हैं।" हरीश ने सहजता से उत्तर दिया।

हरीश का जवाब सुनते ही कमल की माँ आगबबूला हो गई थी। कमल के गाल पर एक झन्नाटेदार थप्पड़ पड़ा था।

"पता नहीं कहाँ-कहाँ से इन कंजड़ों को पकड़कर घर ले आता है। खबरदार जो आगे से किसी हरामी को दुबारा यहाँ लाया..." कमल पर यह हमला अप्रत्याशित था। वह न रोया, न कोई प्रतिरोध ही कर सका था। सिर्फ फटी-फटी आँखों से माँ के गुस्से से भरे चेहरे को देखता रह गया था।

माँ ने हरीश को भी ढेर-सी गालियाँ देकर घर से, भगा दिया था। माँ की दुत्कार-फटकार से हरीश बुरी तरह आहत हुआ था। उसे पहली बार लगा था कमल और वह दोनों अलग-अलग हैं। दोनों के बीच कोई फासला है। उसे अपने पड़ोसी सुगना के शब्द याद आ रहे थे, "बेट्टे, बामन से दोस्ती रास नहीं आएगी।" लेकिन हरीश ने सुगना की बात को कभी अहमियत नहीं दी थी। कमल उसके लिए अपना था, एकदम सगा। बल्कि अपनों से कहीं ज्यादा। इस घटना ने हरीश के मन पर कई खरोंचें डाल दी थीं।

हरीश के जाने के बाद माँ लगातार बड़बड़ाती रही थी। सारा घर दुबारा धोया गया था। गंगाजल छिड़ककर जमीन पवित्र की गई थी।

कमल के बालमन में भी एक दरार पैदा हो गई थी। वह चुपचाप जाकर अपने कमरे में लेट गया था। ढेरों सवाल उसके मन को कचोट रहे थे, आखिर माँ ने ऐसा क्यों किया। क्या कमी है हरीश में। दिन-भर उसने कुछ नहीं खाया था। रात में भी माँ ने बहुत समझाया था। ऊँच-नीच बताई थी। फिर भी वह चुपचाप निर्विकार मुद्रा में बैठा था। माँ के सारे दाँव उसे मनाने में हार गए थे।

"बेटे, इनके संस्कार गलत हैं, ये छोटे लोग हैं। इनके साथ बैठने से बुरे विचार मन में पैदा होते हैं..." और भी कई बातें माँ ने बताई थीं। लेकिन कमल के अनुभव इन सबसे भिन्न थे।

माँ के तर्कों से जब वह ऊबने लगा तो आखिर उसने माँ से पूछ ही लिया, "तुम कभी उनके घर गई हो? उनसे मिली हो? फिर कैसे जानती हो वे बुरे लोग हैं?"

माँ अवाक् होकर कमल का चेहरा देखने लगी थी। कमल की आँखों में गुस्सा नहीं था। ऐसा कुछ था जो धीरे-धीरे बर्फ की तरह पिघल रहा था। जिसे वह पकड़ना चाहती थी, पर उसकी पकड़ में नहीं आ रहा था।

माँ ने हारकर एक समझौता कर लिया था। जिसकी जानकारी हरीश को कभी नहीं हुई। हरीश के खाने-पीने के लिए कुछ बर्तन अलग रख दिए थे। तब से आज तक कमल एक ऐसी अँधेरी गली में चल रहा था जहाँ रोशनी का कोई कतरा दिखाई नहीं देता है। उसे हमेशा लगता है जैसे वह हरीश से विश्वासघात कर रहा है।

कमल को खयालों में डूबा देखकर हरीश ने उसे टोका, "कहाँ खो गए... लो चाय पियो...!"

एक देहाती लड़का चाय के दो गिलास थामे खड़ा था। कमल ने एक गिलास उसके हाथ से ले लिया। चाय की चुस्की लेते हुए कमल का बिगड़ा हुआ मूड बदलने लगा। चाय पीने के बाद सिरदर्द से भी थोड़ी राहत महसूस की उसने।

सूरज सिर के ऊपर चढ़ आया था। शादीवाले घर में काफी चहल-पहल थी। दोपहर के खाने में विशेष इन्तजाम किया गया था। पास के कस्बे से 'नान' और 'मीट' बनाने के लिए कारीगर बुलाया गया था। एक मोटा ताजा बकरा काटा गया था। पके हुए 'मीट' और गर्म मसालों की महक पूरे आँगन में फैल गई थी। कुछ लोग सुबह से ही दारू पीने बैठ गए थे। काफी हो-हल्ला होने लगा था। बच्चों की चिल्ल-पों अलग थी। बड़े-बूढ़े हुक्के की गुड़-गुड़ में अपने जमाने को याद कर रहे थे। औरतों की व्यस्तता कुछ अलग थी। हरीश की सास ने पुराने कपड़ों पर एक नई ओढ़नी डाल ली थी। दूल्हे को साथ लेकर उसे 'सलाम' पर जाना था।

हरीश के पिताजी कुछ परेशान दिखाई दे रहे थे। कमल ने परेशानी का कारण जानना चाहा तो वे टाल गए। सुबह से ही कुछ चल रहा था। जिसका थोड़ा आभास कमल को होने लगा। लेकिन कोई भी उसके सामने खुलकर बात नहीं कर रहा था।

हरीश के ससुर जुम्मन ऋषिकेश में सरकारी कर्मचारी थे। परिवार गाँव में रहता था। पारम्परिक जीवन था। गाँव के कई परिवारों में साफ-सफाई का काम हरीश की सास करती थी। जुम्मन की बड़ी लड़की बाप के साथ ऋषिकेश में ही रहती थी, सरकारी मकान में। आस-पड़ोस की देखा-देखी जुम्मन ने उसे भी स्कूल भेज दिया। देखते-देखते उसने हाईस्कूल की परीक्षा पास कर ली थी। साथ ही उसमें सुघड़ता भी आ गई थी। अच्छा परिवेश पाकर उसमें बदलाव आ गया था। गाँव-भर की लड़कियों से अलग दिखाई पड़ती थी। वैसे इस गाँव की वह पहली लड़की थी, जिसने हाईस्कूल पास किया था।

जुम्मन की घरवाली जिन परिवारों में काम करती थी, उनमें अधिकतर रांघड़ थे। गाँव-देहात के नियम-कायदे के हिसाब से हरीश को 'सलाम' के लिए विदाई से पहले रांघड़ों के दरवाजे पर जाना था। यह एक रस्म थी, जिसे न जाने कितनी सदियों से निभाया जा रहा था।

हरीश के पिताजी ने साफ इनकार कर दिया था, "हम 'सलाम' पर अपने लड़के को नहीं भेजेंगे।"

रांघड़ परिवारों से कई बार बुलावा आ चुका था। बिरादरी के बड़े-बूढ़े अपने-अपने तर्क देकर ऊँच-नीच समझा रहे थे।

"बाप-दादों की रीत है, एक दिन में तो ना छोड़ी जावे है। वे बड़े लोग हैं। 'सलाम' पे तो जाणा ही पड़ेगा। और फिर जल में रहकर मगरमच्छ से बैर रखना तो ठीक नहीं है। और इसी बहाने कपड़ा-लत्ता, बर्तन-भाँड़े भी नेग-दस्तूर में आ जाते हैं।"

हरीश ने भी स्पष्ट तौर पर कह दिया था, "मुझे न ऐसे कपड़े चाहिए, न बर्तन, मैं अपरिचितों के दरवाजे 'सलाम' पर नहीं जाऊँगा।"

हरीश ने जब-जब भी किसी दूल्हे या दुल्हन को इस तरह दरवाजे-दरवाजे घूमते देखा, उसे लगता था जैसे स्वाभिमान को चिन्दी-चिन्दी करके बिखेरा जा रहा है। बाजे-गाजे के साथ घूमता दूल्हा निरीह जीव दिखाई पड़ता था। "दामाद हो या नई-नवेली दुल्हन 'सलाम'—के लिए घर-घर जाने का रिवाज है, जो हमने नहीं पुरखों ने बनाया था। जिसे इस तरह छोड़ देना ठीक नहीं है। गाँव में रहना है। दस जरूरतें हैं।" जुम्मन ने जोर देकर कहा।

हरीश ने तीखे शब्दों में कहा, "आप चाहे जो समझें...मैं इस रिवाज को आत्मविश्वास तोड़ने की साजिश मानता हूँ। यह 'सलाम' की रस्म बन्द होनी चाहिए।"

आवाज सुनकर कमल हरीश की ओर बढ़ा। कमल को अपनी ओर आते देखकर हरीश चुप हो गया। हरीश का चेहरा तनाव से कसा हुआ था। "क्या बात है हरीश...कुछ मुझे भी तो बताओ...!" कमल ने जिज्ञासा प्रकट की।

प्रत्येक कार्य-कलाप में कमल हरीश के साथ था। घर से लेकर यहाँ तक। लेकिन इस वक्त वह अपने आपको अलग-थलग महसूस कर रहा था।

हरीश के पिताजी ने कमल के कन्धे पर हाथ रखा, "कुछ नहीं है बेटे... आप वहाँ बैठो। सामने आँगन में नीम के पेड़ के नीचे मैंने आपके लिए एक चारपाई डलवा दी है, आराम करो, जात-बिरादरी की कुछ समस्याएँ हैं...हम निबटा लेंगे...!"

कमल को लगा जैसे वह सचमुच बाहरी व्यक्ति है, उसने कातर दृष्टि से हरीश की ओर देखा, हरीश ने आँखों के इशारे से शान्त रहने के लिए कहा, कमल जाकर चारपाई पर बैठ गया।

दोपहर होते-होते बात पूरे गाँव में फैल गई। जुम्मन के जँवाई ने 'सलाम' पर आने से मना कर दिया है। गाँव के रांघड़ बल्लू रांघड़ की चौपाल पर जुटने लगे थे। ऐसा लग रहा था जैसे जोहड़ के पानी में किसी ने कंकड़ फेंक दिए हों। गोल-गोल लहरें घूमकर किनारों तक फैल गई थीं। रांघड़ गुस्से में फनफनाए घूम रहे थे।

बल्लू रांघड़ का सींकिया पहलवान रामपाल कमल उपाध्याय को चाय की दुकान से धकियाकर चौड़ा हुआ घूम रहा था। अपनी बहादुरी का किस्सा समूचे गाँव को सुना चुका था। कैसे एक चूहड़े को उसने चाय की दुकान में जात छिपाकर चाय पीते, रँगे हाथों पकड़ लिया। बराती था इसलिए छोड़ दिया। यह हरकत किसी और ने की होती तो अभी तक अरथी सज रही होती। लोग सुनते और मजा लेते, साथ ही अपनी ओर से कुछ जोड़ देते। दोपहर तक चर्चा पूरे गाँव में फैल गई थी।

बल्लू रांघड़ हालात देखकर खुद जुम्मन के घर आया। आते ही उसने जुम्मन और उसकी घरवाली को मेहमानों के सामने ही फटकार सुनाई।

"जुम्मन, तेरा जँवाई इब तक 'सलाम' पर क्यों नहीं आया। तेरी बेटी का ब्याह है तो हमारा बी कुछ हक बनता है। जो नेग-दस्तूर होता है, वो तो निभाना ही पड़ेगा। हमारी बहू-बेटियाँ घर में बैठी इन्तजार कर रही हैं। उसे ले के जल्दी आ जा..."

जुम्मन ने सिर पर लिपटा कपड़ा उतारकर बल्लू रांघड़ के पाँव में धर दिया, "चौधरी जी, जो सजा दोगे भुगत लूँगा। बेटी कू बिदा हो जाण दो। जमाई पढ़ा-लिखा लड़का है, गाँव-देहात की रीत ना जाणे है।"

"तभी तो कहूँ—जातकों (बच्चों) कू स्कूल ना भेज्जा करो। स्कूल जाके कोण-सा इन्हें बालिस्टर बणना है। ऊपर से इनके दिमाग चढ़ जाँगें। यो न घर के रहेंगे

न घाट के। गाँव की नाक तो तूने पहले ही कटवा दी जो लौंडिया कू दसवीं पास करवा दी। क्या जरूरत थी लड़की कू पढ़ाने की, गाँव की हवा बिगाड़ रहा है तू। इब तेरा जँवाई 'सलाम' पे जाणे से मना कर रहा है...उसे समझा दे...'सलाम' के लिए जल्दी आवे..." बल्लू ने फैसला सुनाया।

जुम्मन ने गिड़गिड़ाकर रिरियाहट भरे शब्दों में कहा, "चौधरी जी, मेरी लाज रख लो...मैं तो थारा गुलाम हूँ...मेरा तो जीना-मरना सब कुछ थारी ही गेल है। जो कहोगे करूँगा...बस करके बेटी कू विदा हो जाण दो। मैं थारे पाँव में नाक रगड़ूँ..."

बल्लू रांघड़ गुस्से में फनफनाता चल दिया। जाते-जाते चेतावनी देकर बोला, "इन सहर वालों कू कह देणा—कव्वा कबी बी हंस ना बण सके है।"

बल्लू के जाते ही कमल ने हरीश से पूछा, "कौन था यह? इस तरह डरा-धमका क्यों रहा था?" हरीश ने चुप रहने का इशारा किया। सभी भय से सहम गए थे। बल्लू रांघड़ के जाते ही बिदाई की तैयारी शुरू हो गई थी। जुम्मन ने जात-बिरादरी की स्त्रियों को हिदायत दे दी थी, "टीके की रस्म जल्दी निबटाएँ, बिना हो-हल्ले के रांघड़ कभी भी रौला कर सकते हैं।"

शादी की सारी चहल-पहल पल-भर में सन्नाटे में सिमटकर बदल गई थी। इस सन्नाटे का शोर कमल उपाध्याय को बेचैन कर रहा था। उसका दम घुट रहा था। उसने हरीश की ओर देखा। हरीश की आँखों में आत्मविश्वास और स्वाभिमान के उगते सूरज की चमक दिखाई पड़ रही थी। दोनों ने एक-दूसरे का हाथ गर्मजोशी से दबाया। आँखों-ही-आँखों में एक-दूसरे को आश्वस्त किया। नीम के पेड़ पर हरी नर्म पत्तियाँ हिल रही थीं, मानो हौसला दे रही हों।

जल्दी-जल्दी बरात को खाना खिलाया गया। कमल और हरीश खाना खाकर नीम की छाँव में पड़ी चारपाई पर बैठ गए थे। सामने दीवार की ओर मुँह करके एक दस-बारह बरस का लड़का खड़ा था। उसके चेहरे पर गुस्से के भाव थे।

उसे ढूँढ़ते-ढूँढ़ते एक बूढ़ा आँगन में घुसा। उसके हाथ में 'नान' और 'मीट' था? "दीपू...ओ...दीपू...कहाँ है...ये लौंडा भी बहुत दिक करे है। चूहड़ों के घर पैदा होके बामनों-सी बोली बोले है।" उसे दीवार के पास खड़ा देख, उसने डाँटा, "तू यहाँ छुपा खड़ा है...मैं कब से तुझे ढूँढ़ रहा हूँ। ले रोटी खा ले...ले देख कितना अच्छा मीट वणा है।" बूढ़े ने मनाने की कोशिश की।

"ना...मैं नी खात्ता...इसे खाए मेरा मूत।" लड़के ने ऐंठते हुए कहा।

"पर क्यूँ?...क्या हुआ है इसमें?" बूढ़े ने तल्खी से कहा।

"मुसलमान के हाथ की बणी रोट्टी मैं नी खात्ता।" लड़के ने दूर हटते हुए कहा।

"मुसलमान?...कोण मुसलमान?"

"वो जो गाड़ा वहाँ बैट्ठा रोट्टी बणा रा है।" लड़के ने रोटी बनानेवाले कारीगर की ओर इशारा किया।

"वो...वो तो हिन्दू है...चलकर देख ले!" बूढ़ा उसे खींचकर ले जाने लगा। लड़का घिसटते हुए बूढ़े के पीछे-पीछे जा रहा था। चीख-चीखकर कह रहा था, "नहीं...वह मुसलमान है। मैं नी खाऊँगा उसके हाथ की बणी रोट्टी...मैं नहीं खाऊँगा।"

"अबे, उल्लू की दुम...एक बार चलके तो देख ले। फेर कहणा।" बूढ़ा उसे घसीटकर भट्ठी की ओर ले गया जहाँ 'नान' बन रहे थे। लड़के के चीखने की आवाज लगातार आ रही थी।

"नहीं...नहीं, मैं मुसलमान के हाथ की बणी रोट्टी नहीं खाऊँगा...नहीं खाऊँगा...नहीं खाऊँगा।"

कमल और हरीश फटी-फटी आँखों से उस लड़के को देख रहे थे। कुछ देर पहले जगा आत्मविश्वास लड़के की आवाज में दबने लगा था। कमल और हरीश दोनों खामोशी के अँधेरे जंगल में भटक गए थे। उन्होंने एक-दूसरे की ओर देखा और गहरी साँस ली।

ममता कालिया

ममता कालिया का जन्म 2 नवम्बर, 1940 को वृन्दावन (उत्तर प्रदेश) में हुआ। दिल्ली विश्वविद्यालय से एम.ए. करने के बाद उन्होंने दिल्ली, मुम्बई और इलाहाबाद में अरसे तक प्राध्यापन किया।

1963 से शुरू हुआ उनका रचनात्मक सफर आज भी अबाध रूप से जारी है। अबतक उनकी 36 पुस्तकें प्रकाशित हो चुकी हैं, जिनमें प्रमुख हैं : *बेघर, नरक-दर-नरक, तीन लघु उपन्यास, दौड़, दुक्खम-सुक्खम, सपनों की होम डिलिवरी, कल्चर-वल्चर* (उपन्यास); *छुटकारा, सीट नम्बर छह, उसका यौवन, एक अदद औरत, जाँच अभी जारी है, निर्मोही, मुखौटा, बोलनेवाली औरत, प्रतिदिन, थोड़ा-सा प्रगतिशील, खुशकिस्मत, पच्चीस साल की लड़की* (कहानी-संग्रह); *A Tribute to Papa and other Poems, Poems '78, खाँटी घरेलू औरत, पचास कविताएँ, कितने प्रश्न करूँ* (कविता-संग्रह); *कल परसों के बरसों, सफर में हमसफर, कितने शहरों में कितनी बार, अन्दाज़-ए-बयाँ उर्फ रवि कथा* (संस्मरण); *भविष्य का स्त्री विमर्श, स्त्री विमर्श का यथार्थ, स्त्री विमर्श के तेवर* (निबन्ध-संग्रह); *महिला लेखन के सौ वर्ष* (सम्पादन)।

वे महात्मा गांधी हिन्दी अन्तरराष्ट्रीय विश्वविद्यालय, वर्धा की इंग्लिश पत्रिका HINDI की सम्पादक भी रह चुकी हैं।

उन्हें उत्तर प्रदेश हिन्दी संस्थान के *यशपाल कथा सम्मान* (1985), *साहित्य भूषण सम्मान* (2007), *राममनोहर लोहिया सम्मान* (2014), के.के. बिरला फाउंडेशन का *व्यास सम्मान* (2017), ढींगरा फैमिली फाउंडेशन, अमेरिका का *लाइफटाइम अचीवमेंट अवार्ड* (2020), *ओ.पी. मालवीय स्मृति सम्मान* (2020) समेत अनेक सम्मान और पुरस्कार प्रदान किए जा चुके हैं।

ई-मेल : mamtakalia011@gmail.com

आपकी छोटी लड़की

"टुनिया, ज़रा भागकर चिट्ठी डाल आ।"

"टुनिया, ठंडा पानी पिला।"

"मैंने गैस पर दूध चढ़ाया है। तू पास खड़ी रह टुन्नो! कुछ करना नहीं है। जब दूध उफनने लगे तब तू गैस बन्द कर देना।"

दिन-भर दौड़ती है टुनिया। स्कूल से आकर होमवर्क करती है, थोड़ा-बहुत खाना चाहती है और इसके साथ ही शुरू हो जाता है काम-पर-काम-पर-काम। घर के टेढ़े-से-टेढ़े और सीधे-से-सीधे काम सब टुनिया के जिम्मे। टुनिया बाज़ार से लकड़ी लाएगी, टुनिया पौधों में पानी देगी, टुनिया ममी को दवाई देगी, टुनिया बाहर सूख रहे कपड़े उठाएगी, टुनिया दस बार दरवाज़ा खोलेगी, दस बार दरवाज़ा बन्द करेगी। अगर पड़ोसिन आंटी से पन्द्रह दिन पहले दी गई कटोरी मँगानी है तो टुनिया ही जाएगी। वह इतनी बहादुर है जो जाकर सीधे-सीधे कह दे, "आंटी, वह कटोरी दे दीजिए, वही जिसमें हम सरसों का साग दे गए थे आपको।"

अचानक मेहमान आ जाएँ तो बर्फ़ माँगने केरावाला मेमसाहब के पास टुनिया ही जाएगी। और किसकी मजाल जो उस बदमिज़ाज औरत को पटाकर उसके फ्रिज से बर्फ़ निकलवा सके।

टुनिया है तो तेरह की, पर लगती है ग्यारह की। न उसे दूध पीना अच्छा लगता है न अंडा खाना। हल्का-फुल्का बदन है उसका। कमर इतनी छोटी कि स्कूल यूनिफार्म का स्कर्ट खिसका पड़ता है। जरा भागे तो ब्लाउज़-स्कर्ट के बाहर। इसीलिए टुनिया को बेल्ट लगानी पड़ती है या फिर स्कर्ट में तीन-तीन जगह हुक फँसाने के लिए लूप। स्कूल जाने के लिए तो बाक़ायदा तैयार होना ही पड़ता है, टाई भी लगानी पड़ती है, जूते भी चमाचम चाहिए। पर वैसे टुनिया को ढंग से कपड़े पहनने का धीरज कहाँ। जो हाथ आया गले में डाल लिया। घर में सभी के बाल कटे हुए हैं—ममी के, दादी के। यहाँ तक कि कोलीन के भी। कोलीन सुबह-शाम आती है, डेसिटिंग करती है, कपड़े इस्तरी करती है और रसोई में खाना बनाने के पूर्व की तैयारी। खाना उससे नहीं बनवाया जाता। ममी कहती हैं वह पकाएगी तो छूत लग जाएगी। टुनिया की यह जरा भी समझ नहीं

आता कि यह छूत कैसे लगती है। जैसे कोलीन आटा गूँथे, सब्ज़ी काट दे तो ठीक लेकिन वही सब्ज़ी यदि छौंक दे तो छूत, वही आटा अगर सेंक दे तो छूत। कोलीन है बड़ी फैशनेबल। नाक-भौं सिकोड़ते हुए बता चुकी है कि अगर उसके बाप को दारू का इतना लालच न होता तो वह कभी काम करने न निकलती, वह भी घर-घर।

कोलीन तीन घरों में जाती है। कोलीन इतना पाउडर लगाती है कि पड़ोस के देवराज ने उसका नाम 'पाउडर एंड कम्पनी' रख छोड़ा है। कोलीन ऊँची-सी फ्रॉक पहनती है और ऊँची सैंडिल। उसका शरीर भी कई कोण से ऊँचा-ऊँचा लगता है। हर इतवार वह चर्च जाती है और हर शनिवार, पिक्चर। कभी उसके बालों में नया क्लिप होता है, कभी स्कर्ट की जेब में नया रूमाल। बग़लवालों की आया मेरी जब पूछती है 'कहाँ से लिया?' तो कोलीन आँख मटकाकर कहती है 'हमारा बॉयफ्रेंड दिया...।'

टुनिया को कोलीन पसन्द नहीं है। उसे लगता है कि कोलीन अच्छी लड़की नहीं है। जिन बातों पर टुनिया को गुस्सा आता है उन पर कोलीन खिलखिलाकर हँस पड़ती है। हर समय मस्ती-सी चढ़ी रहती है उस पर। फैशन और पिक्चर के सिवा उसे कुछ नहीं सूझता। वह बाकायदा ऐक्टिंग करके पिक्चर की कहानी सुनाती है भले ही कोई सुने, चाहे न सुने। उसका इस तरह मटकना टुनिया को नापसन्द है। वह कई बार ममी से कह चुकी है, "इसकी छुट्टी क्यों नहीं कर देतीं?" पर ममी हर बार एक ही सुर पर बात ख़त्म करती हैं, "टुन्नो, तू तो सुबह तैयार होकर चल देती है स्कूल। बेबी को टाम नहीं मिलता। रह गई मैं। तो भई साफ़ बात है, मुझसे इतना काम होता नहीं। कोलीन भी मदद न करे तो मैं मर जाऊँ।"

ममी मरने-जीने के सवाल न जाने कहाँ से ले आती हैं—बात-बात पर। अभी जब जबलपुर से माधुरी आंटी आई थीं और छुट्टियों में टुनिया को साथ ले जाना चाहती थीं, ममी ने कहा, "न बाबा न। टुनिया को मैं नहीं भेज सकती। एक तो कोलीन छुट्टी पर गई हुई है, ऊपर से तू इसे ले जाएगी। मुझसे नहीं होता इतना सारा काम। मैं तो जीते-जी मर जाऊँगी।"

माधुरी आंटी अकेली वापस चली गई थीं, हालाँकि टुनिया मन-ही-मन बहुत तरसी थी साथ जाने के लिए। कैसा होगा जबलपुर, उसने मन-ही-मन सोचा था। अपनी किताब में उसने भेड़ाघाट के बारे में पढ़ा था। वह वहाँ जाकर मिलान करना चाहती थी कि किताबें कितना सच बोलती हैं। पर ममी को वह कैसे मर जाने दे!

ममी की ख़ातिर तो वह सारा दिन भागती है। कई ऐसे भी काम करती है जो उसे कतई पसन्द नहीं, मसलन पाल साहब के यहाँ जाकर पापा को फोन करना, नल बन्द होने पर निचली मंज़िल पर डॉ. जगतियानी के घर से पानी लाना, बाज़ार से काँदा-बटाटा खरीदना और सामान ममी को पसन्द न आने पर उसे वापस करने

दुकान पर जाना। ममी उससे दुनिया-भर का सामान मँगाएँगी, फिर उसमें मीन-मेख निकालेंगी, "साबुन में तू दस पैसा ज़्यादा दे आई है, बट्टी लेकर वापस वोहरा के पास जा और कह हमें नहीं लेना साबुन। लूट मची है क्या, जो दाम मन में आया, ले लिया। टुन्नो इतनी बड़ी हो गई तू, अभी तक अदरक खरीदने की अक्ल नहीं आई। यह एकदम दो कौड़ी की अदरक है, गट्ठेवाली। अदरक तो एकदम बादाम-जैसी आ रही है आजकल।"

अब टुनिया क्या जाने अदरक बादाम-जैसी कैसी होती है। उसे तो अदरक एकदम नीरस चीज़ लगती है, खाने में भी और देखने में भी। एक बार खरीदकर वापस करना क्या इतना आसान होता है। पसीना आ जाता है। कार्टून अलग बनता है।

छुट्टीवाले दिन एक दोपहर घर में पानी एकदम ख़त्म था। ममी ने झट कह दिया, "टुनिया एक छोटी बाल्टी पानी नीचे से ले आ, कम-से-कम चाय तो बने।"

डॉ. जगतियानी के यहाँ नल के साथ-साथ हैडपम्प भी लगा है। निचली मंजिली होने की वजह से उनके यहाँ पानी हर वक़्त आता है। डॉ. और मिसेज़ जगतियानी दोनों सुबह अपने क्लिनिक पर जाते हैं। दोपहर ढाई-तीन तक लौटते हैं। लौटकर खाने के बाद वे सो जाते हैं—एयर-कंडीशनर चलाकर। उसके घर की पूरी देखभाल उनका नौकर रामजी करता है। वही फोन सुनता है, कालबेल बजने पर दरवाज़ा खोलता है, कार साफ़ करता है और खाना बनाता है। सारी शाम जब डॉक्टर साहब और मिसेज़ जगतियानी क्लिनिक पर होते हैं रामजी टी.वी. देखता है। यह उसका रोज का काम है। टी.वी. को वह टी.बी. कहता है। एक-एक एनाउंसर को वह पहचानता है। उसने सबको नाम दे रखे हैं, 'फर्स्ट क्लास', 'सेकंड क्लास', 'चलेगा' और 'खटारा'।

उस दिन टुनिया पीतल की छोटी बाल्टी लेकर नीचे पहुँची तो डॉक्टर साहब का पिछला दरवाज़ा खुला था। टुनिया सीधे अन्दर पहुँच गई। नल खोलकर देखा, पानी नहीं था। फिर उसने हैंडपम्प चलाया। वह भी सूखा पड़ा था। तभी रामजी रसोई में से निकलकर आया, "आज पानी नहीं है, सब खलास।"

टुनिया ने एक बार और नल खोलने के लिए हाथ बढ़ाया ही था कि रामजी ने अपने पाजामे की ओर इशारा किया, और अश्लील ढंग से मुस्कराकर कहा, "लो इससे भर लो।"

टुनिया कुछ समझ नहीं पाई, पर जो-कुछ उसने देखा उससे घबराकर वह दहशत से चीखती भाग खड़ी हुई। बाल्टी वापस उठाने का किसे होश था।

बेतहाशा भागती टुनिया तीसरी मंज़िल पर घर में घुसी कि ममी की घुड़की पड़ी, "पानी नहीं लाई न, अब पीना शाम की चाय। काम तो कोई करना ही नहीं चींहता आजकल। एक कोलीन है, उसे कुछ कहो तो वह मुँह बनाती है। एक तू है, तेरे अलग नखरे। जो करूँ, मैं करूँ, जहाँ मरूँ, मैं मरूँ।"

टुनिया का मन इस वक़्त इतना घिना और घबरा रहा था कि वह क्या न कर दे पर माँ की भुन-भुन सुनकर भन्ना गई। ये ममी हैं, इन्हें क्या फ़िक्र, टुनिया पानी क्यों नहीं लाई। इनका तो बस काम होना चाहिए नहीं तो ये मरने को तैयार बैठी हैं।

"और बाल्टी कहाँ फेंक आई, बोल तो सही मुँह से? हद हो गई ढीठपने की। ख़ाली बाल्टी उठाकर लाने में इसकी कलाई मुड़ती है। एक हम थे। हमारी माँ ज़रा इशारा कर दे, हम सिर के बल उलटे खड़े रहते थे।"

बस शुरू हो गया ये और इनका ज़माना। अब यह रिकार्ड जल्दी नहीं रुकने का। लकड़ी काटने से लेकर सिर काटने तक के अपने तजुर्बे सुनाये जाएँगे। नानी के सिरहाने लहराता साँप ममी ने कुचला था, लोहेवाली की सोने की तगड़ी का पता ममी ने लगाया था, चोर को सेंध लगाते सबसे पहले ममी ने देखा था। नानी की बीमारी में उन्हें कैसे सँभाला था...कैसे बताए टुनिया यह सब करना आसान है, बनिस्बत वापस नीचे जाने के, अपनी आँखों वह गन्दी चीज़ देखने के, महज एक बाल्टी की ख़ातिर।

दीदी के साथ तो ऐसा नहीं करती ममी। दीदी उनका एक भी काम नहीं करती, फिर भी उसके सामने ममी कभी शिकायत नहीं करतीं। वह तो काँदा-बटाटा लेने बाज़ार नहीं जाती, उसे पानी लेने डॉ. जगतियानी के यहाँ नहीं भेजा जाता, बिजली का बिल जमा करने की कतार में दीदी तो कभी नहीं लगी। दीदी सुबह आठ बजे सोकर उठती है। उठते ही हुक्म चलाने लगती है, "कोलीन मेरे नहाने का पानी गरम करो। ममी आलू का टोस्ट बना दो। टुनिया इस कुर्ते के साथ का दुपट्टा ढूँढ़ दो।"

दीदी नहाने चली जाती है और घर-भर उसके कॉलेज जाने के काम में इस कदर व्यस्त हो जाता है जैसे दीदी लाम पर जा रही हो। ममी गेट तक उसे घड़ी और रूमाल पकड़ाने भागती हैं। दीदी थैंक्यू भी नहीं कहती। बस, एक महारानी नज़र सब पर डाल शान से चल देती है। अकेला कॉलेज जाती है, पर यों लगता है मानो चार अर्दली आगे, चार पीछे चल रहे हैं। किस शान से दीदी सड़क क्रास करती है, आती-जाती टैक्सियाँ, कारों को चुनौती देती है। किसी की मजाल जो दीदी से पूछे, 'क्यों जी, यह सड़क क्या आपके पापा ने बनवाई है? वह पैदल पारपथ क्या बटेरों के लिए छोड़ रखा है?'

टुनिया को पता है जब दीदी कॉलेज के लिए निकलती है, कॉलोनी के आधा दर्जन लड़के भी तभी अपने-अपने घर से निकलते हैं। वे इधर-उधर छा जाते हैं, कोई पुलिया के पास, कोई चौराहे पर, कोई बस-स्टॉप पर। दीदी इन सबकी हीरोइन है। किसी ने दीदी को डिवेट में बोलते सुना है, धराशाई। कोई दीदी की चाल का दीवाना है, कोई दीदी के बाल का। बच्चू सीने पर हाथ रखकर गाता

है, 'उड़-उड़ के कहेगी ख़ाक सनम...।' आबू दो साल से एल.एल.बी. में फेल हो रहा है। दीदी किसी की ओर नहीं देखती गर्दन को एक गुमान-भरा झटका दे वह बस-स्टॉप पर ऐसे खड़ी हो जाती है, जैसे बकिंघम पैलेस की बग्घी उसके लिए आनेवाली हो।

एक दिन तो आ भी गई थी—प्रिन्स राजगढ़ की गाड़ी। दीदी बस-स्टॉप पर खड़ी थी कि चाकलेट रंग की कार झटके से आकर सामने खड़ी हो गई। प्रिन्स ख़ुद ड्राइव कर रहे थे। निहायत शालीनता से बोले, "मिस सहाय, मैं भी कॉलेज जा रहा हूँ, मे आय हैव द प्लेयर टु ड्रॉप यू!"

दीदी ने एक नज़र उसे देखा और कहा, "सॉरी, मैं नहीं जानती आप कौन हैं?"

प्रिन्स सिर झुकाकर चला गया। वह कॉलेज नहीं गया। वह इतना तिलमिला गया, उसने उसी दिन न सिर्फ़ कॉलेज, वरन शहर भी छोड़ दिया।

बहुत नाज़ है टुनिया को अपनी बहन पर। दीदी टुनिया से चाहे जो काम ले ले, टुनिया कर देगी। टुनिया दीदी के नाख़ून काटती है। रूमाल धोती है, बाल कंघी करती है, कमरा ठीक करती है। उस दिन टुनिया बहुत थकी हुई थी। बाज़ार के पाँच चक्कर लगाने पड़े थे। दीदी को भी बाज़ार का ही एक काम था। उसे दर्जी से मैक्सी मँगवानी थी। दीदी ने अपने बालों से मोतिये के फूलों का छोटा गुच्छा निकालकर टुनिया को पकड़ा दिया। ख़ुशी के मारे टुनिया सारी थकान भूल गई। फूलों को निहारते-निहारते वह दर्जी की दुकान तक चली गई और मैक्सी ले आई। पैर बहुत दुखे, पर फूल कितना सुन्दर था।

कई बार दीदी टुनिया के हाथ में अपनी फिलॉसफी की किताब थमाकर लेट जाती है। पढ़ाई करने का दीदी का यह प्रिय तरीका है। टुनिया कान्ट, हीगल से लेकर अद्वैतवाद तक सब पढ़कर सुनाती है। बहुत कुशाग्र बुद्धि है दीदी। एक बार का सुना ज्यों-का-त्यों याद हो जाता है उसे। इसी तरह दीदी ड्रामे का पार्ट याद करती है। दीदी के साथ-साथ टुनिया को भी याद हो जाते हैं संवाद। माँ ने कहा, "चले गए, सब-के-सब चले गए। छह-छह बेटे पैदा किए, छहों चले गए। अब जाकर मैं सोऊँगी, चैन से सोऊँगी। जिस दिन से ब्याही आई, एक दिन भी नहीं सोई। कभी किसी के लिए, कभी किसी के लिए, जीवन प्रार्थना में बीता। आज इसका पूजा, कल उसका उपवास। अब सब चले गए। लाख तूफ़ान आए, अब मेरा क्या बिगाड़ लेंगे। सागर से मुझे क्या लेना और क्या देना? भले ही घर में अब भोजन के नाम पर सिर्फ़ एक सूखी सड़ी मछली हो, मुझे क्या चिन्ता, किसकी फिक्र! मैं पैर फैलाकर सोऊँगी, भर नींद सोऊँगी।"

जे.एम. सिन्ज के इस नाटक में दीदी ग़ज़ब अभिनय करती है। हॉल मैं बैठे एक-एक दर्शक की आँखें डबडबाई होती हैं। टुनिया ने ख़ुद देखा है। दीदी की

खासियत यही है। चाहे उसे दिलबहार बेगम बना दो, चाहे बूढ़ी अम्मा, पात्र को जीता-जागता खड़ा कर देती है सामने। तभी तो अपने आगे निर्देशक को कुछ समझती नहीं। 'इंग्लिश एसोसिएशन' के नाटक 'एन्टनी एंड क्लियोपेट्रा' का निर्देशक वह कुर्गी लड़का है जिमी। दीदी उसका कोई कहना नहीं मानती। दीदी कहती है—'वह अपनी मर्ज़ी के अनुसार क्लियोपेट्रा के संवाद बोलेगी'। प्रोफ़ेसर चोकसी ने हारकर कह दिया, 'शी इज द बॉर्न क्लियोपेट्रा। लैट हर हैंडिल द कैरेक्टर।'

कॉलेज के वार्षिकोत्सव में दीदी का जय-जयकार होता रहता है। मुख्य अतिथि एक के बाद एक दस पुरस्कार दीदी को देतें हैं। अधिकतम अंक पाने पर अंग्रेज़ी, हिन्दी, फिलॉसफी और लैंग्वेज का प्रमाण-पत्र तो मिलता ही है। साथ ही गायन, नृत्य और अभिनय का भी। एक पुरस्कार व्यक्तित्व के लिए एक वक्तृता के लिए।

टेबल टेनिस शील्ड दीदी की वजह से जीती गई, उसका भी विशेष पुरस्कार मिलता है। बार-बार अपनी सीट से मंच तक जाना दीदी की शान के ख़िलाफ़ है। दीदी वहीं खड़ी है विंग्स में, एक भक्त छात्र को अपने पुरस्कार पकड़ाती हुई। वहीं से निकलकर वह मुख्य अतिथि से पुरस्कार ग्रहण करती और वहीं खड़ी हो जाती। हॉल में सब बड़े रश्क से उसका नाम सुन रहे हैं, उसके दीदार का इन्तज़ार कर रहे हैं, पर दीदी को कोई जल्दी नहीं। मंच पर जाते समय वह घबराती भी नहीं।

पुरस्कार टुनिया को भी मिलते हैं अपने स्कूल में। पर वह तो इस क़दर हड़बड़ा जाती है कि प्राचार्या तक पहुँचना मुश्किल हो जाता है। घबराहट में मुँह से कभी 'थैंक्यू' निकल ही नहीं पाता, जुबान तालू से चिपककर सूख जाती है, हाथ थर-थर काँपते हैं। वही रोज़ के चेहरे होते हैं फिर भी टुनिया कितना घबरा जाती है। दीदी बिलकुल नहीं घबराती। एकदम बाहरी आदमी हैं मुख्य अतिथि। पर दीदी कुछ इस अन्दाज़ में उसके हाथों से पुरस्कार लेती है मानो ले नहीं, दे रही है।

टुनिया भी बैठी है ताली बजानेवालों में। जितनी बार दीदी का नाम बुलाया जाता है, टुनिया को लगता है उसका कद ऊँचा होता जा रहा है। उसकी इच्छा होती है अपनी सीट पर खड़ी हो जाए और ज़ोर-ज़ोर से ताली पीटे। उसका दिमाग़ उसे तसल्ली और तमीज सिखाता है।

जलसे के बाद टुनिया दीदी के साथ घर लौट रही थी। कॉलेज से बस-स्टॉप कुछ दूरी पर था। कुछ इनाम दीदी ने पकड़े थे, कुछ टुनिया ने। टुनिया को लग रहा था, ये उसी ने जीते हैं। आख़िर वही तो दीदी को संवाद याद कराती है नाटकों के, वही दीदी को फ़िलॉसफ़ी, हिन्दी और अंग्रेज़ी के लैसन सुनाती है।

बार-बार रास्ते में कभी कोई, कभी कोई दीदी को मुबारकवाद दे रहा था। तभी चार लड़कों के एक झुंड ने आकर दीदी को बधाई दी। फिर उनमें से एक नाटे से

लड़के ने कहा, "मिस सहाय, हम लोगों में एक शर्त लगी है। राज कक्कड़ का कहना है यह लड़की जो आपके साथ है, आपकी बहन है। मेरा कहना है ऐसा हो ही नहीं सकता। बकवास करना राज की पुरानी आदत है। लेकिन मैं आपकी शान के ख़िलाफ़ इसे बोलने थोड़े ही दूँगा। आप असलियत बता दीजिए। हम लोगों में आइसक्रीम की शर्त लगी है।"

दीदी ने निहायत लापरवाही से कहा, "मेरी बहन है यह, तूर्णा सहाय।"

लड़कों के मुँह अवाक् रह गए। उन्होंने टकटकी लगाकर टुनिया को जाँचा, जैसे चिड़ियाघर में बच्चे जैब्रा देख रहे हों।

राज कक्कड़ ने विजेता अन्दाज़ में बाँहें चढ़ा लीं, "देखा न, मेरी ख़बर गलत नहीं हो सकती। है न धमाक?"

नाटे लड़के ने हताश स्वर में कहा, "ये आपकी सगी बहन है मिस सहाय?"

"हाँ, बाबा हाँ," दीदी ने हँसते-हँसते कहा।

"एक ही माँ की।"

"हाँ और एक ही पिता की भी।" दीदी ने अपनी तरफ़ से मज़ाक़ मारा, जिस पर सब हो हो कर हँस पड़े।

टुनिया को पहली बार रोना-रोना-सा आया। कितने बेहूदा लड़के हैं। कैसे भद्दे मज़ाक़ करते हैं। यह क्या शर्त लगाने की बात है? कितनी बार वह दीदी के साथ कॉलेज आ चुकी है। बहन नहीं तो क्या चपरासिन है?

घर जाकर टुनिया ने किसी से कुछ न कहा पर रुलाई एक अन्धड़ की तरह मन में घुमड़ रही थी। किसी को उसकी ओर देखने का अवकाश ही कहाँ था। कोई दीदी की पीठ ठोंक रहा था, कोई उसका मुँह चूम रहा था। पापा ने दीदी से सगर्व कहा, "यू आर माय ब्रेनी डॉटर, शाबाश!

टुनिया को ममी ने तत्काल भेज दिया बाज़ार, लड्डू लाने। पड़ोस के घरों में लड्डू बटेंगे, दीदी इतने इनाम जो लाई है। सबके बच्चे उसी कॉलेज में पढ़ते हैं, पर है कोई जो इतने इनाम पाए।

टुनिया घंटों घर-घर घूमती फिरी, सात नम्बर, आठ नम्बर, नौ नम्बर। कैरावाला, जगतियानी, द्विवेदी, आलम खान। कॉल बेल बजाई दरवाज़ा खुला, टुनिया ने हाथ जोड़े "नमस्ते आंटी, हमारी दीदी इस साल फिर हर चीज़ में फ़र्स्ट आई है। ममी ने मिठाई भेजी है, नमस्ते।"

पापा ने रेडियो पर से टुनिया के स्कूली कप उठाकर ताक पर रख दिए और दीदी के बड़े कप सजा दिए। कमरा जगमगा उठा। नए कप चमकते कितने गज़ब के हैं। अब कल फ़ोटोग्राफ़र आएगा। दीदी की फ़ोटो खिंचेगी।

रात जब टुनिया अपने बिस्तर पर लेटी, उसे न जाने कहाँ से अवश रुलाई आ गई। उसे स्पष्ट नहीं था, वह क्यों रो रही थी पर आँसू थे कि बहे जा रहे थे। लगातार रोने से नींद भी उड़ गई।

टुनिया दबे पाँव उठकर गुसलख़ाने में गई। वहाँ लगे शीशे में उसने अपना चेहरा देखा।

नहीं, इतना बुरा तो नहीं कि बरदाश्त न हो। बाल उसके दीदी से लम्बे और मुलायम हैं। त्वचा भी उसकी चमक रही है। फिर उन लड़कों ने क्यों कहा कि वह दीदी की कोई नहीं। और फिर अगर लड़कों ने बदतमीजी की भी, तो क्या दीदी उन्हें डपट नहीं सकती थी। क्या उसका हाथ अपने हाथ में ले, गर्व से नहीं कह सकती थी, "देखो, यह है मेरी बहन, मेरी अपनी छोटी बहन, तुम्हें दिखाई नहीं देता?"

टुनिया क्या करे कि अपनी दीदी की बहन लगे! क्या गले में पट्टा लटका ले या आटे के बोरे में मुँह घुसा दे या छील डाले अपनी चमड़ी छिलके की तरह!

टुनिया को इसी तिलमिलाहट में याद आई उस लाल लहँगे की जिसके कारण उसे कितनी मार पड़ी थी। दीदी को टॉउनहाल में एकल नृत्य प्रतियोगिता में नाचना था। उसके लिए नया लाल लहँगा, ब्लाउज़ और चूनर बनवाई गई थी। प्रतियोगिता के पूर्व दीदी दोपहर में बाज़ार गई थी—लाल चुटीला और झूमर ख़रीदने। पीछे से दर्ज़ी ने आकर दीदी की पोशाक दी। नई लाल पोशाक टुनिया को इस क़दर भाई, उससे रहा न गया। उसने चाव-ही-चाव में अपनी फ्रॉक उतार लहँगा-ओढ़नी पहन ली। बाक़ायदा सिर ढककर वह माथे पर टिकुली लगा ही रही थी कि दीदी वापस।

टुनिया को काटो तो ख़ून नहीं। हे भगवान, दीदी ने देख लिया! अब क्या होगा?

दीदी का पारा गरम हो गया। "तूने मेरी पोशाक क्यों ख़राब की, बता, बता?" दीदी ने उसे झँझोड़ डाला।

"दीदी ख़राब नहीं की, लो, मैं उतार देती हूँ।"

दीदी रोने बैठ गई, "ऊँ-ऊँ-ऊँ, मैं अब यह पोशाक नहीं पहनूँगी। यह गन्दी हो गई।"

ममी ने दीदी से कुछ नहीं कहा। बस, टुनिया की धुनाई कर डाली, जिसके कारण दीदी की पोशाक गन्दी हो गई।

टुनिया हफ़्तों सोचती रह गई, क्या पोशाक इतनी जल्द, इतनी गन्दी हो गई कि दीदी का डांस बिगड़ गया, उसे पुरस्कार नहीं मिला और घर लौटते समय उसकी एक पायल भी खो गई?

तब से टुनिया ने गाँठ बाँधी, दीदी का कोई कपड़ा नहीं छूना है। रूमाल भी नहीं। दीदी को दुखी नहीं करना है।

रात-भर की छटपटाहट के बाद टुनिया ने तय किया वह लड़कों की खुराफात पर कतई ध्यान नहीं देगी। वह अपना पूरा ध्यान पढ़ने में लगाएगी। दीदी के कॉलेज अब कभी नहीं जाएगी। ममी कहेंगी, तब भी नहीं।

स्कूल में टुनिया का दिन बहुत अच्छा बीता। इंग्लिश में 'वेरी गुड' मिला, ड्रॉइंग में 'गुड'। ख़ुशी के मारे बाक़ी पीरियड भी खटाखट बीत गए। अब आया गणित का पीरियड, होडीवाला सर की क्लास। लड़के-लड़कियों को सबसे ज़्यादा सज़ा इसी क्लास में मिलती है। लड़कों को भी ज़बरदस्त केनिंग होती है। लम्बी लचीली टहनी होडीवाला सर के क्लास का दौरा कर डालती है। सनाक-सनाक हथेलियों पर केन लेते लड़के रोते नहीं, पर उनके होंठ भिंच जाते हैं। टुनिया के बदन में फुरफुरी आती है जितनी बार यह आवाज़ सुनती है वह 'सनाक-सनाक।'

लड़कियों को मार नहीं पड़ती। उन्हें स्कूल के बाद रुकने और पाठ लिखने की सज़ा मिलती है 'डिटेंशन'। क्या तुक है, इसमें, सवाल ग़लत हुआ गणित का और सज़ा में मिल गया 'आर ह्यूमन स्ट्रक्चर' को नौ बार लिखना। टुनिया को कभी यह सज़ा नहीं मिली लेकिन जिन्हें मिलती है वे भी तो उसकी सहेलियाँ हैं, उसे पता है, लिखते-लिखते उनकी बिचली उँगली नीली पड़ जाती है।

टुनिया के सवाल कभी ग़लत नहीं होते पर उसे सर का रवैया पसन्द नहीं, जिस समय छात्र सवाल कर रहे होते हैं, होडीवाला सर खिड़की पर पीठ टिका गिद्ध-दृष्टि से सबको देखते रहते हैं—'नो चीटिंग'। लड़कों से निपटकर वे लड़कियों के पास आते हैं। 'लेट मी सी मिसी बाबा, वॉट हैव यू डन।' कहते हुए वे प्रत्येक मिसी बाबा का सवाल जाँचते हैं। जितनी देर वे सवाल देखते हैं, उनका एक हाथ लड़की की पीठ पर बराबर चलता रहता है, कन्धे से लेकर कमर तक के हिस्से पर। हृदय-पुष्ट, गुलगुली लड़कियों पर वे विशेष मेहरबान रहते हैं। पर लड़कियाँ उनसे कतराती हैं। बड़ी लड़कियाँ आपस में इस बात पर भुनभुनाती हैं, पर डर के मारे कोई जुबान नहीं खोलती।

टुनिया के प्राय: सभी सवाध्ल ठीक होते हैं। शायद इसीलिए सर उसके पास कभी नहीं फटकते, जल्दी से 'राइट' लगाकर आगे बढ़ जाते हैं। दो-चार बार टुनिया ने वे सवाल भी हल कर दिखाये हैं जो सर नहीं कर पा रहे थे। होडीवाला सर सिर्फ़ एस.टी.सी. तक पढ़े हैं। छात्र उनकी डिग्री को कहते हैं—संडास टिकट कलेक्टर। संडास जाने का टिकट कहाँ लगता है, उन्हीं से पूछने की बात है। शनिवार को पापा ने सुबह बैठक साफ़ करवाई। उनकी बैठक बस टुनिया साफ़ कर सकती है। कोलीन को तो ज़रा भी तमीज़ नहीं। ज़रूरी से ज़रूरी काग़ज़ पापा की जान है। एक-एक चिट्ठी, एक-एक अख़बारब क्यों रखा हुआ है उसे पता है। ममी तो उकता जाती हैं इस सफ़ाई-अभियान से। उनका कहना है जितनी देर

में पूरे घर की सफ़ाई हो उतनी देर में केवल यह बैठक साफ़ होती है। एक-एक पेपरवेट को चमकाना, पोंछना, पिनकुशन में पिन खोंसना, किताबें करीने से रैक में सजाना, इस सबकी उन्हें फ़ुर्सत कहाँ। पर टुनिया बोर नहीं होती। वह इस काम को झाड़ू और झाड़न की जुगलबन्दी कहती है।

फ़र्श पर बिछे बिस्तर की चादर बदली गई। किताबें ठीक से लगाई गईं। रेडियो का कवर और मेज़पोश भी धुले हुए बिछाये गए। एक बहुत बड़े साहित्यकार आनेवाले थे। टुनिया ने पूछा, "पापा, क्या इनका पैर उनसे भी बड़ा होगा जो पिछली बार आए थे?"

"फ़िज़ूल बात मत करो।" पापा ने घुड़क दिया। पिछली बार भी उनके घर एक बड़े साहित्यकार आए थे। उनके पैर की छाप चादर पर पड़ गई थी। सफ़ेद चादर के बीच वह मटमैली छाप बड़ी अजीब लग रही थी। बाप रे बाप, टुनिया ने सोचा था, इतना बड़ा पैर। उसके तो दो-तीन पंजे निकल आएँ इसमें से। उसने तभी सोचा था कि बड़े साहित्यकार का न केवल दिमाग़ वरन पैर भी बड़ा होता है।

पर पापा को कोई खुराफात बरदाश्त नहीं है। घर में सब स्वच्छ होना चाहिए। कायदे से कमरे में आओ, नमस्ते करो, चाय रखो और चले जाओ। अगर कमरे में कविता-पाठ चल रहा हो या गम्भीर बातचीत, कभी टोको नहीं। सुनना चाहती हो तो चुपचाप बैठ जाओ।

टुनिया किताबों की दुनिया से अनजान नहीं। किताबें उसे बेहद प्रिय हैं। वह कुछ भी और सब कुछ पढ़ डालती है, जो सामने आ जाए। यह जो साहित्यकार आनेवाले हैं, श्री मुक्तिदूत, इनका उपन्यास भी उसने पढ़ा है। उसके मन में उन्हें देखने की उत्कट अभिलाषा है। टुनिया जानना चाहती है वे दूसरे के मन की बात इतनी आसानी से और इतनी अच्छी तरह से कैसे समझ लेते हैं। क्या उनके पास डॉक्टर की तरह कोई स्टेथेस्कोप होता है।

एक और बात जो टुनिया की समझ में नहीं आती, वह यह है कि कोई साहित्यकार तो पचास पुस्तकें लिखने के बाद भी बड़ा साहित्यकार नहीं माना जाता और कोई महज़ एक पुस्तक लिखकर महान हो जाता है। पापा थोड़ा-बहुत समझाते हैं, फिर अपना शाश्वत वाक्य बोल देते हैं "अभी तू बहुत छोटी है।"

इतनी छोटी नहीं है टुनिया। दिल-दिमाग़ हज़ार-हज़ार सवालों से भरा पड़ा है। क्यों क्यों क्यों? उनके घर अधिकतर कलाकार और साहित्यकार आते हैं। यहाँ आनेवाले तरह-तरह के लोग हैं, एक बार एक कलाकार आए थे। जेब में तीन सौ रुपये और बेशुमार उम्मीदें लिये। वे फ़िल्मों में संघर्ष करना चाहते थे। शक्ल से कितने भोले लगते थे। उनके घर महीनों रहे थे, इसी बैठक में। रोज़ सुबह झोला कन्धे पर

डाल निकल जाते, स्टूडियो-दर-स्टूडियो, दरबानों से गिड़गिड़ाते। रात को थकान से लस्त और हौसले से पस्त लौटते। पापा उन्हें अपने साथ खाना खिलाते और देर तक उनकी हिम्मत बँधाते।

अगली सुबह वे फिर निकल पड़ते। साढ़े तीन महीने की दौड़-धूप के बाद उन्हें एक फ़िल्म में भूमिका मिली, बस-स्टॉप पर खड़े एक गुंडे की, जो चाकू दिखाकर लोगों की जेब ख़ाली कराता है और फिर चाकू चूमकर विचित्र अट्टहास करता है, 'हा हा हा हा!' घर में वे चाकू चूमने और अट्टहास करने की रिहर्सल करते तो टुनिया कमरे से हट जाती। न जाने क्यों उसे लगता यह भूमिका उस कलाकार की तौहीन थी। उसके बाद सभी फ़िल्मों में वे गुंडे बने। दो ही साल में वे फ़िल्म उद्योग के नामी विलेन हो गए, उन्होंने जुहू पर फ़्लैट ख़रीद लिया, कार ख़रीद ली, शादी कर ली, और पापा को पहचानने से इनकार कर दिया।

पापा को कोई ख़ास फ़र्क़ नहीं पड़ा। न वे आहत हुए, न अपमानित। उन्होंने कुछ और साथी ढूँढ़ लिये। पर ममी किचकिचाती रहीं "जब तक दो रोटी का ठिकाना नहीं था, फलानेजी गले से बँधे रहे। आज रोटी-बोटी दोनों का इन्तज़ाम हो गया तो कैसे आँखें फेर लीं। जाने इन्हें अकल कब आएगी। अरे, अब तो यह सदाव्रत बन्द करो। आज की दुनिया में कोई किसी का नहीं। क्या मिला तुम्हें मर-मरकर?"

पापा ने एक बार भी शिकायत नहीं की। न जाने कितने लोगों को पाँच रुपये से लेकर पचास रुपये तक उधार दिए जो डूब गए। वर्षों ममी ने घर-ख़र्च के रजिस्टर में इसे उचंत में डाले रखा, फिर हारकर लिखना छोड़ दिया। पापा ने कहा, "इसमें क्या झींकना, सारा जीवन ही एक लेन-देन है।"

ममी बोलीं, "तुम्हारा तो सारा जीवन बस देन-देन है।"

ममी को गुस्सा बहुत जल्द आता है। अच्छी बातों में भी वे न जाने कहाँ से आपत्ति ढूँढ़ निकालती हैं। इक्कीस नम्बर में नए किरायेदार आए थे मिस्टर पे। उस दिन उनकी लड़की विनया सामने के लॉन में दो-तीन लड़कियों के साथ खेल रही थी। टुनिया भी पहुँच गई। सबने मिलकर रस्सी कूदी, आइ स्पाइ खेला। वापस जैसे ही टुनिया घर आई, माँ ने जवाब-तलब किया, "किससे पूछकर गई थी?

"कपड़े क्यों नहीं बदले? बाकी लड़कियों के कपड़े देखे थे। एकदम परी-जैसी लग रही थीं!

"हमारी नाक कटाएगी।"

लो, हो गई न सारी शाम गुड़गोबर। माँ की डाँट बरदाश्त नहीं होती और माँ ही सबसे ज़्यादा डाँटती हैं। डाँटने के बाद रोने या सुस्त पड़ने का भी अवकाश नहीं देतीं। ख़ुद अपनी तबीयत ख़राब कर बैठ जाती हैं।

फिर शुरू हो जाता है पापा की नसीहतों का सिलसिला, "कितनी बार कहा है टुन्नो, ममी को ग़ुस्सा न करने दिया करो, इनका ब्लडप्रेशर बढ़ जाता है।

"तुम्हें जरा ख़याल नहीं ममी का, टुनिया। चलो, इन्हें पानी में ग्लूकोज पिलाओ।

"शाम को डॉ. गांगुली के यहाँ ले जाना ममी को।"

डॉक्टर ममी का ब्लडप्रेशर देखता है, दवा देता है। टुनिया ज़बरदस्त पश्चात्ताप से भर जाती है। डाँट भी उसे ही पड़ती है, अफ़सोस भी उसे ही होता है, डॉक्टर के भी वही जाती है, 'सॉरी' भी वही कहती है। किसी को कोई फ़र्क़ नहीं पड़ता। कोई टुनिया को इस सवाल का जवाब नहीं देता कि ब्लडप्रेशर किसका जाँचा जाना चाहिए, जिसने डाँटा, उसका या जिसे डाँट पड़ी, उसका?

इन झमेलों से बिलकुल अलग-थलग दीदी एक अलग दिशा में दौड़ रही है। लगभग रोज़ शाम कोई-न-कोई शो चलता रहता है। शो के बाद दीदी घर आती है, मेकअप उतार, कपड़े बदल वह आँख बन्द कर लेट जाती है बिस्तर पर, थोड़ी-थोड़ी देर में पापा या ममी आकर उसे देख जाते हैं। जब उनकी आँख लग जाती है तो हौले-से बत्ती बन्द करते हुए पापा कहते हैं, "बहुत स्ट्रेन पड़ रहा है बेबी पर इसे रोज़ाना एक सेब दिया करो।"

हर बात दीदी से बाँटना चाहती है टुनिया। कल टुनिया ने उसे बताया कितने बड़े साहित्यकार आनेवाले हैं आज। दीदी ने कहा था, "हाय, मैं भी सुनती उनकी बातें, पर, क्या करूँ, कल से तो नई रिहर्सल शुरू है। मेन रोल मेरा ही है।"

पापा सुबह से बड़े जोश में हैं। मुक्तिदूत जी के उपन्यास और काव्य-संग्रह का फिर से पारायण हो रहा है। जगह-जगह लाल पेंसिल से निशान लगाया जा रहा है, मुक्तिदूत जी से जमकर बहस करनी है। टुनिया भी साथ-साथ पढ़ रही है। इस कमरे का आलम अनोखा है। यहाँ बैठकर मन किताबों में रम जाता है। न समय का ध्यान रहता है, न काम का।

तभी ममी ने आकर कहा, "टुनिया, चलो सनीचरी से सामान लाने।"

टुनिया का जोश जाम हो गया।

सनीचरी का मतलब है सूखी मछली के गँधाते ढेर, बाज़ार की कचर-पचर धूप, पसीना, धूल, बौड़म झोले, काँदा-बटाटा, गेहूँ, चावल, मसाले, पातड़भाजी, खट्टा चूका और खटारा रिक्शा। पूरी बम्बई में कहीं रिक्शा नहीं चलता सिवाय इस सनीचरी के। इस रिक्शे से रूह काँपती है टुनिया की।

पहले तो बाज़ार की एक-एक दुकान पर ममी को मोलभाव करते देखो, बोलो कुछ नहीं। बस, झोले पकड़े खड़ी रहो। फिर जब ममी की तसल्ली हो जाए तो सौदा ले लो। बराबर टकटकी लगाकर तराजू देखती रहो, तरकारीवाली कहीं डंडी तो नहीं मार रही। इसी चतुराई से ममी महीने का पूरा सौदा सनीचरी से लेंगी। फिर बड़े कौशल से वे सस्ता रिक्शा करेंगी। रिक्शा करने में उनकी दो

शर्तें अनिवार्य हैं। रिक्शा सस्ता हो और रिक्शेवाला विनम्र। झिक-झिक करनेवालों से ममी को बहुत चिढ़ है। रिक्शे में चढ़ते ही ममी टमाटर का झोला या तेल की पीपी बग़ल की सीट पर रख लेंगी और कहेंगी, "टुनिया, तू यहाँ नीचे बैठ ले। टमाटर कहीं पिच न जाएँ, तेल कहीं बह न जाए, पीपी में झाल तो लगी नहीं है। थोड़ी ही दूर की बात है।"

अगर टमाटर या तेल कुछ न साथ हुआ तों कॉलोनी की ही कोई और पड़ोसन ममी को ज़रूर दिख पड़ेगी। ममी उसे भी रिक्शे में अपने साथ लाद लेंगी और कहेंगी, "टुन्ने, तू ज़रा किनारे पर टिक जा, यहाँ मेरे पैरों के पास। नहीं-नहीं बहन जी, आप परेशान मत होइए। हमारी बेटी तो बड़ी सीधी है, जहाँ कहो बैठ जाए, जहाँ कहो खड़ी हो जाए। बच्चों का क्या है, जैसे रखो, रह जाते हैं।"

नहीं बैठना चाहती टुनिया इस तरह। कितनी शर्म आती है उसे। स्कूल की कोई सहेली देख ले या टीचर तो कितनी खिल्ली उड़ेगी उसकी। आठवें में पढ़ती है। कोई बच्ची तो नहीं। वह क्या घर की नौकरानी है जो पैरों के पास बैठे! इतना ही शौक है, ममी को पड़ोसिनें ढोने का तो दो रिक्शे क्यों नहीं ले लेती?

टुनिया जब इस तरह बैठती है तो सामने से उसका कच्छा दिखने लगता है। कम-से-कम टुनिया को तो यही लगता है उसका कच्छा दिख रहा है, बल्कि सारी दुनिया को ख़बर है कि दिख रहा है। "शेम, शेम!" क्या करे टुनिया। फ्रॉक इतनी लम्बी नहीं कि आगे खींच ले। पीछे से ममी की चप्पल चुभ रही है, आगे से यह मुसीबत!

बहुत बोर होती है टुनिया इस सनीचरी की कवायद से। ऊपर से गजब यह कि ममी इसे तफ़रीह का नाम देती है। अब अगर घर पहुँच झोले रख टुनिया यह कहे कि वह सत्रह नम्बरवाली पिन्हाज दाजी के यहाँ जा रही है तो ममी डपटकर कहेंगी, "बैठ चुपचाप। अभी घूमकर नहीं तो क्या पापड़ बेलकर आ रही है। घर में तो किसी का टिकुआ लगता ही नहीं है। जो करूँ मैं करूँ, जहाँ मरूँ मैं मरूँ।"

ममी एक बार बोलना शुरू कर दें तो देर तक चुप नहीं होतीं। रुक-रुककर उसी विषय पर बोलती हैं। लिफ़ाफ़े ख़ाली कर दाल डिब्बों में डाली जा रही है। भाषण चालू। गेहूँ कनस्तर में पलटा जा रहा है, भाषण चालू। काँदा-बटाटा अलग-अलग टोकरियों में रखा जा रहा है, भाषण चल रहा है। धीरे-धीरे यह स्वागत कथन में बदल जाएगा। टुनिया ममी के पीछे-पीछे कुछ इस तरह घूमेगी मानो दोनों के बीच कोई तार जुड़ा है। ममी मुड़ेंगी तो वह भी मुड़ेगी, ममी झुकेंगी तो वह भी झुकेगी।

ममी ने चिड़चिड़ाकर एक बार फिर कहा, "सुनती नहीं है, फिर और धूप चढ़ जाएगी! जल्दी उठ।"

पापा ने किताब पर से नज़र उठाई और बोल पड़े, बमककर, "क्या तुम सुबह से कुड़कुड़ शुरू कर देती हो। आटे-दाल के सिवा और कुछ पता भी है।

नहीं जाएगी टुनिया। इतने बड़े साहित्यकार आ रहे हैं। किसी भी समय आ सकते हैं। यहाँ कौन बनाएगा चाय? जाना है तो कोलीन को लेकर जाओ।"

एक कटखनी नज़र पापा और टुनिया पर डाल ममी चली गईं।

पापा द ग्रेट! टुनिया को मज़ा आ गया। कैसी बाल-बाल बची वह सनीचरी से और कोलीन क्या ख़ूब फँसी। अभी-अभी काम निपटा वह जाने की तैयारी कर रही थी। तभी तो उसने सबकी नज़र बचाकर फूल-दान से एक फूल चोरी किया था बालों में लगाने के लिए। टुनिया को सब पता है। रिक्शे में जब पटरे पर बैठना पड़ेगा, सारी शान झड़ जाएगी आज।

वह तो छूटी किसी तरह। अब जब पापा कहेंगे, वह ऐसी फ़र्स्ट क्लास चाय बनाएगी कि मुक्तिदूत जी भी हैरान रह जाएँगे। दाल पहले से पिसी रखी है, पकौड़े तल देगी।

नहीं, दीदी क्यों करेगी मदद। अभी तो वह सोकर ही नहीं उठी। उठेगी फिर तैयार होगी और तत-थई, तत-थई में लग जाएगी। कल ही तो उसके ड्रामे का पच्चीसवाँ शो ख़त्म हुआ है। आज नई रिहर्सल शुरू है।

वक़्त से एक घंटे बाद मुक्तिदूत जी आए—चमत्कार की तरह। एकदम झकाझक सफ़ेद खादी का कुर्ता-पाजामा पहने। आते ही 'हा-हा' हँसना शुरू। पापा बड़े प्रसन्न। मुक्तिदूत जी ने पहले उन्हें अफ़सरों की दृष्टिहीनता पर एक छोटा-सा दिलचस्प भाषण दिया फिर उदाहरण—एक-से-एक अजीबोग़रीब। गनीमत है पापा ने बिना बिदके सुन लिया। नहीं कोई भरोसा नहीं, पापा कब सहसा अफसर बन जाएँ, कब साहित्यप्रेमी। एक बार ऐसे ही किसी कवि के बेतकल्लुफ़ी से बोलने पर पापा ऐंठ गए थे और उन्होंने त्यौरियों से बोलना शुरू कर दिया। कवि महोदय पापा को एक असफल मनुष्य बता रहे थे जबकि पापा अपने को निहायत सफल मानते थे।

पर मुक्तिदूत जी एक तो पापा के हमउम्र हैं, दूसरे बात करने का तरीक़ा भी अलग है। चकित है टुनिया। पापा ने बताया था मुक्तिदूत जी न नौकरी करते हैं, न व्यवसाय। पर कितने अलमस्त। किसी बात की फ़िक्र ही नहीं। शहंशाह-सा अन्दाज़ गूँजभरी आवाज़, सिगरेट पीने का दिलकश अन्दाज़ और किस क़दर आत्मीय। खाया उन्होंने कुछ नहीं, लेकिन चाय ख़ूब तारीफ़ करके पी। पूछा, "किसने बनाई, आपकी पत्नी ने?"

"नहीं, टुनिया ने, यह है मेरी छोटी लड़की तूर्णा, पढ़ने में बहुत तेज़ है और चाय बनाने में भी।"

'हा, हा, हा,' मुक्तिदूत जी हँस पड़े, "यह लड़की बहुत तरक़्क़ी करेगी। मैं तो कहता हूँ जो अच्छी चाय बना सकता है, वह दुनिया में मुश्किल-से-मुश्किल काम कर सकता है।"

तभी दीदी तैयार होकर कमरे में आई। सफ़ेद साड़ी-ब्लाउज में कितनी ताज़ा लग रही थी वह, फूल की तरह। रोहिणी भाटे सभी छात्राओं को सफ़ेद वस्त्र में आने को कहती हैं। उनका कहना है कि नृत्य एक सात्त्विक क्रिया है। वह स्वयं भी सफ़ेद रंग ही पहनती हैं।

मुक्तिदूत जी को नमस्कार कर दीदी ने पापा से कहा, "पापा, हमें ठीक ग्यारह बजे पहुँचना है रोहिणी भाटे की क्लास में। आज से 'वसन्त सेना' का रिहर्सल शुरू है।"

"ठीक है, चली जाना।" पापा ने कहा।

तभी मिसेज़ रहेजा आ गईं, चार नम्बर से। टुनिया के यह कहने पर भी कि ममी बाज़ार गई हैं, वह अन्दर रसोई तक उन्हें देख आईं, फिर आकर बैठक में बैठ गईं।

उस समय पापा और मुक्तिदूत जी में बहस चल रही थी कि उत्कृष्ट साहित्य के लिए लोकप्रियता कोई शर्त हो सकती है या नहीं। मुक्तिदूत जी लोकप्रियता को व्यावसायिकता से जोड़ रहे थे, जबकि पापा उसे जनमानस से। वह बार-बार रामचतरितमानस के लोकप्रिय अंश उद्धृत कर रहे थे।

मुक्तिदूत जी ने कहा, "रामचरितमानस अपनी साहित्यिकता के कारण नहीं, धार्मिक आग्रहरों के कारण लोकप्रिय है।"

मिसेज़ रहेजा बैठी रहीं कुछ देर अपनी एक एड़ी से दूसरी एड़ी खुजाती। फिर बोलीं, "टुनिया, हमने इडली का घोल बना रखा है। साँचा दे दो तो जल्दी से इडली पक जाए।"

"अब आई न असल बात पर। यह रहेजा आंटी इतने बहाने क्यों बनाती हैं? आते ही सीधे कह देतीं कि साँचे के लिए आई हैं। इन्हें क्या पता बैठक में कौन बैठा है इस वक़्त। सच, टुनिया को हैरानी होती है। कॉलोनी की सभी स्त्रियाँ एक-सी हैं—सबकी आदतें एक-सी—सुबह उठकर मेकअप कर लेना, हर वक़्त खाने-पीने के बारे में सोचना, दोपहर को सोना, शाम को टी.वी. देखना और रात को घोषित करना, 'आज तो मैं बहुत थक गई।' टुनिया ऐसी क़तई नहीं बनना चाहती। वह तो ऐसी बनना चाहती है, जैसे मुक्तिदूत जी। उसे लगता है ज़िन्दगी के ज़रूरी सवालों का जवाब साहित्यकार ही ढूँढ़ सकता है।

मुक्तिदूत जी जानना चाहते थे कि क्या माधव मिथा अभी भी इस कालोनी में रहते हैं।

"रहते हैं," पापा ने बताया, "आजकल बहुत उदास हैं, कहीं आते-जाते नहीं। हाल ही में उनकी पत्नी का देहान्त हो गया।"

"अकस्मात्?"

"नहीं, कैंसर था।"

"मैं तो उनका घर भूल गया हूँ, कोई आठ बरस पहले आया था एक बार। किस नम्बर में हैं?"

"एक सौ आई। इस ब्लॉक से हटकर उधर तीसरी सड़क के मोड़ पर जो क्वार्टर बने हैं, उनमें।"

"कहाँ भई?"

"टुनिया बता देगी, जानती है। टुनिया बेटी, ज़रा मुक्तिदूत जी को माधव मिश्राजी के घर पहुँचा दो।" पापा बोले।

"भई, लेकिन लौटकर हम एक चाय और पिएँगे।"

"ज़रूर-ज़रूर।" पापा की मुस्कान खिल गई। पापा को और क्या चाहिए। उनका मन तो बस स्वागत-सत्कार के लिए बना है। वश चले तो सारा दिन सारी रात दरवाज़ा खोले बैठे रहें, आगन्तुकों के इन्तज़ार में। उनकी भूख-प्यास मित्रों के साथ बँधी है। साथ में कोई खानेवाला न हो तो तीन बजे तक खाने की सुध न लेंगे। कोई आ जाए तो बारह बजे से ही भूख लग जाएगी।

टुनिया ने ज़रा भी देर नहीं लगाई। फ़ौरन स्लीपर्स पहने और चल दी मुक्तिदूत जी के साथ। बाप रे, कितने लम्बे हैं, ताड़ की तरह। बात करते समय अगर इनकी तरफ़ देखना हो तो ग़र्दन में बाँयटा पड़ जाए।

मुक्तिदूत जी ने देखा—टुनिया उनके साथ लगभग भागते हुए चल रही है। उन्होंने रफ्तार धीमी कर दी। पूछा, "यह तुम्हारी बहन थी न?"

"आपको कैसे पता?"

"वाह, तुमसे इतनी मिलती जो है।"

टुनिया ने शायद ग़लत सुना है या मुक्तिदूत जी ने ही ग़लत कहा है।

"सब तो कहते हैं मुझसे ज़रा भी नहीं मिलती।"

"बहुत मिलती है। तुम्हें पता है तूर्णा, भगवान के पास सबसे बेहतरीन प्रिंटिंग प्रेस है। इनसान लाख कोशिश करे वह बात पैदा नहीं कर सकता जो भगवान कर सकता है। जैसे किताबें छपती हैं, सब एक-सी, इसी तरह भगवान हर ख़ानदान के नाक-नक्श के ब्लॉक प्रिंट करते हैं। तभी न जानकार लोग कहते हैं, 'अरे बबुआ तेरी नाक तो बिलकुल दादी पर गई है, तेरी हँसी में तो बुआ की छवि है।' ईश्वर एक बढ़िया मुद्रक है।"

अपनी ही बात पर मुक्तिदूत जी हा-हा कर हँस दिए। टुनिया के मुँह से फ़ौरन निकला, "आप भगवान को मानते हैं?"

"क्यों, ऐसा तुम्हें क्यों लगा कि भगवान को माननेवाले कम होते जा रहे हैं।"

"पता नहीं, एक बार पापा ने कहा था लोग ज्यों-ज्यों पढ़े-लिखे बन रहे हैं, उनकी भगवान पर से आस्था हिल रही है।"

"यह तो पापा ने कहा था, तुम क्या कहती हो?"

"मुझे भी ऐसा ही लगता है।"

"नहीं, पापा को ऐसा लगता है, इसलिए तुम्हें ऐसा लगता है। टुनिया रानी, अलग से सोचो, क्या हमारे देश से कभी ईश्वर में विश्वास ख़त्म हो सकता है? अभी मैं चौराहे के बीचोबीच एक बौड़म-सा पत्थर रख दूँ सिन्दूर में रँगकर। और ख़ुद उस पर जाकर दो फूल चढ़ा आऊँ। फिर देखना तुम अपने लोगों की कितनी आस्था है। दस में से नौ आदमी यहाँ रुकेंगे, मत्था टेकेंगे, फूल-फल चढ़ाएँगे। इसे कहते हैं आस्था।" "या अन्धविश्वास।"

"नहीं, विश्वास। वैसे विश्वास और अन्धविश्वास में बड़ा महीन-सा फ़र्क़ होता है। तुम अभी बहुत छोटी हो। वरना तुम्हें समझाता।"

'आ गई न वही बात। यह छोटी होना तो बवालेजान हो गया है। अच्छी-ख़ासी बात समझ आ रही थी कि ब्रेक लग गया, अभी तुम बहुत छोटी हो।' इस वक़्त मुक्तिदूत जी मेहमान हैं, वरना टुनिया पूछती, 'छोटों को बड़ा बनने के लिए क्या करना पड़ता है? क्या सिर के बल खड़ा होना पड़ता है?'

मुक्तिदूत जी ने ग़ौर से उसकी ओर देखा, "थक गई?"

"नहीं," टुनिया ने गर्दन हिलाई।

"किस क्लास में पढ़ती हो?"

"क्या नाम है स्कूल का?"

"कैसे जाती हो इतनी दूर?"

लीजिए आ गया माधव मिश्रा का घर।

मिश्राजी घर पर हैं।

टुनिया का काम ख़त्म।

जाएगी।

मुक्तिदूत जी अब मिश्राजी से बातों में मशगूल हो जाएँगे। दोनों साहित्यकार, दोनों बातूनी। जानती है टुनिया मुक्तिदूत जी को कौन-सा याद रहेगा वह किस क्लास में पढ़ती है, कैसे स्कूल जाती है, स्कूल का नाम क्या है। बच्चों से ऐसी बातें सभी पूछते हैं और सभी भूल जाते हैं। पापा के एक दोस्त हर एक बार उससे उसका नाम पूछते हैं और हर बार भूल जाते हैं।

पापा का ख़याल है चाय के बाद मुक्तिदूत जी को खाना भी खिलाया जाए। और क्या। बारह बजे हैं, चाय पिलाते एक-डेढ़ बज जाएँगे।

ममी सनीचरी से अभी लौटी नहीं हैं। लौटकर भन्नाएँगी, 'बस शुरू हो गई इनकी दावतें। इतना ही शौक़ था खिलाने का तो किसी हलवाइन से शादी कर लेते। सारा दिन बैठी रहती भट्ठी पर। बाज़ार से धूप में तपते आओ और मरो चूल्हे पर।'

टुनिया उनके आने से पहले कुछ बना लेगी। पर क्या? उसे आलू की तरकारी के सिवा कुछ बनाना आता ही नहीं। दादी होती तो उसकी ख़ुशामद कर टुनिया पनीर निकलवा लेती। पनीर-आलू की सब्ज़ी बन जाती। पर दीदी तो रिहर्सल के लिए जा चुकी।

चलो जैसा बुरा-बावरा आता है बनाएगी टुनिया। पापा को 'ना' न कहेगी। ख़राब बनेगा तो सॉरी कह देगी। ढेर-सा सलाद काट देगी। चटनी-अचार सब रखा है, दे देगी। मिठाई, पापा मँगा ही लेंगे।

ममी के लिए नहीं छोड़ेगी कोई काम। एक तो ममी थकी हुई लौटेंगी, दूसरे उन्हें ग़ुस्सा आएगा। अगर ममी पसन्द करें तो छुट्टीवाले दिन टुनिया सारे घर का खाना बना दे। पर पसन्द ही तो असली बात है। ममी को किसी के हाथ का बना खाना अच्छा नहीं लगता। कई नौकरों की ममी छुट्टी कर चुकी हैं। कोई चपाती मोटी बनाता था, तो कोई सब्ज़ी पतली बनाता। किसी की उन्हें सफ़ाई नापसन्द थी तो किसी के हाथ की सफ़ाई। ममी बहुत स्वादिष्ट भोजन बनाती हैं, पर किसी को सिखाना उनके बस की बात नहीं। झींकने लगती हैं।

मुक्तिदूत जी आए। पहले चाय पी। पापा ने खाने के लिए आग्रह किया। सहज भाव से वह रुक गए।

टुनिया ने अकेले हाथ सारा इन्तज़ाम किया। वह दौड़-दौड़कर गर्म फुलका खिला रही थी। उसे बिलकुल कष्ट नहीं हो रहा था। मुक्तिदूत जी कब-कब आते हैं!

"आपकी लड़की की आवाज़ बहुत अच्छी है, इसका रेडियो ऑडिशन क्यों नहीं करवाते?" मुक्तिदूत जी ने कहा।

पापा उत्साह और गर्व से बताने लगे, "उसे समय ही कहाँ है रेडियो के लिए। फिर रेडियो में वे कलाकार जाते हैं जो मंच अथवा टी.वी. पर अयोग्य सिद्ध होते हैं। रेडियो तीसरी श्रेणी की प्रतिभाओं के लिए है। यह तो स्टेज की नामी कलाकार है। आए-दिन इसके शो होते रहते हैं। बल्कि एक बार फ़िल्मों के लिए भी प्रस्ताव मिला। काफ़ी नामी प्रोड्यूसर का था। लेकिन आप जानते ही हैं, बच्ची को वहाँ फँसाना तो बिलकुल ग़लत है। दो साल से कत्थक सीख रही है। कॉलेज भी जाना रहता है। पढ़ाई में हरदम अव्वल आती है।"

"कौन यह टुनिया?"

"यह तो अभी बिलकुल मूर्ख है, कुछ नहीं आता, वह मेरी बड़ी बेटी पपीहा।"

"नहीं सहाय साहब, मैं इसकी बात कर रहा हूँ, आपकी छोटी लड़की की। इसकी आवाज़ में एक संस्कार है। आजकल बहुत कम दिखाई देता है।"

फुलका लाते हुए टुनिया ने सुना, "आपकी छोटी लड़की..."

सहसा विश्वास नहीं हुआ टुनिया को। इस घर में हमेशा दीदी की जय-जयकार हुई है। दीदी के गाने पर तालियाँ बजी हैं; दीदी के नृत्य पर बधाई

मिली है। दीदी के प्रमाणपत्र मढ़ाये गए हैं। दीदी महान है। टुनिया से कोई पूछे दीदी क्या है?

पानी का जग लाते-लाते टुनिया के कानों में मुक्तिदूत जी की आवाज़ पड़ी है, "सहाय साहब, आवाज़ से आप किसी की पूरी शख़्सियत जान सकते हैं। सच्चे खरे इनसान की आवाज़ नाभि से उत्पन्न होती है और उदर से टकराती हुई, एक समूची संस्कृति की आवाज़ में यह सब है। उसकी आवाज़ एक समूची सम्भावना है।

टुनिया का अंग-अंग सितार-सा झनझना उठा। क्या यह सच है? क्या यह सब उसी के लिए कह रहे हैं। बहुत मज़ाक़ करते हैं न। लेकिन हँस तो नहीं रहे। मज़ाक़ के मूड में तो नहीं दिखते। गम्भीर होकर बोल रहे हैं। इतने बड़े साहित्यकार झूठ क्यों बोलेंगे? शायद झूठ ही होगा। यों ही उसे ख़ुश कर रहे हैं या पापा की ख़ुशामद कर रहे हैं। ख़ुशामदी तो नहीं लगती।

वह उनके सामने बोली ही कहाँ। वे ही बोलते रहे। क्या उन छोटे-छोटे अस्फुट जवाबों में से ही उन्होंने यह मणि ढूँढ़ निकाली? टुनिया ने सोचा था उन्होंने उसे मूर्ख मानकर ही ज़्यादा बात नहीं की।

पापा गर्दन हिलाते हुए उनके आगे मिठाई की प्लेट बढ़ाने लगे। पापा ने अपनी परिवार-प्रशस्ति शुरू कर दी, "हमारे घर में सभी की आवाज़ बहुत अच्छी है। मेरे पिताजी की आवाज़ भी बहुत अच्छी थी। जब वे सस्वर रामायण पाठ करते थे तो सारा मुहल्ला आ जाता था सुनने। भीड़ सँभालना मुश्किल हो जाता था। पपीहां की आवाज़ तो सबसे अच्छी है। क्या बताएँ, आज होती तो आपको उसका गाना सुनाते!"

कुछ नहीं लेना-देना टुनिया को इस परिवार-पुराण से। अब लाख बार घरवाले उससे चाय बनवाएँ, पानी मँगवाएँ, सब्ज़ी कटवाएँ, कुछ नहीं व्यापेगा उसे। उसे आज यह कैसी सम्पदा मिल गई है। उसके कानों में डुमरी-सी छोटी यह बात किस कदर ठुमक रही है, 'आपकी छोटी लड़की...आपकी छोटी लड़की।'

यात्रा-वृत्तान्त

अमृतलाल बेगड़

प्रसिद्ध साहित्यकार और चित्रकार अमृतलाल बेगड़ का जन्म 3 अक्टूबर, 1928 को जबलपुर, मध्य प्रदेश में हुआ था।

मूलत: गुजराती-संस्कृति से ताल्लुक रखने वाले बेगड़ ने 1948 से 1953 तक शान्ति निकेतन में कला का अध्ययन किया। नर्मदा नदी के प्रति उनकी गहरी आस्था थी। यही वजह है कि उनकी नर्मदा वृत्तान्त की तीन पुस्तकें हिन्दी, गुजरती, मराठी, बंगला, अंग्रेजी और संस्कृत में प्रकाशित हुईं। गुजराती और हिन्दी में 'साहित्य अकादमी पुरस्कार' और 'महापंडित राहुल सांकृत्यायन पुरस्कार' जैसे अनेक राष्ट्रीय पुरस्कार से उन्हें सम्मानित किया गया था। उनके द्वारा लिखित 'सौन्दर्य की नदी नर्मदा' प्रसिद्ध पुस्तक है।

2018 में 'माखनलाल चतुर्वेदी पत्रकारिता विश्वविद्यालय' के दीक्षांत समारोह में भारत के उपराष्ट्रपति वेंकैया नायडू द्वारा मानक उपाधि अमृतलाल को प्रदान की गई थी। उनका स्वास्थ्य खराब होने के कारण जबलपुर में उनके निवास पर एक सादे समारोह में उपाधि प्रदान की गई थी।

अमृतलाल बेगड़ उन चित्रकारों और साहित्यकारों में से थे, जिन्होंने पर्यावरण संरक्षण के लिए उल्लेखनीय काम किया। नर्मदा नदी की चार हजार कि.मी. की पदयात्रा उन्होंने की और नर्मदा अंचल में फैली बेशुमार जैव विविधता से दुनिया को वाकिफ कराया। 47 साल की उम्र में 1977 में उन्होंने नर्मदा की परिक्रमा करना शुरू किया था और 2009 तक ये क्रम जारी रहा।

अमृतलाल बेगड़ की हिन्दी की प्रसिद्ध किताब—'नर्मदा की परिक्रमा' है, जो उन्होंने नर्मदा परिक्रमा के दौरान हुए अनुभव के आधार पर लिखी थी। नर्मदा के हर भाव और अनुभव को बेगड़ साहब ने अपने चित्रों और साहित्य में उतारा।

उन्होंने गुजराती में सात, हिन्दी में तीन किताबें लिखीं—'सौन्दर्य की नदी नर्मदा', 'अमृतस्य नर्मदा', 'तीरे-तीरे नर्मदा'। साथ ही 8-10 पुस्तकें बाल साहित्य पर भी लिखीं। इन पुस्तकों के पाँच भाषाओं में तीन-तीन संस्करण निकले। कुछ का विदेशी भाषाओं में भी अनुवाद हो चुका है।

इनकी मुख्य रचनाएँ हैं—'सौन्दर्य की नदी नर्मदा', 'अमृतस्य नर्मदा', 'तीरे-तीरे नर्मदा'।

'साहित्य अकादमी पुरस्कार' और 'महापंडित राहुल सांकृत्यायन पुरस्कार' से पुरस्कृत।

90 वर्ष की आयु में 6 जुलाई, 2018 को जबलपुर में निधन।

सौन्दर्य की नदी नर्मदा

सुबह विष्णुपुरी घाट पर बैठा था। सुबह की गुनगुनी धूप बड़ी प्यारी लग रही थी। सामने है ओंकारेश्वर पहाड़ी नदी का पहाड़ी तीर्थस्थान। सँकरी नर्मदा के दोनों ओर खड़ी चट्टानी कगारें हैं। इस तट पर मांधाता, उस तट पर ओंकारेश्वर दोनों मिलकर ओंकार-मांधाता और बीच में अलस गति से बहती शान्त, नीरव, नर्मदा। नदी बहती हुई भी रुकी सी जान पड़ती है। सुदूर केरल से आकर बालक शंकर ने यहाँ गुरु गोविन्दपाद के आश्रम में रहकर विद्याभ्यास किया था। वे हमारे देश के सर्वश्रेष्ठ परिव्राजक हैं। भारत की भावनात्मक एकता के लिए उन्होंने जो किया, वह अनुपम है। ऐसे आद्य शंकराचार्य की पावन स्मृति इस ओंकारेश्वर से जुड़ी हुई है। फिर कमलभारती जी, रामदास जी और मायानन्द जी सदृश सन्तों के आश्रम भी यहाँ रहे। आज भी नये-नये आश्रम बनते जा रहे हैं।

नर्मदा तट के छोटे से छोटे तृण और छोटे से छोटे कण न जाने कितने परिव्राजकों, ऋषि-मुनियों और साधु-सन्तों की पदधूलि से पावन हुए होंगे। यहाँ के वनों में अनगिनत ऋषियों के आलम रहे होंगे। वहाँ उन्होंने धर्म पर विचार किया होगा, जीवन मूल्यों की खोज की होगी और संस्कृति का उजाला फैलाया होगा। हमारी संस्कृति आरण्यक संस्कृति रही। लेकिन अब? हमने उन पावन वनों को काट डाला है और पशु-पक्षियों को खदेड़ दिया है या मार डाला है। धरती के साथ यह कैसा विश्वासघात है। एक आदमी स्नान के लिए आया था। मैंने कहा, "नर्मदा कितनी सँकरी है।"

"नर्मदा की यह एक धारा है। दूसरी ओंकारेश्वर के पीछे है। कहते हैं कावेरी नर्मदा से मिली लेकिन थोड़ी ही देर में दोनों में अनबन हो गई और कावेरी नर्मदा से अलग हो गई। ओंकारेश्वर के इस ओर है नर्मदा, उस ओर है कावेरी।"

"दोनों फिर मिलती हैं या नहीं?"

"जहाँ ओंकारेश्वर का टापू खत्म होता है, वहीं दोनों फिर मिल जाती हैं। नर्मदा ने आखिर छोटी बहना को मना लिया। इसलिए असली कावेरी संगम बाद का है, पहला नहीं।"

पहले आगमन, फिर बहिर्गमन, अन्त में पुनरागमन! बढ़िया कल्पना है!

यहाँ बैठा सामने के घाट को देख रहा हूँ। वहाँ न जा पाने का कोई दुख नहीं है क्योंकि ओंकारेश्वर दो बार हो आया हूँ। लेकिन अनिल और श्यामलाल से कहा कि तुम जरूर हो आओ। नाव से जाना, पुल से आना। यहाँ से मोरटक्का। वहाँ तक सड़क जाती है, लेकिन हम सड़क से नहीं जाएँगे, नदी के किनारे-किनारे जाएँगे।

दोपहर को निकले। लेकिन थोड़ी ही देर में समझ में आ गया कि दोपहर को चलकर गलती की। सूरज सामने रहता है, चट्टानें तंदूर की तरह गरमा गई हैं और श्यामलाल नंगे पाँव है। लेकिन वह तो शायद दहकते अंगारों पर भी चल सकता है।

कभी चट्टानों से जूझते, कभी झाड़ी से उलझते तो कभी सामने तट की पर्वत-माला से आते हवा के झोंकों का आनन्द उठाते आगे बढ़ रहे थे। कभी रुक जाते माथे का पसीना पोंछते और आगे बढ़ते। शाम को मोरटक्का के खेड़ीघाट पहुँचे। यहाँ नर्मदा पर सड़क का पुल है, पास में रेल का पुल भी है। रात यहीं बिताई।

सुबह उठते ही अनिल ने कहा, "जरा ऊपर देखिए।"

मध्य आकाश में चाँद था। मैंने कहा, "सूरज के हिसाब से अभी सबेरा है, लेकिन चाँद के हिसाब से अभी दोपहर है!"

अनिल के लिए यह भले ही विस्मय की बात हो, पर मैं तो चाँद के एक से एक करतब देख चुका हूँ। कभी पूर्ण कुम्भ, तो कभी बारीक रेखा उसका बाँकपन कभी सीधा तो कभी उलटा, कभी घटता तो कभी बढ़ता कभी निकलते ही डूबने की तैयारी तो कभी आधी रात को गायब और भरी दोपहर को हाजिर! क्या कहना इस मनमौजी का!

चाँद जब यह सब कर सकता है। तो एक करतब उसे और दिखाना था। सूर्योदय और सूर्यास्त के कारण पूर्व और पश्चिम दिशाओं की छटा देखते ही बनती है। उपेक्षित रह जाते हैं उत्तर और दक्षिण। क्या ही अच्छा होता अगर चाँद उत्तर में निकलता और दक्षिण में डूबता!

चन्द्र का ऐसा अपूर्व उदय देखकर सूर्य भी निरुत्तर रह जाता!

यहाँ से रास्ता आसान है, झाड़ी खत्म। रात गोमुख-बावड़ी में रहे। सुबह चल दिए। थोड़ी देर में कांकरिया पहुँचे। नदी-तट पर एक खँडहर-सी धर्मशाला थी। ऊपर छप्पर नहीं था, खिड़की में पल्ले नहीं थे। खिड़की के इस फ्रेम में से पनिहारिनें ऐसी दीख रही थीं मानो मैं रंगीन टी.वी. देख रहा होऊँ! खिड़की के पास से देखता तो वाइड व्यू दिखता और हटकर देखता तो क्लोजअप नजर आता! ऐसा लाइव-टेलिकास्ट तो संसार का श्रेष्ठतम टी.वी. सेट भी नहीं दे सकता।

दोपहर को रावेर पहुँचे। यहाँ नदी तट पर पेशवा का स्मारक है। वहीं एक पेड़ के नीचे खाना बनाया। जब तक झाड़ी में थे, ईंधन की कोई कमी न थी। लेकिन अब लकड़ी मिलना मुश्किल हो गया है। थोड़ी-बहुत मिली, बाकी मैं दूर किनारे से ढूँढ़ लाया। बाद में पता चला कि वे चिता की लकड़ियाँ थीं।

शाम को बकावा पहुँचे। वहाँ नदी किनारे एक चबूतरा था। आज का रात्रि विश्राम इसी चबूतरे पर था। यहाँ से एक सँकरी पथरीली सड़क नर्मदा के मध्य तक चली गई थी। स्वच्छ पानी भरने के लिए यह सबसे अच्छी जगह थी इसलिए यहाँ पनिहारिनों की भीड़ लगी रहती थी। जल की सतह से जरा से उठे हुए इस जनपथ से आती पनिहारिनें जलपरी-सी लग रही थीं। लेकिन ये कोई जलपरियाँ नहीं थीं। ये थीं श्रमबालाएँ, कठोर श्रम करती ग्राम नारियाँ। लेकिन यह श्रम ऐसा था, जो खेल बन गया था। हँसती, किलकती, ठिठोली करती स्वस्थ नारियों को अनुभव ही नहीं हो रहा था कि उनके सिर पर भारी बोझ रखा हुआ है, वे नंगे पैर हैं और नीचे ऊबड़-खाबड़ पत्थर हैं। वे ऐसे जा रही हैं, जैसे शहर की लड़कियाँ पिकनिक को जाती हैं।

श्रम का यह कैसा उत्सव है! नित्य उत्सव। सबेरे इस छोटे से गाँव से विदा लेते समय इस पावन दृश्य को मैंने मुड़-मुड़कर देखा।

आगे पड़ा मर्दाना। यह गाँव कुछ बड़ा है, दो-एक दुकानें भी हैं। अनिल और श्यामलाल सौदा लेने लगे, मैं दूर खड़ा था। वहाँ एक वृद्ध बैठे थे।

उन्होंने कहा, "आप खरीद क्यों रहे हैं? मेरे यहाँ सदाव्रत दिया जाता है, चलिए।" तुला-तुलाया सौदा वापस करना पड़ा।

"यह सदाव्रत कब से चल रहा है?"

"पचहत्तर साल से। पचहत्तर साल पहले मेरा जन्म हुआ था। इस खुशी में मेरे पिता ने यह शुरू किया था, जो आज तक चला आ रहा है। मैंने अपनी जमीन चारों बेटों में बाँट दी है, लेकिन दो एकड़ जमीन सदाव्रत के लिए अलग रख दी है। मैं नहीं रहूँगा पर सदाव्रत रहेगा।"

जिन्दगी तो कुल एक पीढ़ी भर की होती है, पर नेक काम पीढ़ी-दर-पीढ़ी चलता रहता है।

शाम को भटियान पहुँचे। नर्मदा के बालुई तट पर बसा छोटा-सा गाँव। नदी किनारे पेड़ों के पास एक पक्की छोटी धर्मशाला है। इसमें एक दुबले-पतले बाबा रहते हैं। बच्चों-सा सरल स्वभाव। गाँव के लोग इन्हें खूब चाहते हैं। कोई तीस बरस से यहाँ हैं। हमें बड़े प्रेम से अपने साथ ठहराया। बातें होने लगीं तो मैं समझ गया कि इनकी मातृभाषा गुजराती है। फिर तो गुजराती में बातें होने लगीं। मैंने कहा, "इतने वर्षों के बाद भी आप गुजराती भूले नहीं?"

उन्होंने कहा, "मातृभाषा को कोई कैसे भूल सकता है?"

सुबह जब चलने लगे, तो बड़े प्यार से बोले, "आवजो।"

घड़ी भर के लिए वे संन्यासी में से गृहस्थ बन गए थे। विदा लेते मेहमान से कह रहे थे, "आवजो।" फिर आना।

अगला पड़ाव मर्कटीतीर्थ। निजन एकान्त में वेदा और नर्मदा के संगम पर स्थित ऊँचे टीले पर एक मन्दिर है, उसी में रहे। मन्दिर में एक युवा पुजारी है और

है उसकी माँ। पुजारी की माँ ने कहा, "आज से कोई तीन साल पहले अचानक यह लड़का घर से चल दिया। बहुत ढूँढ़ा पर नहीं मिला। कोई सालभर बाद अमरकंटक से चिट्ठी आई कि मैं नर्मदा परिक्रमा पर निकल गया हूँ, मेरी बाट मत जोहना। लेकिन माँ का दिल तो है। सोचती थी, परिक्रमा पूरी करने के बाद मेरा बेटा लौट आएगा। लेकिन परिक्रमा करते-करते इसने तो जोग ही धारण कर लिया।"

एक ठंडी साँस लेकर उसने कहा, "कोई पन्द्रह साल की उम्र में हमने इसकी सगाई की थी। लड़की के पिता ने सात साल तक इन्तजार किया। जब हमने उसके घर लौटने की उम्मीद पूरी तरह छोड़ दी। तब पिछले साल ही उन्होंने अपनी बेटी की शादी दूसरी जगह की। उस लड़की से मुझे कितनी ममता हो गई थी।"

चूल्हे की आग को ठीक करते हुए उसने अपना कहना जारी रखा, "बड़ा एकान्त है यहाँ। पास में कोई गाँव नहीं। मैं और मेरा बेटा, बस हम दो ही हैं यहाँ। वह तो दिन-भर पूजा-पाठ में लगा रहता है, मेरा समय काटे नहीं कटता। यहाँ रहती हूँ तो घर की याद आती है, घर जाती हूँ तो इसकी चिन्ता सताती है। कल रात को ही यहाँ दो मुँह वाला साँप निकला था। मैं बेहद डर गई। बड़ी मुश्किल से बाहर निकाला।"

बेचारी माँ! उसके मन के दो टुकड़े हो गए हैं। एक हिस्सा यहाँ है, दूसरा घर रह गया है।

बाहर खुले में सोए। आकाश साफ था और रात सुहानी थी। तारे इतने पास लग रहे थे कि हाथ बढ़ाओ और छू लो।

सुबह चल दिए। दोपहर तक नावडाटोडी पहुँच गए। सामने तट पर है महेश्वर—रानी अहिल्याबाई का नगर। अहिल्याबाई अत्यन्त कुशल प्रशासक थीं और नर्मदा की परम भक्त थीं। महेश्वर में उनके बनवाए घाट इस तट से बड़े ही सुन्दर लग रहे थे।

यहाँ एक सज्जन रहते हैं। पहले सरकारी अफसर थे। अच्छी पेंशन मिलती है। अपनी सारी पेंशन कुत्तों पर खर्च करते हैं। इस गाँव के तो क्या, आसपास के लोग भी इन्हें खूब चाहते हैं। मिलने पर बोले, "चाय की इस दुकान की यह बेंच ही मेरा घर है और इस झोले में मेरी सारी गृहस्थी है। गाँव के कुत्ते मेरे स्वजन हैं।" फिर धीरे-से बोले, "आदमी से कुत्ते अच्छे।" जीवन के किन कटु अनुभवों ने उनके मन में मनुष्य के प्रति ऐसी कटुता उत्पन्न की होगी।

"देवी-देवता में मेरा कोई विश्वास नहीं। साधु-सन्तों पर भी नहीं। बाहर से धर्मात्मा होने का ढोंग रचते लोगों को ऊपर से नीचे तक गन्दगी में डूबा हुआ देख चुका हूँ। बस, एक नर्मदा को मानता हूँ। मुझे वह हर घड़ी दिखनी चाहिए। बरसात में बाढ़ का पानी जब तक इस बेंच को छूता नहीं, तब तक यहाँ से नहीं जाता। नर्मदा के बिना मैं नहीं रह सकता।"

फिर हँसकर बोले, "यहाँ के लोगों ने मुझे खूब प्यार दिया। जब मरूँगा, तब मेरी ऐसी शव-यात्रा निकलेगी कि किसी नेता की क्या निकलेगी। दुख यही है कि उसे देखने मैं जिन्दा नहीं रहूँगा।"

सुबह मन में सहस्त्रधारा देखने की उत्कंठा लेकर चले। मंडला की सहस्त्रधारा कई बार देख चुका हूँ, महेश्वर के पास की इस बड़ी सहस्त्रधारा को पहली बार देखूँगा।

थोड़ी देर में शोर सुनाई पड़ने लगा तो चाल तेज हो गई। देखते-देखते सहस्त्रधारा आ गए। नर्मदा यहाँ खूब फैल गई है, हजारों धाराओं में बँट गई है। इन धाराओं में छोटे-छोटे अनगिनत प्रपात फड़फड़ा रहे हैं। चारों ओर धाराओं का जाल-सा फैला है। इन आड़ी-टेढ़ी, आँकी-बाँकी जलधाराओं से नर्मदा ने यहाँ मानो झीनी-झीनी बीनी रे चदरिया!

पानी की चादर, जलधाराओं के ताने-बाने, चट्टानों का करघा! ऐसी चादर तो बस नर्मदा ही चुन सकती है और ऐसी चादर तो बस धरती ही ओढ़ सकती है!

और यह धारा शब्द नर्मदा के साथ खूब जुड़ा हुआ है। अमरकंटक से, निकलते ही कपिलधारा और दूधधारा। मंडला की सहस्त्रधारा, बरमानघाट की सतधारा, ओंकारेश्वर के पास धाराक्षेरु और महेश्वर के पास पुन: सहस्त्रधारा! कैसी धाराप्रवाह नदी है यह!

जहाँ-जहाँ धारा शब्द आया है, वहाँ प्रपात जरूर है। चाहे कपिलधारा जैसा ऊँचा प्रपात हो। चाहे सहस्त्रधारा के इन तितलियों जैसे छोटे-छोटे प्रपात हों। जबलपुर के धुआँधार में धारा शब्द आते-आते रह गया। वैसे धार, धारा का ही तो अनुज है!

पर अब चलना चाहिए। धूप तेज हो रही है। आगे का मार्ग कठिन है। थोड़ी देर के लिए किनारा छोड़ना होगा। चलते-चलते एक टीले पर आ गए। इस ऊँचे झरोखे से सहस्त्रधारा के नन्हे-मुन्ने प्रपात एक साथ दिखाई दे रहे थे। नन्हे-मुन्ने क्या, एकदम दुधमुँहे। इनके मुँह से दूध अभी छूटा ही कहाँ। ढालखेड़ा में राघवानन्द जी के आश्रम में रहे। यहाँ किसी ने बताया कि नर्मदा में वह जो टापू दिखाई दे रहा है। एक फ्रेंच मुगल उसमें छह महीने तक रहा। बरसात में उस तट पर चला गया। कुछ समय पहले फ्रांस लौट गया।

ऐसी कौन-सी डोर होगी, जो सात समन्दर पार के फ्रेंच नौजवान पति-पत्नी को नर्मदा के इस सुनसान टापू में खींच लाई होगी—सौन्दर्यपिपासु मन, एकान्त साधना की चाह, या पश्चिम को आपाधापी से विलग होकर पूर्व की शान्ति में डुबकी लगाने की प्रबल इच्छा?

रात को बाहर खुले में सोए। इस बार की यात्रा में नर्मदा में इतने टापू देखे हैं कि रात को आकाश-गंगा में भी मुझे अनेक टापू दिखाई दिए। सुबह चल दिए। आज दीवाली है। दोपहर तक साटक-संगम पहुँच जाएँगे। वहाँ नर्मदा का प्रसिद्ध खलघाट पुल है। वहीं इस बार की यात्रा समाप्त करेंगे।

थोड़ी देर में साटक-संगम पहुँच गए। साटक एक छोटा-सा झरना है, लेकिन इसे पार करने में एक नाटक हुआ। साटक में एक नन्हा प्रपात था। उसे देखते हुए मैं पानी में उतरा। उतरते ही काई लगे पत्थर पर से फिसलकर गिरा। किसी तरह उठा कि दुबारा गिरा। साटक ने अपने अंक में मुझे दो बार लिया, इसलिए यह नाटक एकांकी न रहकर द्विअंकी हो गया!

पास ही एक मन्दिर है। मन्दिर की देखभाल एक महाराष्ट्रियन महिला करती है। माता के स्नेह से हमें मन्दिर में ठहराया। मैंने कहा, "हमारी इस बार की यात्रा यहाँ समाप्त हो रही है। कल सुबह घर लौट जाएँगे। अगले साल फिर यहाँ आएँगे और दशहरे से आगे बढ़ेंगे।"

"आगे शूलपाण की झाड़ी पड़ेगी। उसके बारे में तो आपने सुना ही होगा।"

"सुना क्यों नहीं! कितने ही परकम्मावासियों से कितनी ही बातें सुनी हैं। झाड़ी में तीर-धनुष लेकर भील आते हैं और सब कुछ लूट लेते हैं। अन्त में परकम्मावासी के पास बच रहती है केवल लँगोटी और तूँबी। लेकिन इन्हीं बातों ने हमारे अन्दर झाड़ी के प्रति विशेष आकर्षण जगा दिया है। राजघाट (बड़वानी) से झाड़ी शुरू होगी। आपके पास यह वो सामान है न, इसमें से कुछ न बचेगा। कपड़े और चश्मा तक उतार लेंगे।"

"लँगोटी लगाकर रह लूँगा, लेकिन मेरी स्केच-बुक ले ली, चश्मा ले लिया, तो समझिए मेरे कवच-कुंडल ही उतार लिये। नंगे बदन ठंड कैसे बर्दाश्त होगी।"

मुझे कुछ सोच में देखकर उसने कहा, "एक काम करो। झाड़ी में से मत जाओ, बाहर-बाहर से निकल जाओ।"

"नहीं, हरगिज नहीं! झाड़ी में से ही जाएँगे, चाहे जो हो। हाँ, एक काम कर सकते हैं। दीवाली की छुट्टी के बजाय गरमी की छुट्टी में चलें। गरमी में नंग-धड़ंग रह लेंगे, ठंड बर्दाश्त न होगी।"

रात का अँधेरा जल में उतर आया था और काजल-सा काला हो चला था। बिस्तर में पड़ा-पड़ा तारों को निहारता मैं गुनगुना रहा था—

जटाजूट बढ़ाएँगे
भिक्षा माँगकर खाएँगे
निर्धन-निर्वस्त्र हो जाएँगे
पर झाड़ी में से जाएँगे!